D1322665

*Michaela Janßen*
Veitsaurach S17
91 575 Windsbach
Tel.09871-657569

# J. D. SALINGER

# DER FÄNGER IM ROGGEN

## ROMAN

Deutsch von Eike Schönfeld

Rowohlt Taschenbuch Verlag

8. Auflage April 2008

Veröffentlicht im Rowohlt Taschenbuch Verlag,
Reinbek bei Hamburg, Januar 2004
Titel der Originalausgabe: *The Catcher in the Rye*
Copyright © 1945, 1946, 1951 by J. D. Salinger
Copyright renewed 1973, 1974, 1979 by J. D. Salinger
Erste deutsche Übersetzung Diana Verlag, Zürich, 1954,
überarbeitet von Heinrich Böll 1962
© 1962 by Verlag Kiepenheuer & Witsch, Köln
Neuübersetzung von Eike Schönfeld
© 2003 by Verlag Kiepenheuer & Witsch, Köln
Lektorat Bärbel Flad
Umschlaggestaltung any.way, Andreas Pufal
Satz Kalle Giese, Overath
Druck und Bindung Druckerei C. H. Beck, Nördlingen
Printed in Germany
ISBN 978 3 499 23539 9

J. D. SALINGER · DER FÄNGER IM ROGGEN

*Für meine Mutter*

# 1

Wenn ihr das wirklich hören wollt, dann wollt ihr wahrscheinlich als Erstes wissen, wo ich geboren bin und wie meine miese Kindheit war und was meine Eltern getan haben und so, bevor sie mich kriegten, und den ganzen David-Copperfield-Mist, aber eigentlich ist mir gar nicht danach, wenn ihr's genau wissen wollt. Erstens langweilt mich der Kram, und zweitens hätten meine Eltern dann jeweils ungefähr zwei Blutstürze, wenn ich was ziemlich Persönliches über sie erzählen würde. Bei solchen Sachen sind sie ganz schön empfindlich, besonders mein Vater. Sie sind schon *nett* und so – da sag ich ja gar nichts –, aber sie sind eben ungeheuer empfindlich. Außerdem erzähl ich euch auch nicht meine ganze verfluchte Autobiographie oder so was. Ich erzähl euch bloß von diesem Irrsinnskram, der mir so um letztes Weihnachten passiert ist, bevor es mit mir ziemlich bergab ging und ich hierher kam und es ruhiger angehen lassen musste. Also, mehr hab ich nicht mal D. B. erzählt, und der ist mein *Bruder* und so. Er ist in Hollywood. Das ist nicht besonders weit von diesem schmierigen Laden, und er kommt mich praktisch jedes Wochenende besuchen. Er wird mich auch nach Hause fahren, wenn ich nächsten Monat vielleicht nach Hause kann. Er hat sich gerade einen Jaguar gekauft. So eine kleine englische Kiste, die um die dreihundert Stundenkilometer macht. Hat ihn verdammt fast viertausend Eier gekostet. Er hat jetzt jede Menge Kohle. Das war nicht *immer* so. Als er noch zu Hause wohnte, war er ein ganz normaler Autor. Er hat *Der geheime Goldfisch* geschrieben, so ein irrsinniges Buch mit Kurzgeschichten, falls ihr noch nichts von D. B. gehört habt. Die Beste darin war »Der geheime Goldfisch«. Sie handelt von so einem kleinen Jungen, der niemand seinen Goldfisch zeigen wollte, weil er ihn von seinem eigenen Geld gekauft hat. Das machte mich fertig. Jetzt ist D. B. in Hollywood und prostituiert sich. Wenn ich eines hasse, dann Filme. Fangt mir erst gar nicht davon an.

Ich möchte mit dem Tag anfangen, an dem ich von der Pencey Prep weg bin. Die Pencey Prep ist so eine Schule in Agerstown, Pennsylvania. Wahrscheinlich habt ihr davon gehört. Wenigstens die Anzeigen habt ihr wahrscheinlich gesehen. Die werben in ungefähr tausend Zeitschriften, mit einem Spitzentypen auf einem Pferd, wie er gerade über einen Zaun springt. Als würde man an der Pencey bloß immerzu Polo spielen. Ich hab in der ganzen Zeit dort kein einziges Pferd auch nur von weitem gesehen. Und unter dem Bild von dem Typen auf dem Pferd steht dann immer: »Seit 1888 formen wir Jungen zu tüchtigen, klar denkenden jungen Männern.« Das kann glauben, wer will. An der Pencey *formen* sie verdammt nicht anders als an jeder anderen Schule. Und mir ist dort keiner begegnet, der tüchtig war und klar denken konnte und so. Vielleicht zwei. Wenn überhaupt. Und wahrscheinlich waren die schon so, als sie an die Pencey *kamen*.

Jedenfalls war es an dem Samstag mit dem Football-Spiel gegen die Saxon Hall. Das Spiel gegen die Saxon Hall war an der Pencey die ganz große Sache. Es war das letzte Spiel des Jahres, und man sollte sich wohl umbringen oder was weiß ich, wenn die gute Pencey nicht gewann. Ich weiß noch, wie ich an dem Nachmittag so gegen drei ganz oben auf dem Thomsen Hill stand, direkt neben dieser verrückten Kanone aus dem Unabhängigkeitskrieg und so. Von da aus konnte man den ganzen

Platz überblicken, und man konnte die zwei Mannschaften sehen, wie sie einander durch die Gegend prügelten. Die Tribüne konnte man nicht so super sehen, aber man hörte sie alle brüllen, die von der Pencey voll und wild, weil praktisch die ganze Schule außer mir da war, und die von der Saxon Hall dünn und schwul, weil die Gastmannschaft selten viele Leute mitbrachte.

Mädchen waren bei Football-Spielen nie viele da. Bloß die Jungs im letzten Schuljahr durften welche mitbringen. Es war eine furchtbare Schule, egal, wie man sie betrachtete. Ich bin gern da, wo man wenigstens ab und zu mal ein paar Mädchen zu sehen kriegt, und wenn sie sich bloß am Arm kratzen, die Nase putzen oder einfach rumkichern oder was weiß ich. Die gute Selma Thurmer – die Tochter des Direktors – tauchte ziemlich oft bei Spielen auf, aber sie war nicht gerade der Typ, der einen vor Verlangen in den Wahnsinn trieb. Trotzdem war sie ein ganz nettes Mädchen. Einmal saß ich im Bus von Agerstown neben ihr, und da fingen wir ein Gespräch an. Ich mochte sie. Sie hatte eine große Nase, und ihre Fingernägel waren runtergekaut und sahen ganz blutig aus, und sie trug so einen Einlagen-BH, der in die Landschaft ragte, aber irgendwie tat sie einem Leid. Was mir an ihr gefiel, sie quasselte einem nicht die Ohren damit voll, was für ein toller Hecht ihr Vater war. Wahrscheinlich wusste sie, was für ein verlogener Bauer das war.

Ich war oben auf dem Thomsen Hill und nicht unten beim Spiel, weil ich gerade mit der Fechtmannschaft aus New York zurückgekommen war. Ich war der verfluchte Manager der Fechtmannschaft. Na, Wahnsinn. Wir waren morgens zu dem Fechtturnier gegen die McBurney School nach New York gefahren. Bloß kam es gar nicht erst dazu. Ich hatte sämtliche Florette und die Ausrüstung, den ganzen Kram, in der verfluchten U-Bahn liegen lassen. Es war aber nicht bloß meine Schuld. Ich musste ständig aufstehen und auf den Plan gucken, um zu sehen, wo wir raus mussten. Also waren wir schon um halb drei statt erst zum Abendessen wieder zurück. Auf der Rückfahrt im Zug würdigte mich die ganze Mannschaft keines Blicks. Irgendwie war das ziemlich komisch.

Ich war aber auch aus noch einem Grund nicht unten beim Spiel, ich wollte mich nämlich von dem guten Spencer verabschieden, meinem Geschichtslehrer. Er hatte Grippe, und ich dachte, wahrscheinlich würde ich ihn erst wieder am Anfang der Weihnachtsferien sehen. Er hatte mir einen Zettel geschrieben, dass er mich sprechen wollte, bevor ich nach Hause fuhr. Er wusste, dass ich danach nicht mehr zur Pencey zurückkam.

Ich habe vergessen, euch davon zu erzählen. Sie haben mich rausgeschmissen. Ich sollte nach den Weihnachtsferien nicht wiederkommen, weil ich in vier Fächern durchgerasselt war und mich nicht anstrengte und so. Sie haben mich immer wieder ermahnt, ich soll mich anstrengen – vor allem um die Mitte des Halbjahrs, als meine Eltern zu einem Gespräch mit dem guten Thurmer kamen –, aber ich hab's nicht gemacht. Also bin ich geflogen. An der Pencey fliegt man ziemlich leicht. Die Pencey hat ein ziemlich hohes akademisches Niveau. Wirklich.

Egal, es war Dezember und so, und es war schweinekalt, besonders auf diesem blöden Berg. Ich hatte bloß meinen Wendemantel an und keine Handschuhe oder was. In der Woche davor hatte mir einer meinen Kamelhaarmantel aus dem Zimmer geklaut, und in den Taschen waren auch noch meine pelzgefütterten Handschuhe und so gewesen. Die Pencey war voller Gauner. Ziemlich viele kamen aus den ganz reichen Familien, aber trotzdem war sie voller Gauner. Je teurer eine Schule ist, desto mehr Gauner gibt's – im Ernst. Jedenfalls stand ich die ganze

Zeit neben dieser verrückten Kanone, blickte auf das Spiel runter und fror mir den Arsch ab. Dabei interessierte mich das Spiel gar nicht so besonders. In Wirklichkeit war ich nämlich da oben, weil ich versuchte, so eine Art Abschiedsgefühl zu kriegen. Also, ich bin schon von allen möglichen Schulen weg, da hab ich gar nicht begriffen, dass ich von da weg bin. Das ist Scheiße. Es ist mir gleich, ob es ein trauriger oder ein schlimmer Abschied ist, aber wenn ich von wo weggehe, möchte ich gern auch *begreifen*, dass ich von da weggehe. Wenn das nicht so ist, geht's einem noch dreckiger.

Ich hatte Glück. Auf einmal fiel mir was ein, was mir dabei half zu begreifen, dass ich hier abhaute. Mir fiel plötzlich ein, wie ich und Robert Tichener und Paul Campbell, im Oktober war das, mit einem Football rumschmissen, vor dem Lehrgebäude. Die waren nett, besonders Tichener. Es war kurz vorm Abendessen, und es wurde schon ziemlich dunkel, aber wir schmissen uns trotzdem den Ball zu. Es wurde immer dunkler und dunkler, und wir konnten den Ball kaum noch *sehen*, aber wir wollten nicht aufhören. Aber dann mussten wir doch. Der Lehrer, der Biologie gab, Mr. Zambesi, streckte den Kopf aus dem Fenster im Lehrgebäude und sagte, wir sollten ins Wohnheim gehen und uns fürs Abendessen fertig machen. Wenn ich mich erst mal an solchen Kram erinnere, kriege ich auch ein Abschiedsgefühl, wenn ich eins brauche – jedenfalls meistens. Kaum hatte ich es, drehte ich mich um und rannte die andere Seite des Bergs runter zum Haus vom guten Spencer. Er wohnte nicht auf dem Campus. Er wohnte in der Anthony Wayne Avenue.

Ich rannte bis zum Haupttor, dann blieb ich kurz stehen, bis ich wieder zu Atem kam. Ich habe keine Puste, wenn ihr's genau wissen wollt. Zum einen bin ich ein ziemlich starker Raucher – das heißt, ich war mal einer.

Sie haben mich gezwungen, es aufzugeben. Zum andern bin ich letztes Jahr vierzehn Zentimeter gewachsen. Deshalb hab ich praktisch auch Tb gekriegt und musste alle möglichen verfluchten Untersuchungen machen. Aber eigentlich bin ich ziemlich gesund.

Jedenfalls rannte ich, sobald ich wieder zu Atem gekommen war, quer über die Route 204. Es war ungeheuer glatt, und ich bin fast hingefallen. Ich weiß nicht mal, warum ich überhaupt gerannt bin – wahrscheinlich war mir einfach danach. Als ich auf der anderen Straßenseite war, kam's mir so vor, als würde ich irgendwie verschwinden. Es war so ein wahnsinniger Nachmittag, irrsinnig kalt, keine Sonne, nichts, da meinte man jedes Mal, wenn man über eine Straße ging, man würde verschwinden.

Mann, drückte ich schnell auf die Klingel, als ich bei dem guten Spencer angekommen war. Ich war völlig durchgefroren. Die Ohren taten mir weh, und ich konnte kaum die Finger bewegen. »Na los, los«, sagte ich fast laut, »mach doch einer die *Tür* auf.« Endlich machte die gute Mrs. Spencer auf. Die hatten kein Hausmädchen oder so was, die machten die Tür immer selbst auf. Die hatten nicht besonders viel Kohle.

»Holden!«, sagte Mrs. Spencer. »Wie reizend, dich zu sehen! Komm rein! Du bist ja fast erfroren!« Ich glaube, sie freute sich, mich zu sehen. Sie mochte mich. Zumindest glaube ich das.

Mann, war ich schnell in dem Haus. »Wie geht's Ihnen, Mrs. Spencer?«, sagte ich. »Wie geht's Mr. Spencer?«

»Ich nehme dir mal den Mantel ab«, sagte sie. Sie hörte gar nicht, dass ich sie fragte, wie es Mr. Spencer geht. Sie war irgendwie taub.

Sie hängte meinen Mantel in den Flurschrank, und ich bürstete mir irgendwie mit den Händen die Haare zurück. Ich habe häufig einen Bürstenschnitt und muss mich nie groß kämmen. »Wie geht's Ihnen, Mrs. Spencer?«, sagte ich noch mal, aber lauter, damit sie mich hörte.

»Sehr gut, Holden.« Sie schloss die Schranktür. »Und wie geht es *dir*?« So, wie sie fragte, wusste ich gleich, dass Mr. Spencer ihr gesagt hatte, ich würde fliegen.

»Gut«, sagte ich. »Und wie geht's Mr. Spencer? Hat er immer noch Grippe?«

»Ob er noch ...! Holden, er benimmt sich wie ein richtiger – ich weiß auch nicht, *wie* ... Er ist in seinem Zimmer. Geh nur rein.«

# 2

Sie hatten jeder ein eigenes Zimmer und so. Sie waren beide um die siebzig Jahre alt oder sogar noch älter. Die hatten aber immer noch ihren Spaß – natürlich auf die poplige Art. Ich weiß, das klingt gemein, aber ich meine es nicht gemein. Ich meine damit nur, dass ich immer ziemlich viel an Mr. Spencer gedacht habe, und wenn man *zu* viel an ihn dachte, fragte man sich, warum zum Kuckuck er überhaupt noch lebte. Also, er war ziemlich krumm und hatte eine ganz schreckliche Haltung, und wenn ihm im Unterricht an der Tafel ein Stück Kreide runterfiel, musste immer einer aus der ersten Reihe aufstehen, es aufheben und ihm geben. Meiner Meinung nach ist das furchtbar. Aber wenn man gerade genug an ihn dachte und nicht *zu* viel, konnte man sich vorstellen, dass es ihm gar nicht so schlecht ging. Zum Beispiel an einem Sonntag, als ein paar andere und ich auf eine heiße Schokolade bei ihm waren, zeigte er uns eine alte verschlissene Navajo-Decke, die er und Mrs. Spencer im Yellowstone-Park einem Indianer abgekauft hatten. Man sah gleich, dass es dem guten Spencer einen Mordsspaß gemacht hatte, die Decke zu kaufen. Und genau das meine ich. So ein steinalter Kerl wie der gute Spencer, und es macht ihm einen Mordsspaß, eine Decke zu kaufen.

Seine Tür stand offen, aber ich klopfte trotzdem irgendwie, einfach aus Höflichkeit und so. Ich konnte ihn sogar sehen. Er saß in einem großen Ledersessel, ganz in die Decke eingewickelt, von der ich euch gerade erzählt habe. Als ich klopfte, sah er zu mir her. »Wer ist da?«, schrie er. »Caulfield? Komm rein, mein Junge.« Außerhalb des

Unterrichts schrie er immer. Das ging einem manchmal auf die Nerven.

Kaum war ich drin, tat es mir auch schon Leid, dass ich gekommen war. Er las die *Atlantic Monthly*, und überall standen Pillen und Arznei rum, und es roch nach Vick Nasentropfen. Es war ziemlich deprimierend. Ich bin sowieso nicht scharf auf Kranke. Was es noch deprimierender machte, war dieser tieftraurige, verlotterte alte Bademantel, den der gute Spencer anhatte und in dem er wahrscheinlich schon auf die Welt gekommen war oder so. Ich mach mir eh nicht viel aus alten Knackern in Schlafanzug und Bademantel. Immer sieht man ihre knubbelige alte Brust und die Beine. Altmännerbeine am Strand und sonst wo, die sind immer so weiß und unbehaart. »Hallo, Sir«, sagte ich. »Ich habe Ihren Zettel erhalten. Vielen Dank.« Er hatte mir einen Zettel geschrieben und mich gebeten, vor den Ferien noch mal vorbeizukommen und mich zu verabschieden, weil ich ja nicht wiederkam. »Das wäre alles gar nicht nötig gewesen. Ich wäre sowieso gekommen, um mich von Ihnen zu verabschieden.«

»Setz dich da hin, mein Junge«, sagte der gute Spencer. Er meinte das Bett.

Ich setzte mich drauf. »Was macht Ihre Grippe, Sir?«

»Mein Junge, wenn's mir besser ginge, müsste ich ja den Arzt rufen«, sagte der gute Spencer. Das haute ihn um. Er kicherte los wie ein Wahnsinniger. Als er sich schließlich wieder eingekriegt hatte, sagte er: »Warum bist du denn nicht beim Spiel? Ich dachte, heute ist doch der Tag des großen Spiels.«

»Stimmt. Ich war auch da. Aber ich bin gerade erst mit den Fechtern aus New York zurückgekommen«, sagte ich. Mann, sein Bett war hart wie Stein.

Er wurde nun ungeheuer ernst. Ich wusste, dass das kam. »Dann verlässt du uns also, hm?«, sagte er.

»Ja, Sir. Sieht so aus.«

Dann ging diese Nickerei wieder los. Ihr habt im ganzen Leben noch keinen gesehen, der dermaßen viel nickt wie der gute Spencer. Man wusste nie, ob er so viel nickte, weil er nachdachte und so, oder weil er einfach ein netter alter Typ war, der eben dumm wie die Nacht war.

»Was hat Dr. Thurmer zu dir gesagt, mein Junge? Ihr hattet ja wohl schon eine kleine Unterhaltung.«

»Ja. Das kann man wohl sagen. Ich glaube, ich war so an die zwei Stunden bei ihm drin.«

»Was hat er gesagt?«

»Ach . . . na ja, dass das Leben ein Spiel ist und so. Und dass dabei gewisse Regeln gelten. Er war ziemlich nett. Also, er ging nicht an die Decke oder was. Er redete einfach bloß davon, dass das Leben ein Spiel ist. Sie wissen schon.«

»Das Leben *ist* ja auch ein Spiel, mein Junge. Das Leben *ist* ein Spiel, bei dem gewisse Regeln gelten.«

»Ja, Sir. Ich weiß. Ich weiß es.«

Von wegen Spiel. Schönes Spiel. Wenn man auf die Seite mit den ganzen Spitzentypen kommt, ist es schon ein Spiel – zugegeben. Aber wenn man auf die *andere* Seite kommt, wo keine Spitzentypen sind, was ist daran dann Spiel? Nichts. Kein Spiel. »Hat Dr. Thurmer schon deinen Eltern geschrieben?«, fragte mich der gute Spencer.

»Er hat gesagt, er will ihnen am Montag schreiben.«

»Hast du dich schon mit ihnen in Verbindung gesetzt?«

»Nein, Sir, ich habe mich noch nicht mit ihnen in Verbindung gesetzt, weil ich sie wahrscheinlich Mittwochabend sehe, wenn ich nach Hause komme.«

»Und, was meinst du, wie werden sie die Nachricht aufnehmen?«

»Na ja . . . die werden ziemlich ärgerlich darüber sein«, sagte ich. »Und wie. Das ist jetzt ungefähr die vierte Schule, an der ich war.« Ich schüttelte den Kopf. Ich schüttle ziemlich oft den Kopf. »Mann!«, sagte ich. Ich sage auch ziemlich oft »Mann!« Teils, weil ich ein mieses Vokabular habe, und teils, weil ich mich manchmal ziemlich jung für mein Alter benehme. Ich war da sechzehn, jetzt bin ich siebzehn, und manchmal benehme ich mich wie dreizehn. Das Ironische daran ist, dass ich eins fünfundachtzig groß bin und graue Haare habe. Wirklich. Auf der einen Seite meines Kopfs – der rechten – habe ich Millionen graue Haare. Die hatte ich schon als Kind. Und trotzdem führe ich mich manchmal auf wie zwölf. Das sagen alle, besonders mein Vater. Teilweise stimmt das ja auch, aber es ist eben nicht die *ganze* Wahrheit. Immer glauben die Leute, etwas ist die *ganze* Wahrheit. Das juckt mich nicht, bloß manchmal langweilt es mich, wenn man mir sagt, ich soll mich meinem Alter entsprechend benehmen. Manchmal benehme ich mich um einiges älter, als ich bin – wirklich –, aber das merkt dann bloß keiner. Die Leute merken nie was.

Der gute Spencer fing wieder an zu nicken. Dann popelte er auch noch in der Nase. Er tat, als würde er sich bloß dran kratzen, aber tatsächlich ging er richtig mit dem guten Daumen rein. Wahrscheinlich fand er das in Ordnung, weil bloß noch ich im Zimmer war. Mir war das *schnurz*, es ist bloß ziemlich eklig zuzusehen, wie einer in der Nase bohrt.

Dann sagte er: »Ich hatte das Vergnügen, deine Mutter und deinen Dad kennen zu lernen, als sie vor einigen Wochen ihr kleines Gespräch mit Dr. Thurmer hatten. Großartige Menschen.«

»Ja, das stimmt. Sie sind sehr nett.«

Großartig. Dieses Wort hasse ich wirklich. Es ist verlogen. Jedes Mal, wenn ich es höre, könnte ich kotzen.

Dann machte der gute Spencer plötzlich ein Gesicht, als hätte er mir was richtig Gutes, was Oberschlaues zu sagen.

Er richtete sich ein bisschen in seinem Sessel auf und ruckte irgendwie rum. Aber es war falscher Alarm. Er nahm nur die *Atlantic Monthly* vom Schoß und versuchte, sie neben mich aufs Bett zu werfen. Daneben. Nur um fünf Zentimeter, aber trotzdem daneben. Ich hob sie auf und legte sie aufs Bett. Und da wollte ich auf einmal bloß noch raus aus dem Zimmer. Ich spürte, dass eine irrsinnige Predigt auf mich zukam. An sich störte mich das nicht weiter, aber mir war nicht danach, mir eine Predigt anzuhören und Vick Nasentropfen zu riechen und den guten Spencer in seinem Schlafanzug und dem Bademantel sehen zu müssen und das alles gleichzeitig. Wirklich nicht.

Da fing's schon an. »Was ist nur los mit dir, mein Junge«, sagte der gute Spencer. Es war das härteste Bett, auf dem ich je gesessen hatte. »Wie viele Fächer hast du in diesem Schuljahr gemacht?«

»Fünf, Sir.«

»Fünf. Und in wie vielen fällst du durch?«

»In vier.« Ich rutschte ein bisschen mit dem Arsch auf dem Bett herum. »Englisch hab ich bestanden«, sagte ich, »weil ich den ganzen Beowulf und den Lord-Randal-My-Son-Kram schon hatte, als ich an der Whooton School war. Also, in Englisch musste ich eben kaum was tun, bloß ab und zu einen Aufsatz schreiben.«

Er hörte mir gar nicht zu. Er hörte kaum mal zu, wenn man was sagte.

»Ich habe dich in Geschichte durchfallen lassen, weil du rein gar nichts gewusst hast.«

»Das weiß ich, Sir. Mann, das weiß ich doch. Sie konnten nichts machen.«

»Rein gar nichts«, sagte er noch einmal. So was macht mich wahnsinnig. Wenn Leute wie er was zweimal sagen, nachdem man es schon beim ersten Mal *zugegeben* hat. Dann sagte er es noch ein *drittes* Mal. »Aber rein gar nichts. Ich habe starke Zweifel, ob du das Geschichtsbuch im ganzen Schuljahr überhaupt einmal aufgeschlagen hast. Oder? Sag die Wahrheit, mein Junge.«

»Also, ein paar Mal hab ich drin rumgeblättert«, sagte ich. Ich wollte ihm nicht wehtun. Er war versessen auf Geschichte.

»Drin rumgeblättert hast du, hm?«, sagte er – sehr sarkastisch. »Deine, ähm, *Examensarbeit* liegt da oben auf meiner Chiffoniere. Oben auf dem Stapel. Bring sie doch bitte mal her.«

Das war ein ganz übler Trick, aber ich ging hin und brachte sie ihm – mir blieb ja gar nichts anderes übrig. Dann setzte ich mich wieder auf sein Betonbett. Mann, ihr könnt euch gar nicht vorstellen, wie Leid es mir tat, dass ich vorbeigekommen war, um mich von ihm zu verabschieden.

Er fasste meine Examensarbeit an, als wäre sie ein Scheißhaufen oder was weiß ich. »Vom 4. November bis zum 2. Dezember haben wir die Ägypter durchgenommen«, sagte er. »Du hast beim fakultativen Aufsatzthema *freiwillig* über sie geschrieben. Möchtest du hören, was du zu sagen hattest?«

»Nein, Sir, eher nicht«, sagte ich.

Er las es aber trotzdem vor. Wenn ein Lehrer etwas machen will, kann man ihn nicht aufhalten. Er *macht* es einfach.

> Die Ägypter waren eine alte weiße Rasse, die in einem der nördlichen Teile von Afrika lebte. Letzteres ist, wie wir alle wissen, der größte Kontinent der östlichen Hemisphäre.

Und ich musste dasitzen und mir diesen Mist anhören. Das war wirklich ein übler Trick.

Die Ägypter sind für uns heute aus vielerlei Gründen von größtem Interesse. Die moderne Wissenschaft möchte noch immer gern wissen, mit welchen geheimen Ingredienzien die Ägypter Tote einwickelten, so dass ihre Gesichter unzählige Jahrhunderte lang nicht verwesten. Dieses interessante Rätsel ist noch heute eine ziemliche Herausforderung für die moderne Wissenschaft im zwanzigsten Jahrhundert.

Er hörte auf zu lesen und ließ meine Arbeit sinken. Allmählich hasste ich ihn irgendwie. »Damit endet dein, sagen wir mal, *Aufsatz*«, sagte er mit sehr sarkastischer Stimme. Man sollte nicht meinen, dass so ein alter Typ dermaßen sarkastisch sein kann. »Allerdings hast du mir noch eine kleine Notiz hinterlassen, unten auf der Seite«, sagte er.

»Ja, ich weiß«, sagte ich. Ich sagte das sehr schnell, weil ich nicht wollte, dass er auch noch das vorlas. Aber er war nicht aufzuhalten. Er war scharf wie ein Rasiermesser.

LIEBER MR. SPENCER (las er vor). Mehr weiß ich nicht über die Ägypter. Sie interessieren mich einfach nicht sehr, obwohl Ihr Unterricht sehr interessant ist. Es ist schon in Ordnung, wenn Sie mich durchfallen lassen, weil ich in allem anderen außer Englisch sowieso auch durchfalle. Hochachtungsvoll, Ihr HOLDEN CAULFIELD.

Dann ließ er meine verfluchte Arbeit wieder sinken und sah mich an, als hätte er mich gerade beim Pingpong oder was weiß ich von der Platte gefegt. Ich glaube, das verzeihe ich ihm nie, dass er mir diesen Mist vorgelesen hat. Wenn *er* das geschrieben hätte, ich hätte es *ihm* nicht vorgelesen – wirklich nicht. Ich hatte diese verdammte Notiz überhaupt bloß *hingeschrieben*, damit es ihm nicht ganz so schwer fiel, mich durchfallen zu lassen.

»Nimmst du es mir übel, dass ich dich habe durchfallen lassen, mein Junge?«, sagte er.

»Nein, Sir! Ganz bestimmt nicht«, sagte ich. Ich wünschte mir nur sehnlichst, dass er mich nicht die ganze Zeit »mein Junge« nannte.

Er versuchte, meine Arbeit aufs Bett zu werfen, als er damit durch war. Aber natürlich wieder daneben. Ich musste sie aufheben und legte sie dann auf die *Atlantic Monthly*. Es ist *langweilig*, das alle zwei Minuten zu machen.

»Was hättest du denn an meiner Stelle getan?«, sagte er. »Sag mir die Wahrheit, mein Junge.«

Also, man sah, es ging ihm ziemlich mies, weil er mich hatte durchfallen lassen. Also klopfte ich eine Weile Sprüche. Ich sagte, dass ich eben ein richtiger Idiot bin und so Kram. Ich sagte, ich hätte an seiner Stelle genau das Gleiche getan, und dass es die meisten Leute gar nicht würdigen, wie hart es ist, Lehrer zu sein. So Kram eben. Sprüche.

Aber das Komische ist, dass ich irgendwie an was anderes dachte, während ich meine Sprüche klopfte. Ich lebe in New York, und ich dachte an den See im Central Park, da in der Nähe der Central Park South. Ich überlegte, ob der See wohl zugefroren war, wenn ich nach Hause kam, und wenn ja, was dann die Enten machten. Ich überlegte, was mit den Enten wurde, wenn der See ganz vereist und zugefroren war. Ich überlegte, ob einer mit einem Laster ankam und sie in einen Zoo oder so was brachte. Oder ob sie einfach fortflogen.

Aber eigentlich bin ich ein Glückspilz. Also, ich konnte bei dem guten Spencer meine Sprüche klopfen und gleichzeitig an die Enten denken. Komisch. Man braucht nicht besonders nachzudenken, wenn man mit einem Lehrer redet. Aber ganz plötzlich unterbrach er mich, während ich so meine Sprüche klopfte. Immer unterbrach er einen.

»Wie geht es denn *dir* bei all dem, mein Junge? Das würde mich doch sehr interessieren. Sehr interessieren.«

»Sie meinen, dass ich von der Pencey fliege und so?«, sagte ich. Irgendwie wollte ich, er würde seine knubbelige Brust bedecken. Das war kein sehr schöner Anblick.

»Wenn ich mich nicht irre, hattest du auch schon an der Whooton School und an der Elkton Hills so deine Schwierigkeiten.« Das sagte er nicht bloß sarkastisch, sondern auch irgendwie gemein.

»An der Elkton Hills hatte ich keine besonderen Schwierigkeiten«, sagte ich. »Da bin ich eigentlich nicht geflogen oder so. Ich bin einfach weg von dort, irgendwie.«

»Warum, wenn ich fragen darf?«

»Warum? Ach, na ja, das ist eine lange Geschichte, Sir. Also, die ist ziemlich kompliziert.« Ich hatte keine Lust, das Ganze mit ihm durchzukauen. Er hätte es sowieso nicht begriffen. Das lag überhaupt nicht auf seiner Linie. Einer der Hauptgründe, dass ich von der Elkton Hills weg bin, war, dass ich von lauter verlogenem Volk umzingelt war. Weiter nichts. Die kamen aus allen Löchern gekrochen. Beispielsweise hatten sie da einen Direktor, Mr. Haas, das war der verlogenste Arsch, der mir in meinem ganzen Leben begegnet ist. Zehnmal schlimmer als der gute Thurmer. Beispielsweise sonntags, da rannte der gute Haas herum und schüttelte allen Eltern die Hand, wenn sie an der Schule vorfuhren. Dann war er ungeheuer liebenswürdig und so. Außer wenn ein Junge Eltern hatte, die irgendwie mickrig oder komisch aussahen. Ihr hättet mal erleben sollen, wie der das mit den Eltern meines Stubengenossen machte. Also, wenn die Mutter eines Jungen irgendwie dick war oder piefig oder so aussah, und wenn der Vater einer war, der so einen Anzug mit sehr breiten Schultern und piefige schwarzweiße Schuhe trug, dann gab der gute Haas ihnen bloß die Hand, grinste sie verlogen an und ging dann weiter zu den Eltern von einem anderen und redete vielleicht eine halbe *Stunde* lang mit denen. So Kram ertrage ich nicht. Das macht mich wahnsinnig. Das deprimiert mich dermaßen, dass ich verrückt werde. Ich habe diese verdammte Elkton Hills gehasst.

Der gute Spencer fragte mich dann noch etwas, aber ich hörte ihn gar nicht. Ich dachte an den guten Haas. »Wie, Sir?«, sagte ich.

»Findest du es denn nicht *bedenklich*, dass du von der Pencey weg musst?«

»Ach, ich finde es schon bedenklich, doch. Sicher... Aber nicht sehr. Jedenfalls noch nicht. Wahrscheinlich ist es mir noch gar nicht richtig klar geworden. Es dauert immer eine Weile, bis mir was klar wird. Im Moment denke ich bloß daran, dass ich am Mittwoch nach Hause fahre. Ich bin ein Idiot.«

»Machst du dir über deine Zukunft denn gar keine Gedanken, mein Junge?«

»Ach, ich mache mir schon Gedanken über meine Zukunft. Sicher. Doch, ja.« Ich dachte eine Weile darüber nach. »Aber nicht viele, glaube ich. Nicht sehr viele, glaube ich.«

»Das *kommt* noch«, sagte der gute Spencer. »Das kommt noch. Aber dann ist es zu spät.«

So etwas hörte ich nicht gern von ihm. Das klang, als wäre ich tot oder so was. Es war sehr deprimierend. »Wahrscheinlich«, sagte ich.

»Ich würde dir gern ein bisschen Vernunft beibringen, mein Junge. Ich will dir doch nur helfen. Ich will dir doch nur *helfen*, wenn ich kann.«

Das wollte er auch wirklich. Das sah man gleich. Aber wir waren eben einfach zu sehr wie Feuer und Wasser. »Das weiß ich, Sir«, sagte ich. »Vielen Dank. Ehrlich. Das freut mich sehr. Wirklich.« Dann stand ich vom Bett auf. Mann, ich hätte keine zehn Minuten länger darauf sitzen bleiben können, nicht um alles in der Welt. »Die Sache ist die, ich muss jetzt nämlich gehen. Ich hab noch einige Sportsachen in der Turnhalle, die muss ich mit nach Hause nehmen. Wirklich.« Er sah zu mir hoch und fing wieder an zu nicken, und dabei machte er ein ganz ernstes Gesicht. Ganz plötzlich tat er mir ungeheuer Leid. Aber ich konnte da einfach nicht länger rumhängen, wo wir doch zu sehr wie Feuer und Wasser waren, und wie er immer nicht traf, wenn er was aufs Bett werfen wollte, und dann sein trauriger alter Bademantel und dass man seine Brust sah, und überall der stechende Geruch von Vick Nasentropfen. »Also, Sir. Machen Sie sich um mich keine Sorgen«, sagte ich. »Wirklich. Ich schaff das schon. Ich mach grade nur eine Phase durch. Jeder macht doch mal eine Phase durch und so, oder?«

»Das weiß ich nicht, mein Junge. Das weiß ich nicht.«

Ich finde es Scheiße, wenn jemand so antwortet. »Klar. Aber klar doch«, sagte ich. »Wirklich, Sir. Bitte machen Sie sich keine Sorgen um mich.« Ich legte ihm irgendwie die Hand auf die Schulter. »Okay?«, sagte ich.

»Möchtest du denn nicht noch eine Tasse heiße Schokolade, bevor du gehst? Mrs. Spencer wäre . . .«

»Ja, wirklich gern, aber die Sache ist die, ich muss jetzt gehen. Ich muss jetzt gleich in die Turnhalle. Trotzdem danke. Vielen Dank, Sir.«

Dann gaben wir uns die Hand. Und die ganze Kacke. Aber es machte mich trotzdem ungeheuer traurig.

»Ich schreib Ihnen mal, Sir. Und passen Sie auf mit Ihrer Grippe.«

»Auf Wiedersehen, mein Junge.«

Als ich die Tür geschlossen hatte und zum Wohnzimmer ging, schrie er mir etwas hinterher, aber ich konnte ihn nicht genau verstehen. Ich bin mir ziemlich sicher, dass er mir »Viel Glück!« hinterherschrie. Hoffentlich nicht. Bloß das nicht. Ich würde keinem »Viel Glück!« hinterherschreien. Es klingt furchtbar, wenn man's sich recht überlegt.

# 3

Ich bin der irrsinnigste Lügner, dem ihr in eurem Leben begegnet seid. Ganz schlimm ist das. Sogar wenn ich unterwegs zum Laden bin, um eine Zeitschrift zu kaufen, und einer fragt mich, wohin ich geh, sag ich wahrscheinlich, ich geh in die Oper. Schrecklich ist das. Als ich daher zu dem guten Spencer sagte, ich muss in die Turnhalle, um meine Sportsachen und den ganzen Kram zu holen, war das glatt gelogen. Ich habe meine verfluchten Sportsachen gar nicht dort.

Wo ich an der Pencey gewohnt habe, das war im Ossenburger-Memorial-Flügel, in einem der neuen Wohnheime. Der war nur für die aus dem ersten und dem letzten Schuljahr. Ich war im ersten. Mein Zimmergenosse im letzten. Der Flügel war nach diesem Ossenburger benannt, der mal an der Pencey war. Er machte dann einen Haufen Kohle in der Bestattungsbranche, nachdem er von der Pencey weg war. Der hat im ganzen Land so Bestattungsinstitute aufgemacht, wo man seine Familienmitglieder für rund fünf Mäuse das Stück beerdigen lassen konnte. Ihr solltet den guten Ossenburger mal sehen. Wahrscheinlich schiebt er sie nur in einen Sack und kippt sie in den Fluss. Jedenfalls schenkte er der Pencey einen Haufen Kohle, und sie haben unseren Flügel nach ihm benannt. Zum ersten Football-Spiel des Jahres kam er in so einem fetten verfluchten Cadillac vorgefahren, und wir mussten alle auf der Tribüne aufstehen und für ihn einen Locomotive brüllen – das ist ein Jubelschrei. Am nächsten Vormittag hielt er dann in der Kirche eine Rede, die ungefähr zehn Stunden dauerte. Erst riss er ungefähr fünfzig piefige Witze, bloß damit wir sahen, was für ein toller Hecht er war. Na klasse. Dann erzählte er uns, dass er sich nie schämt, wenn er irgendwelche Schwierigkeiten hat, gleich niederzuknien und zu Gott zu beten. Er sagte, wir sollten immer zu Gott beten – mit Ihm sprechen und so –, egal, wo wir grade sind. Er sagte, wir sollten uns Jesus als Kumpel und so vorstellen. Er sagte, *er* spricht ständig mit Jesus. Sogar beim Autofahren. Ich hab mich fast totgelacht. Ich seh ihn genau vor mir, wie der fette verlogene Arsch den ersten Gang einlegt und Jesus bittet, ihm noch ein paar Leichen zu schicken. Das einzig Gute an seiner Rede kam genau mittendrin. Er erzählte uns gerade, was für ein klasse Kerl er ist, was für ein Spitzentyp und so, als auf einmal einer in der Reihe vor mir, Edgar Marsalla, einen irrsinnigen Furz ließ. Das war ziemlich heftig, und dann auch noch in der Kirche, aber es war auch ziemlich lustig. Der gute Marsalla. Der hätte fast das Dach weggefegt. Kaum einer lachte laut, und der gute Ossenburger tat, als hätte er gar nichts gehört, aber der gute Thurmer, der Rektor, der neben ihm auf dem Podium saß und so, *der* hatte es gehört, das sah man gleich. *Mann*, war der sauer. Da sagte er noch nichts, aber am nächsten Abend mussten wir alle im Studiersaal im Lehrgebäude antreten, und da hielt er uns dann einen Vortrag. Er sagte, der Junge, der die Störung in der Kirche verursacht hat, ist nicht würdig, auf die Pencey zu gehen. Wir versuchten, den guten Marsalla dazu zu bringen, noch einen ziehen zu lassen, gerade während der gute Thurmer seinen Vortrag hielt, aber Marsalla war nicht so recht in Stimmung. Jedenfalls da wohnte ich an der Pencey. Im guten Ossenburger-Gedächtnis-Flügel, im neuen Wohnheim.

Es war ziemlich klasse, wieder in mein Zimmer zu kommen, nachdem ich von dem guten Spencer weg war, weil alle beim Spiel waren und in unserem Zimmer zur

Abwechslung mal die Heizung an war. Es war irgendwie behaglich. Ich zog Mantel und Krawatte aus und knöpfte den Kragen auf, dann setzte ich die Mütze auf, die ich am Vormittag in New York gekauft hatte. Es war so eine rote Jägermütze, eine mit einem sehr, sehr langen Schirm. Ich sah sie im Schaufenster eines Sportgeschäfts, als wir aus der U-Bahn kamen, gleich nachdem ich gemerkt hatte, dass ich die ganzen verfluchten Florette verloren hatte. Hat mich bloß einen Dollar gekostet. Ich trug die gute Mütze mit dem Schirm nach hinten gedreht – sehr piefig, ich geb's zu. Aber so gefiel's mir eben. So sah ich gut damit aus. Dann nahm ich mir das Buch, das ich gerade las, und setzte mich in meinen Sessel. In jedem Zimmer waren zwei Sessel. Ich hatte einen, und mein Zimmergenosse, Ward Stradlater, hatte auch einen. Die Armlehnen waren in einem schlimmen Zustand, weil alle sich ständig draufsetzten, aber es waren ziemlich bequeme Sessel.

Das Buch, das ich las, war das Buch, das ich aus Versehen von der Bücherei mitgebracht hatte. Die hatten mir das falsche Buch gegeben, und das habe ich erst gemerkt, als ich wieder auf meinem Zimmer war. Es war *Afrika, dunkle lockende Welt* von Isak Dinesen. Erst dachte ich, es ist Mist, aber von wegen. Es war ein sehr gutes Buch. Ich bin ziemlich ungebildet, aber ich lese viel. Mein Lieblingsautor ist mein Bruder D. B., und danach kommt Ring Lardner. Mein Bruder schenkte mir mal ein Buch von Ring Lardner zum Geburtstag, kurz bevor ich an die Pencey kam. Da waren sehr komische, verrückte Stücke drin, und dann noch so eine Geschichte über einen Verkehrspolizisten, der sich in ein ganz niedliches Mädchen verliebt, das immer zu schnell fährt. Aber er ist ja verheiratet, der Polizist, also kann er sie nicht heiraten oder was. Dann kommt das Mädchen zu Tode, weil sie ja immer zu schnell fährt. Diese Geschichte hat mich ziemlich fertig gemacht. Am liebsten mag ich Bücher, die wenigstens ab und zu mal komisch sind. Ich lese eine Menge Klassiker wie *Die Rückkehr* von Thomas Hardy und so, die gefallen mir, und ich lese eine Menge Kriegsbücher und Kriminalromane, aber die hauen mich nicht besonders vom Hocker. Was mich richtig umhaut, sind Bücher, bei denen man sich wünscht, wenn man es ganz ausgelesen hat, der Autor, der es geschrieben hat, wäre irrsinnig mit einem befreundet und man könnte ihn jederzeit, wenn man Lust hat, anrufen. Das kommt aber nicht oft vor. Ich hätte nichts dagegen, diesen Isak Dinesen anzurufen. Und Ring Lardner, bloß dass D. B. gesagt hat, er ist tot. Aber nehmen wir mal *Der Menschen Hörigkeit* von Somerset Maugham. Das hab ich letzten Sommer gelesen. Ich weiß auch nicht. Der gehört eben nicht zu denen, die ich gern anrufen würde, Punkt. Viel lieber würde ich den guten Thomas Hardy anrufen. Ich mag seine Eustacia Vye.

Jedenfalls setzte ich meine neue Mütze auf, haute mich hin und fing mit diesem Buch *Afrika, dunkle lockende Welt* an. Ich hatte es schon mal gelesen, aber ich wollte bestimmte Stellen noch mal lesen. Ich hatte gerade mal drei Seiten gelesen, als ich hörte, wie jemand durch die Duschvorhänge kam. Sogar ohne aufzublicken wusste ich gleich, wer es war. Es war Robert Ackley, der Typ, der direkt nebenan wohnte. In unserem Flügel war zwischen jeweils zwei Zimmern immer eine Dusche, und der gute Ackley rückte mir ungefähr fünfundachtzigmal am Tag auf die Pelle. Er war außer mir wahrscheinlich der Einzige im ganzen Wohnheim, der nicht beim Spiel war. Eigentlich ging der fast *nirgendwo* hin. Er war ein sehr eigenartiger Typ. Er war im letzten Schuljahr und die ganzen vier Jahre an der Pencey gewesen und so, aber jeder nannte ihn immer nur »Ackley«. Nicht mal Herb Gale, sein Zimmergenosse, nannte ihn mal »Bob« oder »Ack«. Sollte der mal heiraten, nennt ihn wahrscheinlich auch noch seine eigene Frau »Ackley«. Er war einer von diesen sehr, sehr hoch aufgeschossenen Jungen – er war ungefähr eins neunzig – mit krummen Schultern und miesen Zähnen. Die ganze Zeit, die er neben mir wohnte, habe ich nicht einmal erlebt, dass er sich die Zähne putzte. Die sahen immer moosig und scheußlich aus, und wenn man im Speisesaal zu ihm hinsah, wie er den Mund voller Kartoffelbrei und Erbsen oder so was hatte, wurde einem fast schlecht. Außerdem hatte er jede Menge Pickel. Nicht bloß auf der Stirn oder am Kinn wie die meisten sonst, sondern im ganzen Gesicht. Und dann hatte er auch noch eine schreckliche Persönlichkeit. Und er war auch irgendwie ein gemeiner Typ. Ehrlich gesagt, war ich nicht besonders scharf auf ihn.

Ich spürte, wie er auf dem Rand der Dusche stand, direkt hinter meinem Sessel, und guckte, ob Stradlater da war. Er hasste Stradlater wie die Pest und kam nie ins Zimmer, wenn Stradlater da war. Er hasste *jeden* wie die Pest, jedenfalls fast.

Er kam vom Rand der Dusche runter ins Zimmer. »Hallo«, sagte er. Das sagte er immer so, als wäre er irrsinnig gelangweilt oder irrsinnig müde. Er wollte nicht, dass man meinte, er kommt einen be*suchen* oder so was. Er wollte, dass man meinte, er ist aus Ver*sehen* gekommen, Herrgott noch mal.

»Hallo«, sagte ich, blickte aber nicht von meinem Buch auf. Bei einem wie Ackley, wenn man bei dem von einem Buch aufblickte, war man verloren. Man war sowie*so* verloren, aber nicht so schnell, wenn man nicht *gleich* aufblickte.

Er lief nun im Zimmer rum, ganz langsam und so, wie er's immer machte, nahm persönliche Sachen vom Schreibtisch und von der Kommode. Immer nahm er persönliche Sachen in die Hand und sah sie sich an. Mann, konnte der einem manchmal auf die Nerven gehen. »Wie war das Fechten?«, sagte er. Er wollte bloß, dass ich aufhörte zu lesen, und mir den Spaß daran verderben. Das Fechten war ihm scheißegal. »Ham wir gewonnen, oder was?«, sagte er.

»Keiner hat gewonnen«, sagte ich. Aber ohne aufzublicken.

»Was?«, sagte er. Bei ihm musste man immer alles zweimal sagen.

»Keiner hat gewonnen«, sagte ich. Ich linste zu ihm hin, um zu sehen, woran er an meiner Kommode rumfingerte. Er sah sich das Bild von dem Mädchen an, mit dem ich in New York mal gegangen war, Sally Hayes. Das verfluchte Bild hatte er bestimmt schon fünftausendmal in die Hand genommen und angeschaut, seit ich es bekommen hatte. Und wenn er damit fertig war, stellte er es auch immer an die falsche Stelle. Das machte er mit Absicht. Das sah man genau.

»*Kei*ner hat gewonnen«, sagte er. »Wie das?«

»Ich hab die verfluchten Degen und den ganzen Kram in der U-Bahn liegen lassen.« Ich blickte noch immer nicht zu ihm hoch.

»In der *U-Bahn*, Herrgott! Du meinst, du hast sie *verloren*?«

»Wir sind in die falsche Bahn eingestiegen. Ich musste ständig aufstehen und auf den verfluchten Plan an der Wand gucken.«

Er kam näher und stellte sich mir genau vors Licht. »He«, sagte ich. »Seit du da bist, hab ich den einen Satz ungefähr zwanzigmal gelesen.«

Jeder außer ihm hätte diesen verfluchten Wink verstanden. Aber er nicht. »Glaubst du, du musst das bezahlen?«, sagte er.

»Weiß ich nicht, ist mir auch scheißegal. Vielleicht setzt du dich mal *hin* oder was, kleiner Ackley? Du stehst mir im Licht, verflucht.« Er mochte es nicht, wenn man »kleiner Ackley« zu ihm sagte. Ständig sagte er zu mir »kleiner Caulfield«, weil ich sechzehn war und er achtzehn. Es machte ihn rasend, wenn ich »kleiner Ackley« zu ihm sagte.

Er blieb da weiter stehen. Er war *genau* einer von denen, die einem nicht aus dem Licht gehen, wenn man sie darum bittet. Irgendwann machte er es dann *schon*, aber es dauerte viel länger, wenn man ihn darum *bat*. »Was liest'n da Komisches?«, sagte er.

»'n Buch, verflucht.«

Er schob mein Buch mit der Hand zurück, damit er den Titel sehen konnte. »Taugt das was?«, sagte er.

»Der *Satz*, den ich gerade lese, ist irrsinnig.« Wenn mir danach ist, kann ich ganz schön sarkastisch sein. Aber das kapierte er nicht. Wieder ging er im Zimmer rum, nahm meinen ganzen persönlichen Kram in die Hand und auch den von Stradlater. Schließlich legte ich mein Buch auf den Fußboden. Man konnte nicht lesen, wenn einer wie Ackley da war. Unmöglich.

Ich rutschte ungeheuer tief in meinen Sessel und sah dem guten Ackley zu, wie er so tat, als wäre er hier zu Hause. Ich war von der Fahrt nach New York und so irgendwie müde und fing an zu gähnen. Dann alberte ich ein bisschen rum. Manchmal albere ich ziemlich viel rum, einfach, damit es mir nicht langweilig wird. Ich zog also den Schirm meiner Jägermütze nach vorn und dann über die Augen. Ich konnte nun gar nichts mehr sehen. »Ich glaub, ich werd blind«, sagte ich mit einer völlig heiseren Stimme. »Mammimammi, hier wird auf einmal alles so *dunkel*.«

»Du bist ja plemplem. Das schwör ich bei Gott«, sagte Ackley.

»Mammimammi, gib mir die *Hand*. Warum gibst du mir nicht die *Hand*?«

»Herrgott noch mal, sei doch nicht so kindisch.«

Dann tastete ich vor mir rum, genau wie ein Blinder, aber ohne aufzustehen oder so was. Dabei sagte ich immerzu: »Mammimammi, warum gibst du mir nicht die *Hand*?« Natürlich alberte ich bloß rum. Manchmal macht mir das einen Mordsspaß. Außerdem wusste ich, dass sich der gute Ackley wie blöd darüber aufregte. Er weckte immer den guten Sadisten in mir. Bei ihm war ich ganz oft ziemlich sadistisch. Aber dann hörte ich auf damit. Ich drehte den Schirm wieder nach hinten und wurde lockerer.

»Wem gehört'n das?«, sagte Ackley. Er hielt die Knieschoner meines Zimmergenossen hoch, um sie mir zu zeigen. Dieser Ackley nahm aber auch *al*les in die Hand. Sogar ein Suspensorium oder so was. Ich sagte ihm, die gehören Stradlater. Also schmiss er sie auf Stradlaters Bett. Er nahm sie von Stradlaters *Kommode* und schmiss sie auf Stradlaters *Bett*.

Er setzte sich jetzt auf die Armlehne von Stradlaters Sessel. Nie setzte er sich *in* einen Sessel. Immer nur auf die Armlehne. »Wo hast'n die Mütze da her?«, sagte er.

»New York.«

»Wie viel?«

»Ein Dollar.«

»Da haben sie dich aber ausgenommen.« Er fing an, sich mit einem Streichholz die verfluchten Fingernägel sauber zu machen. Ständig machte er sich die Fingernägel sauber. Irgendwie komisch war das. Seine Zähne sahen immer moosig aus, und seine Ohren waren immer ungeheuer dreckig, aber die Fingernägel machte er sich immer sauber. Wahrscheinlich glaubte er, dass er dadurch *gepflegt* wirkt. Während er sie sauber machte, warf er noch einen Blick auf meine Mütze. »Bei uns zu Hause tragen wir so eine Mütze zum *Rehe*schießen, Herrgott noch mal«, sagte er. »Das ist eine Mütze zum Reheschießen.«

»Das glaubst auch nur du.« Ich nahm sie ab und sah sie an. Ich kniff ein Auge so zu, als wollte ich drauf zielen. »Das ist eine Mütze zum Leuteschießen«, sagte ich. »In der Mütze erschieß ich Leute.«

»Wissen deine Leute schon, dass du fliegst?«

»Nö.«

»Wo ist Stradlater überhaupt?«

»Beim Spiel. Hat 'ne Verabredung.« Ich gähnte. Ich gähnte wild durch die Gegend. Überhaupt war's in dem Zimmer zu verflucht heiß. Das machte müde. An der Pencey fror man sich zu Tode oder starb vor Hitze.

»Der große Stradlater«, sagte Ackley. »– He. Leih mir doch kurz mal deine Schere, ja? Hast du sie greifbar?«

»Nein. Hab sie schon eingepackt. Ist ganz oben im Schrank.«

»Hol sie doch mal, ja?«, sagte Ackley. »Ich hab da so 'n Niednagel, den will ich abschneiden.«

Es war ihm egal, ob man was schon eingepackt hatte und es ganz oben im Schrank war. Trotzdem holte ich sie ihm. Dabei bin ich fast draufgegangen. Kaum machte ich die Schranktür auf, fiel mir auch schon Stradlaters Tennisschläger – im Holzspanner und so – auf den Kopf. Es machte laut *Doing* und tat ungeheuer weh. Aber auch der gute Ackley ging dabei fast drauf. Er lachte mit seiner hohen Falsettstimme los. Er lachte die ganze Zeit, während ich meinen Koffer runterhob und die Schere für ihn rausholte. Bei solchen Sachen – wenn einer einen Stein an den Kopf kriegt oder was weiß ich – bepisste sich Ackley immer. »Hast 'n verflucht guten Humor, kleiner Ackley«, sagte ich zu ihm. »Weißt du was?« Ich reichte ihm die Schere. »Ich werd dein Manager. Dann bring ich dich in das verfluchte Radio.« Ich setzte mich wieder in meinen Sessel, und er schnitt sich seine großen hornigen Nägel. »Vielleicht machst du das mal überm Tisch oder was weiß ich?«, sagte ich. »Schneid sie überm Tisch, ja? Ich hab keine Lust, heute Nacht barfuß über deine dreckigen Nägel zu laufen.« Aber trotzdem schnitt er sie weiter überm Fußboden. Ganz miese Manieren. Ehrlich.

»Mit wem ist Stradlater verabredet?«, sagte er. Ständig führte er Buch darüber, mit wem Stradlater sich verabredete, obwohl er Stradlater wie die Pest hasste.

»Weiß nicht. Warum?«

»Darum. Mann, ich kann diesen Scheißkerl nicht ertragen. Das ist so ein Scheißkerl, ich kann ihn nicht ertragen.«

»Aber er ist scharf auf *dich*. Er hat mir gesagt, du bist ein verfluchter Prinz«, sagte ich. Ich nenne Leute ganz oft »Prinz«, wenn ich rumalbere. Dann wird mir nicht langweilig oder so.

»Der kommt sich ständig als was Besseres vor«, sagte Ackley. »Ich kann diesen Scheißkerl einfach nicht ausstehen. Man könnte meinen, der...«

»Würdest du dir vielleicht bitte die Nägel über dem *Tisch* schneiden, ja?«, sagte ich. »Ich hab dir das schon fünfzig...«

»Der kommt sich ständig als was so verflucht *Besseres* vor«, sagte Ackley. »Ich glaube, der Scheißkerl ist nicht mal intelligent. Der *glaubt* das bloß. Der glaubt, er ist der Größte ...«

»*Ack*ley! Herrgott noch mal. Schneidest du dir deine dreckigen Fingernägel *bitte* überm Tisch? Ich habe dich jetzt schon fünfzigmal drum gebeten.«

Zur Abwechslung schnitt er sich dann seine Fingernägel mal überm Tisch. Der machte immer erst was, wenn man ihn anbrüllte.

Ich sah ihm eine Weile zu. Dann sagte ich: »Du bist bloß deshalb sauer auf Stradlater, weil er mal gesagt hat, dass du dir die Zähne bloß ab und zu putzt. Der wollte dich damit doch nicht beleidigen, verdammt noch eins. Das hat er doch gar nicht richtig *gesagt* oder so, und er hat's auch nicht beleidigend gemeint. Der hat damit bloß gemeint, du würdest besser aussehen und dich besser *fühlen*, wenn du dir ab und zu mal die Zähne putzt.«

»Ich putz mir die Zähne. Hör doch *damit* auf.«

»Nein, eben nicht. Ich hab dir zugesehen, du tust es nicht«, sagte ich. Aber das sagte ich nicht gemein. Irgendwie tat er mir Leid. Also, natürlich ist das nicht besonders schön, wenn einer einem sagt, dass man sich nicht die Zähne putzt. »Stradlater ist schon in Ordnung. So übel ist der nicht«, sagte ich. »Du kennst ihn bloß nicht, das ist das Dumme.«

»Ich sag trotzdem, er ist ein Scheißkerl. Ein eingebildeter Scheißkerl.«

»Ja, eingebildet ist er, aber in manchen Sachen ist er auch sehr großzügig. Wirklich«, sagte ich. »Sieh mal. Beispielsweise mal angenommen, Stradlater hat 'ne Krawatte um oder was weiß ich, was dir gefällt. Sagen wir mal, er trägt 'ne Krawatte, die dir ungeheuer gefällt – ich sag das jetzt bloß als Beispiel, ja? Weißt du, was er täte? Der würde sie wahrscheinlich abnehmen und dir geben. Wirklich. Oder – weißt du, was er täte? Er würde sie dir aufs Bett legen oder so was. Aber er würde dir die verfluchte Krawatte *geben*. Die meisten andern würden wahrscheinlich bloß . . .«

»*Scheiße*«, sagte Ackley. »Wenn ich dem seine Kohle hätte, würde ich das auch tun.«

»Nein, eben nicht.« Ich schüttelte den Kopf. »Du tätest das nicht, kleiner Ackley. Wenn du seine Kohle hättest, dann wärst du einer der Größten . . .«

»Nenn mich nicht ›kleiner Ackley‹, verflucht noch mal. Ich bin so alt, dass ich dein Vater sein könnte.«

»Überhaupt nicht.« Mann, konnte der manchmal unangenehm sein. Der ließ keine Gelegenheit aus, um einem klarzumachen, dass man sechzehn und er achtzehn war. »Und überhaupt würde ich *dich* gar nicht in meine verfluchte Familie lassen«, sagte ich.

»Also, hör endlich auf, mich ...«

Ganz plötzlich ging die Tür auf, und der gute Stradlater schneite reichlich gehetzt rein. Er war immer gehetzt. Alles war ungeheuer wichtig. Er kam zu mir rüber und gab mir ungeheuer spielerisch zwei Klapse auf die Wangen – was sehr unangenehm sein kann. »Hör mal«, sagte er. »Hast du heut Abend was Besonderes vor?«

»Weiß nicht. Vielleicht. Wie isses denn draußen überhaupt – schneit's?« Sein ganzer Mantel war voller Schnee.

»Ja. Hör mal, wenn du nichts Besonderes vorhast, könntest du mir dann dein Hahnentrittjackett leihen?«

»Wer hat gewonnen?«, sagte ich.

»Erst halb rum. Wir gehen«, sagte Stradlater. »Ehrlich, brauchst du nun dein Hahnentrittjackett heut Abend oder nicht? Ich hab mir über meine graue Flanelljacke irgendwelchen Mist gekippt.«

»Nein, aber ich will nicht, dass du's ausleierst mit deinen verfluchten Schultern und so«, sagte ich. Wir waren praktisch gleich groß, aber er wog ungefähr doppelt so viel wie ich. Er hatte ganz breite Schultern.

»Ich leiere es schon nicht aus.« Er lief richtig gehetzt zum Schrank. »Wie geht's denn immer, Ackley?«, sagte er zu Ackley. Wenigstens war Stradlater ein ziemlich freundlicher Typ. Teilweise war es bei ihm eine verlogene Freundlichkeit, aber wenigstens sagte er zu Ackley immer Tag und so.

Ackley grunzte bloß, als Stradlater »Wie geht's denn immer?« sagte. Er gab ihm keine *Antwort,* aber so viel Mumm, nicht mindestens zu grunzen, hatte er auch nicht. Dann sagte er zu mir: »Ich glaub, ich geh jetzt mal. Bis später.«

»Okay«, sagte ich. Es brach einem nicht gerade das Herz, wenn er wieder auf sein Zimmer ging.

Der gute Stradlater zog jetzt Mantel und Krawatte und so aus. »Vielleicht rasier ich mich noch schnell«, sagte er. Er hatte einen ziemlich starken Bartwuchs. Wirklich.

»Wo ist deine Verabredung?«, fragte ich ihn.

»Wartet im Anbau.« Er ging mit seinem Kulturbeutel und einem Handtuch unterm Arm aus dem Zimmer. Ohne Hemd an oder was. Immer lief er mit nacktem Oberkörper rum, weil er fand, er hatte eine verdammt gute Figur. Hatte er auch, zugegeben.

# 4

Ich hatte nichts Besonderes vor, also ging ich in den Waschraum und quatschte mit ihm, während er sich rasierte. Wir waren die Einzigen im Waschraum, weil alle noch beim Spiel waren. Es war ungeheuer heiß, und die Fenster waren alle beschlagen. Es gab ungefähr zehn Waschbecken, alle an einer Wand. Stradlater stand am mittleren. Ich setzte mich auf das direkt neben ihm und drehte das Kaltwasser an und aus – eine nervöse Angewohnheit von mir. Stradlater pfiff beim Rasieren »Song of India«. Sein Gepfeife war ziemlich durchdringend und praktisch nie sauber, und immer suchte er sich ein Lied aus, das schwer zu pfeifen ist, sogar wenn man *gut* pfeifen kann, wie »Song of India« oder »Slaughter on Tenth Avenue«. Der konnte ein Lied richtig versauen.

Erinnert ihr euch, dass ich schon gesagt habe, Ackley ist in puncto Sauberkeit ein Bauer? Also, Stradlater war das auch, aber auf andere Weise. Stradlater war mehr insgeheim ein Bauer. Er *sah* immer gut aus, dieser Stradlater, aber ihr hättet mal beispielsweise seinen Rasierer sehen sollen. Der war immer ungeheuer rostig und voller Rasiercreme und Haare und Dreck. Nie machte er ihn sauber oder so was. Wenn er sich hergerichtet hatte, *sah* er immer gut aus, aber trotzdem war er insgeheim ein Ferkel, wenn ihr ihn gekannt hättet wie ich. Dass er sich immer herrichtete, um auch gut auszusehen, lag daran, dass er wahnsinnig selbstverliebt war. Er hielt sich für den bestaussehenden Typen der westlichen Hemisphäre. Zugegeben – er *sah* ja auch ziemlich gut aus. Aber er sah vor allem auf eine Weise gut aus, dass eure Eltern, wenn sie sein Bild in deinem Jahrbuch sehen, gleich fragen würden: »Wer ist denn *der* Junge da?« Also, er sah eigentlich vor allem im Jahrbuch gut aus. Ich kannte an der Pencey eine Menge Typen, die meiner Meinung nach viel besser aussahen als Stradlater, aber auf dem Foto im Jahrbuch sahen sie dann gar nicht so gut aus. Die sahen dann aus, als hätten sie eine dicke Nase oder Segelohren. Das habe ich häufig erlebt.

Jedenfalls saß ich auf dem Waschbecken neben dem, wo Stradlater sich rasierte, und drehte das Wasser an und aus. Ich hatte noch immer meine rote Jägermütze auf, den Schirm nach hinten gedreht und so. Die Mütze hatte es mir richtig angetan.

»He«, sagte Stradlater. »Willst du mir 'n großen Gefallen tun?«

»Was denn?«, sagte ich. Nicht sonderlich begeistert. Immer fragte er einen, ob man ihm einen großen Gefallen tun kann. Solche sehr gut aussehenden Typen oder solche, die sich für Spitzentypen halten, die fragen einen ständig, ob man ihnen einen großen Gefallen tun kann. Bloß weil *die* sich richtig klasse finden, glauben sie, man findet sie *auch* richtig klasse und brennt richtig darauf, ihnen einen Gefallen zu tun. Irgendwie ist das komisch.

»Gehst du heut Abend weg?«, sagte er.

»Vielleicht. Vielleicht auch nicht. Ich weiß nicht. Warum?«

»Ich muss bis Montag hundert Seiten für Geschichte lesen«, sagte er. »Könntest du vielleicht für mich einen Aufsatz schreiben, für Englisch? Ich komm in Teufels Küche, wenn ich das verfluchte Ding nicht bis Montag hab, deshalb frag ich. Was meinst du?«

Das war sehr ironisch. Also wirklich.

»*Ich* flieg hier von der verfluchten Schule, und *du* bittest mich, dir einen verfluchten Aufsatz zu schreiben«, sagte ich.

»Ja, ich weiß. Aber die Sache ist eben die, wenn ich den nicht abgebe, komm ich in Teufels Küche. Sei ein Kumpel. Sei doch ein Kuuumpel. Ja?«

Ich antwortete ihm nicht gleich. Ärschen wie Stradlater tut ein bisschen Spannung ganz gut.

»Über was?«, sagte ich.

»*Egal* was. Irgend 'ne Beschreibung. Von 'nem Zimmer. Oder Haus. Oder von was, wo du mal drin gelebt hast – *weißt* schon. Hauptsache, es ist ungeheuer beschreibend.« Während er das sagte, gähnte er lauthals. Was mir höllisch auf die Nerven geht. Also, wenn einer *gähnt*, während er einen bittet, ihm einen verfluchten Gefallen zu tun. »Mach's aber nicht *zu* gut«, sagte er. »Dieser scheiß Hartzell hält dich nämlich für einen Spitzentypen in Englisch, und er weiß auch, dass du mein Zimmergenosse bist. Also setz nicht die ganzen Kommas und so weiter an die richtige Stelle.«

Auch das geht mir höllisch auf die Nerven. Also, wenn man gut im Aufsatz ist und einer mit Kommas ankommt. Stradlater machte das ständig. Er wollte, dass man dachte, *er* ist im Aufsatz bloß deshalb mies, weil er alle Kommas an die falschen Stellen setzt. In der Hinsicht war er ein bisschen wie Ackley. Einmal saß ich bei einem Basketball-Spiel neben Ackley. Wir hatten einen irrsinnigen Kerl in der Mannschaft, Howie Coyle, der sie mitten aus dem Feld versenken konnte, sogar ohne dass der Ball dabei ans Korbbrett kam oder so. Das ganze verfluchte Spiel hindurch sagte Ackley, dieser Coyle hat die perfekte *Statur* für Basketball. Gott, wie ich das hasse.

Nach einer Weile wurde es mir langweilig, immer da auf dem Waschbecken zu sitzen, also ging ich ein, zwei Meter zurück und fing an zu steppen, einfach so aus Jux.

Es machte mir eben Spaß. Eigentlich kann ich gar nicht steppen oder was, aber im Waschraum war ein Steinfußboden, und der war gut zum Steppen. Ich machte einen der Typen aus einem Film nach. Aus einem *Musical*. Ich hasse Filme wie die Pest, aber so was macht mir einen Mordsspaß. Der gute Stradlater sah mir im Spiegel zu, während er sich rasierte. Ich brauch bloß Publikum. Ich bin Exhibitionist. »Ich bin der Sohn des verfluchten Gouverneurs«, sagte ich. Ich war von mir selber hin und weg. Steppte in dem ganzen Waschraum rum. »Er will nicht, dass ich Stepptänzer werde. Er will, dass ich nach Oxford gehe. Aber Steppen liegt mir verflucht noch mal im Blut.« Der gute Stradlater lachte. Eigentlich hatte er einen ganz guten Humor. »Es ist die Premiere der *Ziegfeld Follies*.« Ich war außer Puste. Ich kriege überhaupt schlecht Luft. »Der Solotänzer kann nicht mehr. Er ist stinkbesoffen. Wer ersetzt ihn also? Ich natürlich. Der kleine verfluchte Sohn des Gouverneurs.«

»Wo hast'n die her?«, sagte Stradlater. Er meinte meine Jägermütze. Er hatte sie noch nie gesehen.

Ich war sowieso außer Atem, also hörte ich auf rumzualbern. Ich nahm die Mütze ab und betrachtete sie ungefähr zum neunzigsten Mal. »Hab ich heut Vormittag in New York gekauft. Für einen Dollar. Gefällt sie dir?«

Stradlater nickte. »Schick«, sagte er. Aber er schmeichelte mir bloß, denn gleich darauf sagte er: »Hör mal. Schreibst du mir nun den Aufsatz? Das muss ich wissen.«

»Wenn ich Zeit dafür hab, ja. Wenn nicht, dann nicht«, sagte ich. Ich ging wieder zu dem Waschbecken neben ihm und setzte mich darauf. »Mit wem gehst'n?«, fragte ich ihn. »Fitzgerald?«

»Gott, nein! Hab dir doch gesagt, dass ich mit der Kuh fertig bin.«

»So? Dann gib sie mir, Junge. Im Ernst. Die ist genau meine Kragenweite.«

»Nimm sie ... Die ist zu alt für dich.«

Auf einmal – eigentlich ohne besonderen Grund, bloß dass ich irgendwie Lust hatte rumzualbern – war mir danach, vom Waschbecken zu springen und den guten Stradlater mit einem Halbnelson zu packen. Das ist ein Ringergriff, falls ihr das nicht wisst, bei dem man dem andern um den Hals greift und ihn erwürgt, wenn einem danach ist. Also tat ich es. Ich fiel ihn an wie ein verfluchter Panther.

»Lass das, Holden, Herrgott!«, sagte Stradlater. Ihm war nicht nach Rumalbern. Er rasierte sich eben und so. »Was soll'n das – soll ich mir den Kopf absäbeln, verflucht?«

Aber ich ließ nicht los. Ich hatte ihn in einem ziemlich guten Halbnelson. »Befreie dich aus meinem Schraubstockgriff«, sagte ich.

»Herr-gott noch *mal*.« Er legte seinen Rasierer weg, fuhr plötzlich mit den Armen hoch und drückte irgendwie meinen Arm weg. Er war ein sehr kräftiger Typ. Ich bin sehr schwach. »Lass die Scheiße jetzt«, sagte er. Dann fing er mit dem Rasieren wieder von vorn an. Er rasierte sich immer zweimal, damit er auch großartig aussah. Mit seinem dreckigen Rasierer.

»Mit wem gehst'n dann weg, wenn's nicht die Fitzgerald ist?«, fragte ich ihn. Ich setzte mich wieder auf das Waschbecken neben ihm. »Mit dieser Schnecke Phyllis Smith?«

»Nein. So war's eigentlich geplant, aber das ging dann völlig daneben. Jetzt hab ich die Zimmergenossin von Bud Thaws Puppe ... He. Fast hätt ich's vergessen. Die kennt *dich*.«

»Wer?«, fragte ich.

»Die, mit der ich mich treffe.«

»Ach ja?«, sagte ich. »Wie heißt sie?« Das interessierte mich nun doch.

»Mal überlegen ... Ähm. Jean Gallagher.«

Mann, ich wäre fast tot *um*gefallen, als er das sagte.

»*Jane* Gallagher«, sagte ich. Ich ging sogar vom Waschbecken runter, als er das sagte. Ich wär fast tot umgefallen. »Und ob ich die kenne, verdammt. Im vorletzten Sommer hat die praktisch direkt *neben* mir gewohnt. Die hatte so einen verdammten Riesendobermann. So hab ich sie auch kennen gelernt. Ihr Hund ist ständig in unseren ...«

»Du stehst mir genau im Licht, Herrgott, Holden«, sagte Stradlater. »Musst du denn genau da stehen?«

Mann, war ich aufgeregt. Wirklich.

»Wo ist sie?«, fragte ich ihn. »Ich müsste doch eigentlich runtergehen und ihr Tag sagen oder was weiß ich. Wo ist sie? Im Anbau?«

»Ja.«

»Wie ist sie denn drauf gekommen, mich zu erwähnen? Geht sie jetzt auf die B. M.? Sie hat gesagt, vielleicht geht sie dahin. Sie hat aber auch gesagt, sie geht vielleicht nach Shipley. Ich dachte, sie ist nach Shipley gegangen. Wie ist sie denn drauf gekommen, mich zu erwähnen?« Ich war ganz schön aufgeregt. Wirklich.

»Das weiß *ich* doch nicht, Herrgott. Heb mal den Arsch, ja? Du sitzt auf meinem Handtuch«, sagte Stradlater. Ich saß tatsächlich auf seinem blöden Handtuch.

»Jane Gallagher«, sagte ich. Ich fasste es nicht. »Herrgott noch eins.«

Der gute Stradlater kippte sich Vitalis in die Haare. *Mein* Vitalis.

»Sie ist Tänzerin«, sagte ich. »Ballett und so. Die hat ungefähr zwei Stunden am Tag trainiert, noch in der größten Hitze und so. Sie hatte Angst, dass ihre Beine davon fies werden – ganz dick und so. Ich hab mit ihr die ganze Zeit Dame gespielt.«

»Du hast die ganze Zeit *was* mit ihr gespielt?«

»Dame.«

»*Dame*, Herrgott!«

»Ja. Die hat nie mit ihren Damen gezogen. Wenn die mal 'ne Dame kriegte, hat sie nie damit gezogen. Hat sie einfach in der letzten Reihe stehen lassen. Hat sie alle in der letzten Reihe aufgereiht. Dann hat sie nie was damit gemacht. Es hat ihr einfach gefallen, wie sie so nebeneinander in der letzten Reihe standen.«

Stradlater sagte nichts. So Kram interessiert die meisten Leute nicht.

»Ihre Mutter war im selben Club wie wir«, sagte ich. »Ab und zu war ich mal Caddie, bloß um ein bisschen Kohle zu machen. Ein paar Mal war ich Caddie für ihre Mutter. Die hat so ungefähr hundertsiebzig Schläge gebraucht, für neun Löcher.«

Stradlater hörte kaum zu. Er kämmte sich seine prächtigen Locken.

»Ich müsste doch runter und ihr wenigstens Tag sagen«, sagte ich.

»Und warum gehst du nicht?«

»Ich geh ja, gleich.«

Er fing wieder von vorne an, sich einen Scheitel zu ziehen. Er brauchte ungefähr eine Stunde, bis er fertig gekämmt war.

»Ihre Eltern waren geschieden. Ihre Mutter hat dann einen Schluckspecht geheiratet«, sagte ich. »Dürrer Typ mit behaarten Beinen. Ich erinner mich noch gut an ihn. Hatte ständig kurze Hosen an. Jane hat gesagt, er ist eine Art Dramatiker oder so 'n Quatsch, aber *ich* hab ihn immer bloß saufen sehen, und er hat sich jedes verfluchte Kriminalhörspiel im Radio angehört. Und ist nackt in dem verfluchten Haus rumgelaufen. Vor *Jane* und so.«

»Ach ja?«, sagte Stradlater. Das interessierte ihn nun doch. Dass der Schluckspecht nackt im Haus rumlief, vor Jane. Stradlater war ein ganz heißer Arsch.

»Die hatte eine miese Kindheit. Im Ernst.«

Das interessierte Stradlater nun wieder nicht. Bloß ganz heiße Sachen interessierten den.

»Jane Gallagher. Meine Güte.« Ich kriegte sie nicht aus dem Kopf. Wirklich nicht. »Ich sollte doch wenigstens runtergehen und ihr Tag sagen.«

»Dann *tu's* doch endlich, verdammt, und sag's nicht bloß dauernd«, sagte Stradlater.

Ich ging ans Fenster, aber man konnte nicht rausgucken, so beschlagen war es von der ganzen Hitze im Waschraum. »Ich bin jetzt nicht in der Stimmung dazu«, sagte ich. Das war ich auch nicht. Für solche Sachen muss man in der richtigen Stimmung sein. »Ich dachte, die ist nach Shipley gegangen. Ich hätte schwören können, die ist nach Shipley gegangen.« Ich lief eine Weile im Waschraum rum. Sonst hatte ich ja nichts zu tun. »Hat ihr das Spiel gefallen?«, sagte ich.

»Ja, glaub schon. Weiß nicht.«

»Hat sie dir erzählt, dass wir ständig Dame gespielt haben oder so was?«

»Weiß ich nicht. Herrgott, ich hab sie doch eben erst *kennen* gelernt«, sagte Stradlater. Er war jetzt mit seinen verfluchten prächtigen Haaren fertig. Er räumte seine ganzen dreckigen Toilettenartikel weg.

»Hör mal. Grüß sie von mir, ja?«

»Okay«, sagte Stradlater, aber ich wusste, dass er das wahrscheinlich nicht tun würde. Einer wie Stradlater, der richtet nie einen Gruß aus.

Er ging wieder ins Zimmer, aber ich blieb noch eine Weile im Waschraum und dachte über die gute Jane nach. Dann ging auch ich zum Zimmer zurück.

Als ich reinkam, stand Stradlater vor dem Spiegel und band sich die Krawatte um. Die Hälfte seines verfluchten Lebens verbrachte er vor dem Spiegel. Ich setzte mich in meinen Sessel und sah ihm eine Weile so zu.

»He«, sagte ich. »Sag ihr aber nicht, dass ich fliege, ja?«

»Okay.«

Das war gut bei Stradlater. Man brauchte ihm nicht jede verfluchte Einzelheit zu erklären, wie man das bei Ackley tun musste. Vor allem, glaube ich, weil es ihn nicht besonders interessierte. Das ist der Grund. Bei Ackley war das anders. Ackley war ein ganz neugieriger Arsch.

Stradlater zog mein Hahnentrittjackett an.

»Aber leiere es mir bloß nicht aus«, sagte ich. Ich hatte es erst ungefähr zweimal angehabt.

»Bestimmt nicht. Wo sind denn jetzt meine Zigaretten, verdammt?«

»Auf dem Schreibtisch.« Nie wusste er, wo er was hingelegt hatte. »Unter deinem dicken Schal.« Er steckte sie in die Jackentasche – in *meine* Jackentasche.

Auf einmal drehte ich zur Abwechslung den Schirm meiner Jägermütze nach vorn. Auf einmal wurde ich irgendwie nervös. Ich bin ein ziemlich nervöser Typ. »Hör mal, wo gehst'n hin mit ihr?«, fragte ich ihn. »Weißt du das schon?«

»Nee. New York, wenn die Zeit reicht. Sie hat sich nur bis halb zehn ausgetragen, Herrgott.«

Mir gefiel nicht, wie er das sagte, also sagte ich: »Wahrscheinlich hat sie das nur getan, weil sie nicht wusste, was für ein gut aussehender, charmanter Arsch du bist. Wenn sie das *gewusst* hätte, hätte sie sich wahrscheinlich bis halb zehn *morgens* ausgetragen.«

»Gut erkannt«, sagte Stradlater. Der ließ sich nicht leicht reizen. Dazu war er zu eingebildet. »Jetzt aber mal im Ernst. Schreib den Aufsatz für mich«, sagte er. Er hatte seinen Mantel an und war startbereit. »Brich dir dabei aber keinen ab oder was, mach's bloß ungeheuer beschreibend. Okay?«

Ich gab ihm keine Antwort. Mir war nicht danach. Ich sagte bloß: »Frag sie, ob sie die Damen noch immer in der letzten Reihe stehen lässt.«

»Okay«, sagte Stradlater, aber ich wusste, er würde es nicht tun. »Dann mach's gut.« Er stürmte aus dem Zimmer wie ein Irrer.

Als er weg war, saß ich noch ungefähr eine halbe Stunde so da. Also, ich saß einfach in meinem Sessel und machte gar nichts. Ich dachte an Jane und daran, dass Stradlater jetzt mit ihr wegging und so. Das machte mich dermaßen nervös, dass ich fast verrückt wurde. Ich hab euch ja schon gesagt, was für ein heißer Arsch Stradlater war.

Ganz plötzlich schneite Ackley wieder rein, wie immer durch den verdammten Duschvorhang. Ausnahmsweise mal in meinem blöden Leben war ich froh, ihn zu sehen. Er lenkte mich von dem andern Kram ab.

Er lungerte bis ungefähr zur Abendessenszeit rum, redete davon, dass er die ganzen Typen an der Pencey zum Kotzen fand, und drückte an einem dicken Pickel am Kinn rum. Er nahm nicht mal sein Taschentuch dazu. Ich glaube, der Arsch *hatte* gar kein Taschentuch, wenn ihr's genau wissen wollt. Jedenfalls hab ich nie eins bei ihm gesehen.

# 5

Samstagabends gab es an der Pencey immer das gleiche Essen. Es sollte das Wahnsinnsding sein, weil sie einem ein Steak vorsetzten. Ich wette tausend Mäuse, dass sie das bloß deshalb taten, weil sonntags immer eine Menge Eltern in die Schule kamen, und der gute Thurmer dachte wahrscheinlich, dass jede Mutter ihren kleinen Liebling fragte, was es am Abend zuvor zu essen gegeben hatte, und der würde dann »Steak« sagen. Purer Schwindel. Die Steaks hättet ihr mal sehen sollen. Das waren so kleine, harte Dinger, die man kaum durchschneiden konnte. Am Steakabend gab's immer klumpigen Kartoffelbrei dazu, und zum Nachtisch gab's Apfelauflauf, was keiner aß, außer vielleicht die Kleinen aus der Unterstufe, die sowieso keine Ahnung hatten – und Typen wie Ackley, die *alles* aßen.

Aber als wir dann aus dem Speisesaal kamen, war's doch noch ganz nett. Auf der Erde lagen ungefähr acht Zentimeter Schnee, und er kam noch immer runter wie blöd. Das sah ungeheuer hübsch aus, und wir schmissen alle mit Schneebällen und alberten rum wie wild. Es war sehr kindisch, aber alle hatten einen Mordsspaß dabei.

Ich hatte keine Verabredung oder was, also beschlossen ich und ein Freund von mir, Mal Brossard, der in der Ringermannschaft war, mit dem Bus nach Agerstown zu fahren, 'nen Hamburger essen und vielleicht 'nen miesen Film sehen. Wir hatten beide keine Lust, uns den ganzen Abend den Arsch platt zu sitzen. Ich fragte Mal, ob er was dagegen hätte, wenn Ackley mitkommt. Ich fragte deshalb, weil Ackley samstagabends *nie* was machte, außer auf seinem Zimmer zu hocken und sich Pickel auszudrücken oder was weiß ich. Mal sagte, er hätte nichts da*gegen*, aber so toll fände er es auch wieder nicht. Er mochte Ackley nicht besonders. Jedenfalls gingen wir auf unsere Zimmer, um uns fertig zu machen und so, und während ich meine Galoschen und den ganzen Mist anzog, brüllte ich rüber und fragte den guten Ackley, ob er mit ins Kino will. Er konnte mich durch die Duschvorhänge ganz gut hören, aber er antwortete nicht gleich. Er war einer von denen, die es blöd finden, gleich zu antworten. Schließlich kam er durch die verfluchten Vorhänge rüber, stand da auf dem Duschrand und fragte, wer sonst noch mitgeht. Ich schwör's euch, wenn der Typ irgendwo schiffbrüchig wäre und man ihn mit einem verfluchten Boot retten würde, dann wollte der noch wissen, wer der Typ ist, der rudert, bevor er einsteigt. Ich sagte, Mal Brossard. Er sagte: »*Der* Arsch ... Na schön. Dann wart 'n Moment.« Man hätte meinen können, er tut einem einen großen Gefallen.

Es dauerte ungefähr fünf Stunden, bis er fertig war. Währenddessen ging ich ans Fenster, öffnete es und machte mit den bloßen Händen einen Schneeball. Der Schnee war sehr gut dafür. Aber ich warf den Schneeball nach nichts. Ich holte nur *aus*. Zielte auf einen Wagen, der auf der andern Straßenseite stand. Aber ich überlegte es mir anders. Der Wagen sah so schön und weiß aus. Dann zielte ich auf einen Hydranten, aber auch der sah zu schön und weiß aus. Schließlich warf ich den Schneeball nach gar nichts. Ich schloss dann bloß das Fenster, lief mit dem Schneeball im Zimmer rum und drückte ihn immer fester. Ein bisschen später, als ich und Brossard und Ackley dann in den Bus stiegen, hatte ich ihn noch immer dabei. Der Busfahrer machte die Türen auf und sagte, ich soll ihn rausschmeißen. Ich *sagte* ihm, ich würde ihn nach niemand schmeißen, aber er wollte mir nicht glauben. Nie glauben sie einem.

Brossard und Ackley hatten beide schon den Film gesehen, der lief, also holten wir uns bloß ein paar Hamburger und spielten eine Weile Flipper, dann fuhren wir wieder mit dem Bus zurück zur Pencey. Es war mir sowieso egal, dass ich den Film nicht sah. Es war anscheinend eine Komödie mit Cary Grant und solcher Mist. Außerdem war ich schon vorher mit Brossard und Ackley im Kino gewesen. Die lachten beide wie die Hyänen über Sachen, die nicht mal komisch waren. Es machte mir keinen Spaß, neben denen im Kino zu sitzen.

Als wir wieder im Wohnheim waren, war es erst Viertel vor neun. Der gute Brossard war bridgesüchtig, also suchte er das ganze Wohnheim nach Leuten ab, die mit ihm spielten. Der gute Ackley parkte sich in meinem Zimmer, mal was andres. Bloß, statt sich auf die Armlehne von Stradlaters Sessel zu hocken, legte er sich auf mein Bett, das Gesicht mitten auf meinem Kissen und so. Er fing an, mit seiner völlig monotonen Stimme zu reden und an seinen ganzen Pickeln rumzudrücken. Ich machte ungefähr tausend Andeutungen, aber ich wurde ihn nicht los. Er redete bloß immerzu mit seiner völlig monotonen Stimme von einer Puppe, mit der er im vergangenen Sommer angeblich Geschlechtsverkehr gehabt hatte. Das hatte er mir schon ungefähr hundertmal erzählt. Aber jedes Mal war es anders. Einmal hatte er's ihr im Buick seines Vetters besorgt, das nächste Mal irgendwo unter einer Strandpromenade. Das war natürlich alles ein Haufen Mist. Wenn der nicht noch Jungfrau war, wer dann. Ich bezweifle, ob der überhaupt schon mal eine befummelt hat. Aber egal, schließlich musste ich ihm klipp und klar sagen, dass ich für Stradlater einen Aufsatz schreiben muss und dass er sich verpissen soll, damit ich mich konzentrieren kann. Das tat er dann auch, ließ sich aber wie immer Zeit damit. Als er weg war, zog ich meinen Schlafanzug und den Bademantel an, setzte meine gute Jägermütze auf und fing mit dem Aufsatz an.

Das Dumme war bloß, mir fiel kein Zimmer oder Haus oder sonst was ein, das ich so beschreiben konnte, wie Stradlater es anscheinend brauchte. Ich bin eh nicht besonders scharf darauf, Zimmer und Häuser zu beschreiben. Also schrieb ich über den Baseballhandschuh meines Bruders Allie. Das war sehr beschreibend. Wirklich. Mein Bruder Allie hatte so einen linkshändigen Fängerhandschuh. Er war Linkshänder. Was man daran beschreiben konnte, war nämlich, dass er auf alle Finger und über die Tasche und sonst überall Gedichte geschrieben hatte. Mit grüner Tinte. Er hatte die Gedichte draufgeschrieben, damit er was zu lesen hatte, wenn er auf dem Feld stand und gerade keiner schlug. Er ist jetzt tot. Er hatte Leukämie und starb, als wir gerade in Maine waren, am 18. Juli 1946. Ihr hättet ihn gemocht. Er war zwei Jahre jünger als ich, aber ungefähr fünfzigmal intelligenter. Er war irrsinnig intelligent. Seine Lehrer schrieben meiner Mutter ständig Briefe, in denen sie ihr sagten, was für eine Freude es ist, einen Jungen wie Allie in der Klasse zu haben. Und das waren nicht bloß Sprüche. Die meinten das wirklich so. Aber er war nicht nur der Intelligenteste in der Familie. Er war auch der Netteste, in vielerlei Hinsicht. Leute mit roten Haaren sollen ja sehr leicht wütend werden, aber bei Allie stimmte das nicht, und der hatte sehr rote Haare. Ich sag euch, wie rot seine Haare genau waren. Ich fing schon mit zehn Jahren an, Golf zu spielen. Ich weiß noch, in dem Sommer, als ich ungefähr zwölf war, ich wollte gerade abschlagen und so, da hatte ich auf einmal so eine Ahnung, wenn ich mich jetzt ganz plötzlich umdrehe, sehe ich Allie. Also drehte ich mich um, und da saß er doch tatsächlich auf seinem Fahrrad vor dem Zaun – um den ganzen Platz lief ein Zaun herum –, da saß er, ungefähr hundertfünfzig Meter hinter mir, und sah mir beim Abschlagen zu. Solche roten Haare hatte er. Gott, war das ein netter Junge. Er lachte immer so heftig über was, was ihm beim Essen einfiel, dass er fast vom Stuhl kippte. Ich war da erst dreizehn, und sie wollten mich psychoanalysieren lassen und so, weil ich alle Fenster in der Garage eingeschlagen hatte. Das kann ich ihnen nicht verdenken, wirklich nicht. In der Nacht, als er starb, schlief ich in der Garage, und da habe ich dann alle verfluchten Fenster mit der Faust eingeschlagen, einfach so aus Jux. Ich hab sogar versucht, alle Fenster an dem Kombi einzuschlagen, den wir in dem Sommer hatten, aber meine Hand war schon kaputt und so, also konnte ich es nicht mehr. Zugegeben, das war sehr dumm, aber ich wusste ja kaum, dass ich das tat, und ihr habt Allie nicht gekannt. Meine Hand tut immer noch ab und zu weh, wenn's regnet oder so, und ich kann auch keine richtige Faust mehr machen – also, keine feste –, aber abgesehen davon ist es mir ziemlich egal. Also, ich will ja eh kein verfluchter Chirurg oder Geiger oder was werden.

Jedenfalls schrieb ich darüber Stradlaters Aufsatz. Über den Baseballhandschuh des guten Allie. Ich hatte ihn zufällig bei mir, im Koffer, also holte ich den Handschuh raus und schrieb die Gedichte ab, die darauf standen. Ich brauchte bloß Allies Namen zu ändern, damit keiner wusste, dass es mein Bruder war und nicht der von Stradlater. Ich war nicht besonders scharf drauf, aber was anderes Beschreibendes fiel mir nicht ein. Außerdem schrieb ich ganz gern darüber. Ich brauchte ungefähr eine Stunde, weil ich es auf Stradlaters mieser Schreibmaschine machen musste, und die klemmte ständig. Auf meiner machte ich es deshalb nicht, weil ich sie einem Typen ein paar Zimmer weiter geliehen hatte.

Schätzungsweise gegen halb elf war ich dann damit fertig. Trotzdem war ich nicht müde, also schaute ich eine Weile aus dem Fenster. Es schneite nicht mehr, aber man hörte immer mal wieder irgendwo ein Auto, das nicht anspringen wollte. Und man konnte den guten Ackley schnarchen hören. Durch die verfluchten Duschvorhänge konnte man ihn hören. Er hatte was mit den Nebenhöhlen und konnte nicht so besonders super atmen, wenn er schlief. Der Typ hatte so gut wie alles. Probleme mit den Nebenhöhlen, Pickel, miese Zähne, Mundgeruch, dreckige Fingernägel. Dieser verrückte Scheißkerl konnte einem schon ein bisschen Leid tun.

# 6

An manche Sachen erinnert man sich schwer. Ich denke jetzt daran, wie Stradlater von seiner Verabredung mit Jane zurückkam. Also, ich kann mich nicht mehr genau daran erinnern, was ich gerade tat, als ich seine verfluchten blöden Schritte auf dem Gang hörte. Wahrscheinlich schaute ich noch immer aus dem Fenster, aber ich schwör's euch, ich kann mich nicht mehr erinnern. Weil ich nämlich so verdammt unruhig war. Wenn ich wegen was unruhig bin, mache ich nicht bloß Blödsinn. Wenn ich wegen was unruhig bin, muss ich sogar aufs Klo. Bloß, ich geh nicht. Dazu bin ich zu unruhig. Ich will meine Unruhe nicht unterbrechen, indem ich gehe. Würdet ihr Stradlater kennen, wärt ihr auch unruhig gewesen. Ich war mit dem Arsch schon ein paar Mal zu viert unterwegs, ich weiß, wovon ich rede. Er war skrupellos. Wirklich.

Jedenfalls war der Gang ganz aus Linoleum und so, und man hörte seine verfluchten Schritte direkt aufs Zimmer zukommen. Ich erinnere mich nicht mal mehr, wo ich saß, als er reinkam – am Fenster oder in meinem Sessel oder seinem. Ich schwör's euch, ich kann mich nicht mehr dran erinnern.

Gleich beim Reinkommen nölte er, wie kalt es draußen ist. Dann sagte er: »Wo sind denn alle? Ist ja wie ein verfluchtes Leichenschauhaus hier.« Ich antwortete ihm gar nicht erst. Wenn er so verflucht blöd war, dass er nicht merkte, dass Samstagabend war und alle schliefen oder weg oder übers Wochenende zu Hause waren, musste ich mir kein Bein ausreißen und ihm das sagen. Er fing an, sich auszuziehen. Über Jane sagte er kein verfluchtes Wort. Kein einziges. Ich auch nicht. Ich sah ihm bloß zu. Er bedankte sich nur, dass ich ihm mein Hahnentrittjackett geliehen hatte. Er hängte es auf einen Bügel und anschließend in den Schrank.

Als er dann seine Krawatte abnahm, fragte er mich, ob ich ihm seinen verfluchten Aufsatz geschrieben habe. Ich sagte ihm, er liegt auf seinem verfluchten Bett. Während er sich das Hemd aufknöpfte, ging er hin und las ihn. Er stand da, las ihn und strich sich mit einem ganz dummen Ausdruck im Gesicht irgendwie über die nackte Brust und den Bauch. Ständig strich er sich über den Bauch oder die Brust. Er war ganz besessen von sich.

Auf einmal sagte er: »Herr*gott* noch mal, Holden. Das ist ja über einen verdammten *Base*ballhandschuh.«

»Na und?«, sagte ich. Ungeheuer kalt.

»Was soll'n das, *na und*? Hab dir doch gesagt, es soll über ein verfluchtes *Zimmer* oder Haus oder so was sein.«

»Du hast gesagt, es soll eine Beschreibung sein. Wo ist denn da der Unterschied, wenn es ein Baseballhandschuh ist?«

»Gott-ver-dammt.« Er war ungeheuer sauer. Er war wirklich wütend. »Immer versaust du alles.« Er sah mich an. »Kein Wunder, dass du hier fliegst«, sagte er. »*Verdammt*, nichts machst du so, wie du sollst. Wirklich. Verdammt nichts.«

»Na schön, dann gib ihn mir eben wieder«, sagte ich. Ich ging zu ihm und nahm ihm das verfluchte Blatt aus der Hand. Dann zerriss ich es.

»Warum machst'n *das*, Mensch?«, sagte er.

Ich antwortete ihm nicht mal. Ich schmiss die Schnipsel einfach in den Papierkorb. Dann legte ich mich auf mein Bett, und wir beide sagten lange nichts. Er zog sich ganz aus, bis auf die Unterhose, und ich lag auf meinem Bett und zündete mir eine Zigarette an. Im Wohnheim war Rauchen verboten, aber spät abends ging es, wenn alle schliefen oder weg waren und keiner den Rauch riechen konnte. Außerdem machte ich es, um Stradlater zu ärgern. Es machte ihn wahnsinnig, wenn man Regeln brach. Er rauchte nie im Wohnheim. Bloß ich.

Noch immer sagte er kein einziges Wort über Jane. Also sagte ich schließlich: »Bist ja ziemlich verflucht spät zurückgekommen, wenn sie sich bloß bis halb zehn ausgetragen hat. Hat sie sich wegen dir zu spät wieder eingetragen?«

Er saß auf der Bettkante und schnitt sich seine verfluchten Zehennägel, als ich ihn das fragte. »Paar Minuten«, sagte er. »Wer trägt sich denn schon Samstagabend nur bis halb zehn aus?« Gott, wie ich ihn hasste.

»Wart ihr in New York?«

»Bist du wahnsinnig? Wie hätten wir denn nach New York fahren sollen, wenn sie sich bloß bis halb zehn ausgetragen hat?«

»Das ist hart.«

Er sah zu mir her. »Hör mal«, sagte er, »wenn du schon im Zimmer rauchst, wie wär's, wenn du dann in den Waschraum gehst? *Du* haust ja ab, aber ich muss bis zum Abschluss hier bleiben.«

Ich beachtete ihn nicht. Wirklich. Ich rauchte einfach weiter wie ein Blöder. Ich drehte mich bloß irgendwie auf die Seite und sah ihm zu, wie er sich die Zehennägel schnitt. War das eine Schule. Ständig sah man einem dabei zu, wie er sich die verdammten Zehennägel schnitt oder Pickel ausdrückte oder was weiß ich.

»Hast du sie von mir gegrüßt?«, fragte ich ihn.

»Ja.«

Von wegen, du Arsch.

»Was hat sie gesagt?«, sagte ich. »Hast du sie gefragt, ob sie ihre Damen immer noch in der letzten Reihe stehen lässt?«

»*Nein*, das hab ich sie nicht gefragt. Was glaubst du wohl, was wir den ganzen Abend gemacht haben – Dame gespielt, Herrgott?«

Ich antwortete ihm gar nicht erst. Gott, wie ich ihn hasste.

»Wenn ihr nicht in New York wart, wo warst du dann mit ihr?«, fragte ich ihn nach einer Weile. Ich konnte kaum verhindern, dass meine Stimme wie wild zitterte. Mann, wurde ich nervös. Ich hatte einfach so ein *Gefühl*, dass was komisch geworden war.

Er hatte seine verdammten Zehennägel zu Ende geschnitten. Er stand nun vom Bett auf, bloß in seiner verdammten Unterhose und so, und wurde richtig verdammt neckisch. Er kam zu meinem Bett, beugte sich über mich und boxte mich neckisch auf die Schultern. »Lass das«, sagte ich. »Wo warst du dann mit ihr, wenn ihr nicht in New York wart?«

»Nirgends. Wir haben bloß in dem verfluchten Auto gesessen.« Wieder boxte er mich so blöd neckisch auf die Schulter.

»Lass das«, sagte ich. »Wessen Auto?«

»Das von Ed Banky.«

Ed Banky war der Basketball-Trainer der Pencey. Der gute Stradlater war einer seiner Lieblinge, weil er der Center in der Mannschaft war, und Ed Banky lieh ihm immer sein Auto, wenn Stradlater es brauchte. Es war den Schülern nicht gestattet, Autos des Lehrkörpers zu leihen, aber die Sportärsche hielten alle zusammen. An jeder Schule, an der ich war, hielten die Sportärsche alle zusammen.

Stradlater schattenboxte mich weiter auf die Schulter. Er hatte seine Zahnbürste in der Hand und steckte sie nun in den Mund. »Was habt ihr gemacht?«, sagte ich. »Hast du's ihr in Ed Bankys verfluchtem Auto besorgt?« Meine Stimme zitterte ziemlich heftig.

»So was sagt man aber nicht. Soll ich dir den Mund mit Seife auswaschen?«

»*Ja?*«

»Berufsgeheimnis, Kumpel.«

Was dann als Nächstes kam, daran erinnere ich mich nicht mehr so super. Ich weiß bloß noch, dass ich vom Bett aufstand, als wollte ich zum Waschraum oder was weiß ich, und dann versuchte ich, ihn zu boxen, mit aller Kraft, ihm voll die Zahnbürste reinzurammen, damit sie ihm seinen verdammten Hals aufriss. Bloß hab ich daneben gehauen. Nicht richtig getroffen. Ich erwischte ihn bloß an der Kopfseite oder was weiß ich. Das tat ihm wahrscheinlich ein bisschen weh, aber weniger, als ich wollte. Es hätte ihm wahrscheinlich ganz schön wehgetan, aber ich tat es mit der rechten Hand, und mit der kann ich nicht gut eine Faust machen. Wegen der Verletzung, von der ich euch erzählt habe.

Egal, im nächsten Moment lag ich auch schon auf dem Fußboden, und er hockte mit hochrotem Gesicht auf meiner Brust. Das heißt, er war mit seinen verfluchten *Knien* auf meiner Brust, und er wog ungefähr eine Tonne. Außerdem hielt er mich an den Handgelenken fest, so dass ich ihn nicht noch mal boxen konnte. Ich hätte ihn umgebracht.

»Was ist denn bloß los mit dir?«, sagte er immer wieder, und sein dummes Gesicht wurde immer röter.

»Nimm deine *miesen* Knie von meiner *Brust*«, sagte ich zu ihm. Ich heulte beinahe. Wirklich. »Na los, *runter* von mir, du dreckiger Arsch.«

Aber er tat es nicht. Er hielt mich weiter an den Handgelenken fest, und ich nannte ihn einen Scheißkerl und so, ungefähr zehn Stunden lang. Ich kann mich kaum noch erinnern, was ich alles zu ihm sagte. Ich sagte zu ihm, er glaubt wohl, er kann es jeder besorgen, wenn ihm gerade danach ist. Ich sagte zu ihm, dass es ihm völlig egal ist, ob eine alle ihre Damen in der letzten Reihe stehen lässt oder nicht, und dass ihm das deshalb egal ist, weil er so ein verdammt dummer Idiot ist. Er konnte es nicht ausstehen, wenn man ihn einen Idioten nannte. Kein Idiot kann es ausstehen, wenn man ihn einen Idioten nennt.

»Halt jetzt die Klappe, Holden«, sagte er mit seinem dummen großen roten Gesicht. »Halt jetzt einfach die Klappe.«

»Du weißt ja nicht mal, ob sie mit Vornamen Jane oder *Jean* heißt, du verfluchter Idiot!«

»Halt die *Klappe*, Holden, verflucht noch mal – ich *warne* dich«, sagte er – jetzt hatte ich ihn richtig in Fahrt gebracht. »Wenn du nicht die Klappe hältst, hau ich dir eine rein.«

»Nimm deine dreckigen stinkenden Idiotenknie von meiner Brust.«

»Wenn ich dich loslasse, hältst du dann auch den Mund?«

Ich antwortete ihm erst gar nicht.

Er sagte es noch mal. »Holden. Wenn ich dich loslasse, hältste dann auch den Mund?«

»Ja.«

Er ging von mir runter, und auch ich stand auf. Meine Brust tat von seinen dreckigen Knien weh wie blöd. »Du bist ein dreckiger dummer Scheißidiot«, sagte ich zu ihm.

Jetzt war er *wirklich* sauer. Er wackelte mit seinem dicken dummen Finger vor meinem Gesicht. »Holden, verflucht noch mal, ich *warne* dich. Zum letzten Mal. Wenn du jetzt nicht das Maul hältst, dann ...«

»Warum denn?«, sagte ich – ich schrie praktisch. »Das ist doch das Blöde mit euch Idioten. Nie wollt ihr was bereden. Daran kann man immer einen Idioten erkennen. Nie wollen die was intelligent bere-...«

Dann schoss er richtig eine gegen mich ab, und im nächsten Moment lag ich wieder auf dem verfluchten Fußboden. Ich weiß nicht mehr, ob er mich k. o. schlug, aber ich glaube nicht. Es ist ziemlich schwierig, einen k. o. zu schlagen, bloß nicht in den verfluchten Filmen. Aber meine Nase blutete wie wild. Als ich aufblickte, stand der gute Stradlater praktisch direkt über mir. Er hatte seinen verfluchten Kulturbeutel unterm Arm. »Warum hältst du denn nicht die *Klappe*, wenn ich's dir sag?«, sagte er. Es klang ziemlich nervös. Wahrscheinlich hatte er Schiss, dass er mir den Schädel oder so was gebrochen hatte, als ich auf dem Boden aufschlug. Schade, dass es nicht so war. »Du hast es so gewollt, verflucht noch mal«, sagte er. Mann, war der jetzt unruhig.

Ich stand gar nicht erst auf. Ich lag einfach eine Weile auf dem Fußboden und nannte ihn immer wieder einen Scheißidioten. Ich war so sauer, ich heulte praktisch.

»Hör mal. Geh dir mal das Gesicht waschen«, sagte Stradlater. »Hörst du?«

Ich sagte, er soll sich selber sein Idiotengesicht waschen – was ziemlich kindisch war, aber ich war einfach ungeheuer sauer. Ich sagte zu ihm, er soll auf dem Weg zum Waschraum bei Mrs. Schmidt reinschauen und es ihr besorgen. Mrs. Schmidt war die Frau des Hausmeisters. Sie war ungefähr fünfundsechzig.

Ich blieb auf dem Fußboden sitzen, bis ich hörte, wie der gute Stradlater die Tür schloss und den Gang entlang zum Waschraum ging. Dann stand ich auf. Ich konnte nirgends meine verfluchte Jägermütze finden. Endlich fand ich sie doch. Sie war unterm Bett. Ich setzte sie auf und drehte den Schirm nach hinten, so wie ich's gern hatte, und dann ging ich zum Spiegel und sah mir mein dummes Gesicht an. Ein solches Blutbad habt ihr in eurem ganzen Leben noch nicht gesehen. Mein ganzer Mund und das Kinn waren voller Blut, sogar mein Schlafanzug und der Bademantel. Das fand ich teils beängstigend und teils faszinierend. Das ganze Blut und so gab mir irgendwie was Hartes. Ich hatte mich bis dahin nur ungefähr zweimal geprügelt, und *beide* Male hatte ich verloren. Ich bin nicht besonders hart. Ich bin Pazifist, wenn ihr's genau wissen wollt.

Ich hatte das Gefühl, dass der gute Ackley wahrscheinlich den ganzen Lärm gehört hatte und wach war. Also ging ich durch die Duschvorhänge in sein Zimmer, bloß um zu sehen, was er überhaupt machte. Ich ging selten in sein Zimmer. Es stank da immer so komisch, weil er in puncto Sauberkeit so ein Bauer war.

## 7

Ein ganz klein bisschen Licht kam durch die Duschvorhänge und so aus unserem Zimmer, und ich sah, dass er
im Bett lag. Ich wusste verdammt gut, dass er hellwach
war. »Ackley?«, sagte ich. »Biste wach?«

»Ja.«

Es war ziemlich dunkel, und ich trat auf irgendwelche
Schuhe auf dem Fußboden und wäre beinahe auf die
Fresse gefallen. Ackley setzte sich irgendwie im Bett auf
und stützte sich auf einen Arm. Er hatte eine Menge wei-
ßes Zeug im Gesicht, wegen seiner Pickel. Da im Dunkeln sah er irgendwie unheimlich aus. »Was machst'n da
überhaupt?«, sagte ich.

»Was meinst'n damit, was ich überhaupt mach? Ich hab
versucht zu *schlafen*, bis ihr dann den ganzen Lärm ver-
anstaltet habt. Worüber habt ihr euch denn gestritten?«

»Wo ist'n das Licht?« Ich konnte den Schalter nicht finden. Ich strich mit der Hand über die ganze Wand.

»Wozu willst'n Licht? ... Gleich neben deiner Hand.«

Endlich fand ich den Schalter und drückte ihn. Der gute
Ackley hielt die Hand hoch, damit ihm das Licht nicht in
den Augen wehtat.

»Mein *Gott*!«, sagte er. »Was ist denn mit *dir* passiert?«
Er meinte das ganze Blut und so.

»Ich hatte ein bisschen Zoff mit Stradlater, verflucht«,
sagte ich. Dann setzte ich mich auf den Fußboden. Die
hatten nie Sessel in ihrem Zimmer. Ich weiß nicht, was
die mit ihren Sesseln anstellten. »Hör mal«, sagte ich,
»hast du Lust auf ein bisschen Canasta?« Er war ein Ca-
nastafanatiker.

»Du *blutest* ja noch, Herrgott. Du musst da was drauf-
tun.«

»Das hört schon auf. Also. Willst du jetzt Canasta spielen oder nicht?«

»Ca*na*sta, Herrgott. Weißt du zufällig, wie spät es
ist?«

»Es ist nicht spät. Mal grade erst elf, halb zwölf.«

»Mal grade erst!«, sagte Ackley. »Hör mal. Ich muss
morgen früh aufstehen und zur *Messe*, Herrgott. Und ihr
fangt mitten in der verfluchten Nacht an zu schreien und
zu – Worum habt ihr euch denn nun geprügelt?«

»Das ist eine lange Geschichte. Ich will dich nicht langweilen, Ackley. Ich denke nur an dein Wohlergehen«,
sagte ich zu ihm. Ich erörterte mein Privatleben nie mit
ihm. Vor allem, weil er noch dümmer als Stradlater war.
Neben Ackley war Stradlater ein verfluchtes Genie. »He«,
sagte ich, »ist das okay, wenn ich heut Nacht in Elys Bett
schlafe? Der kommt doch erst morgen Abend wieder,
oder?« Das wusste ich verdammt genau. Ely fuhr fast
jedes verdammte Wochenende nach Hause.

»Das weiß *ich* doch nicht, wann der wiederkommt«,
sagte Ackley.

Mann, wie mich das nervte. »Was meinst du denn damit, du weißt nicht, wann er wiederkommt? Der kommt
doch *immer* erst Sonntagabend wieder, oder?«

»Schon, aber Herrgott, ich kann doch nicht einfach
einem sagen, er kann in seinem verfluchten *Bett* schlafen,
wenn er will.«

Das machte mich fertig. Ich klopfte ihm vom Fußboden
aus, wo ich saß, auf die verfluchte Schulter. »Du bist schon
schwer in Ordnung, kleiner Ackley«, sagte ich. »Weißt du
das?«

»Nein, im Ernst – ich kann doch nicht einfach einem
sagen, er kann in seinem ...«

»Du bist wirklich schwer in Ordnung. Ein Gentleman und ein Gelehrter, Kleiner«, sagte ich. Und das war er auch. »Hast du zufällig Zigaretten? – Sag ›Nein‹, oder ich fall tot um.«

»Nein, ich hab tatsächlich keine. Also, worüber habt ihr euch denn jetzt gestritten?«

Ich gab ihm keine Antwort. Ich stand bloß auf, ging zum Fenster und schaute hinaus. Auf einmal fühlte ich mich ganz einsam. Fast wünschte ich, ich wäre tot.

»Also, worüber habt ihr euch jetzt gestritten?«, sagte Ackley ungefähr zum fünfzigsten Mal. Das ging einem vielleicht auf den Geist.

»Über dich«, sagte ich.

»Über *mich*, Herrgott?«

»Ja. Ich hab deine verfluchte Ehre verteidigt. Stradlater hat gesagt, du hast einen miesen Charakter. Und das konnte ich ihm nicht durchgehen lassen.«

Er wurde richtig aufgeregt. »Das hat er gesagt? Im Ernst? Wirklich?«

Ich sagte ihm, nein, natürlich nicht im Ernst, dann ging ich zu Elys Bett und legte mich drauf. Mann, war mir elend zumute. Ich fühlte mich so verdammt einsam.

»Hier stinkt's«, sagte ich. »Ich kann deine Socken bis hierher riechen. Gibst du sie denn nie in die Wäscherei?«

»Wenn's dir nicht passt, weißt du ja, was du tun kannst«, sagte Ackley. War der witzig. »Wie wär's, wenn du mal das verfluchte Licht ausmachst?«

Ich machte es aber nicht gleich aus. Ich lag einfach bloß auf Elys Bett und dachte über Jane nach und so. Es machte mich bloß dermaßen wahnsinnig, wenn ich daran dachte, wie sie und Stradlater irgendwo in Ed Bankys fetter Karre saßen. Jedes Mal, wenn ich daran dachte, wäre ich am liebsten aus dem Fenster gesprungen. Es ist nämlich so, ihr habt Stradlater nicht gekannt. Aber ich. Die meisten

Typen an der Pencey *redeten* bloß ständig davon, dass sie mit Mädchen Geschlechtsverkehr hatten – wie zum Beispiel Ackley –, aber der gute Stradlater machte es tatsächlich. Ich kannte mindestens zwei Mädchen persönlich, denen er es besorgt hatte. Und das ist die Wahrheit.

»Erzähl mir die Geschichte deines faszinierenden Lebens, kleiner Ackley«, sagte ich.

»Wie wär's, wenn du mal das Licht ausmachst? Ich muss morgen früh aufstehen und zur Messe.«

Ich stand auf und machte es aus, wenn ihn das glücklich machte. Dann legte ich mich wieder auf Elys Bett.

»Was machst'n jetzt – schläfst du in Elys Bett?«, sagte Ackley. Mann, der war der ideale Gastgeber.

»Vielleicht. Vielleicht auch nicht. Mach dir da mal keine Sorgen.«

»Ich *mach* mir keine Sorgen. Ich fänd's bloß richtig Scheiße, wenn Ely auf einmal reinkäme, und in seinem Bett läg ...«

»Entspann dich. Ich schlaf schon nicht hier. Ich würde doch deine verfluchte Gastfreundschaft nicht missbrauchen.«

Ein paar Minuten später schnarchte er wie blöd. Ich blieb trotzdem im Dunkeln liegen und versuchte, nicht an die gute Jane und Stradlater in Ed Bankys verfluchter Karre zu denken. Doch das war beinahe unmöglich. Das Blöde war, ich kannte die Technik von diesem Stradlater. Das machte es noch schlimmer. Einmal zogen wir zu viert los, wir waren in Ed Bankys Wagen, Stradlater hinten mit seiner Schnecke, ich vorn mit meiner. Was der Typ für eine Technik hatte. Der ging so vor, dass er sie erst mit seiner sehr ruhigen, *ehrlichen* Stimme einwickelte – als wäre er nicht bloß ein sehr gut aussehender Typ, sondern auch ein netter, *ehrlicher* Typ. Wie ich das hörte, hätte ich beinahe gekotzt. Seine Schnecke sagte ständig:

»Nein – *bitte*. Bitte, nicht. *Bitte*.« Doch der gute Stradlater wickelte sie mit seiner ehrlichen Abraham-Lincoln-Stimme ein, und schließlich entstand eine irrsinnige Stille da hinten. Es war wirklich peinlich. Ich glaube nicht, dass er es dem Mädchen an dem Abend besorgt hat – aber er war verdammt nah dran. *Verdammt* nah.

Während ich so dalag und versuchte, nicht daran zu denken, hörte ich den guten Stradlater vom Waschraum zurückkommen und in unser Zimmer gehen. Man konnte hören, wie er seine schmutzigen Toilettenartikel und so wegräumte und das Fenster aufmachte. Er war ein Frischluftfanatiker. Ein bisschen später schaltete er dann das Licht aus. Er sah nicht mal nach, wo ich war.

Sogar auf der Straße war es deprimierend. Man hörte keine Autos mehr. Ich fühlte mich immer einsamer und elender, ich hätte am liebsten sogar Ackley geweckt.

»He, Ackley«, sagte ich und flüsterte irgendwie, damit Stradlater mich nicht durch den Duschvorhang hören konnte.

Aber Ackley hörte mich nicht.

»He, Ackley!«

Noch immer hörte er mich nicht. Er schlief wie ein Stein.

»He, *Ackley*!«

Das hörte er nun.

»Mensch, was ist denn los mit dir?«, sagte er. »Ich hab geschlafen, Herrgott.«

»Hör mal. Wie tritt man eigentlich in ein Kloster ein?«, fragte ich ihn. Ich spielte irgendwie mit dem Gedanken, in eins einzutreten. »Muss man da katholisch sein und so?«

»Na *klar* muss man da katholisch sein. Du Arsch, hast du mich geweckt, um mir so eine blöde Fra-«

»Ach, schlaf weiter. Ich geh sowieso in keins. Bei meinem Pech ging ich wahrscheinlich in eins, in dem bloß die

69

falschen Mönche sind. Alles blöde Ärsche. Oder bloß Ärsche.«

Als ich das sagte, setzte sich Ackley wie der Blitz in seinem Bett auf.»Hör mal zu«, sagte er,»es ist mir gleich, was du über *mich* oder sonst was sagst, aber wenn du dich über meine verfluchte Religion lustig machst, Herrgott noch mal ...«

»Entspann dich«, sagte ich. »Niemand macht sich über deine verfluchte Religion lustig.« Ich stand von Elys Bett auf und ging Richtung Tür. Ich wollte nicht mehr in dieser blöden Atmosphäre rumhängen. Unterwegs blieb ich aber noch stehen, nahm Ackleys Hand und schüttelte sie ihm kräftig und verlogen. Er zog sie weg. »Was soll'n das?«, sagte er.

»Nichts weiter. Ich will dir bloß dafür danken, dass du so schwer in Ordnung bist, verflucht, sonst nichts«, sagte ich. Ich sagte das in so einem sehr ehrlichen Ton. »Du bist der Größte, kleiner Ackley«, sagte ich. »Weißt du das?«

»Klugscheißer. Irgendwann schlägt dir noch mal einer den ...«

Ich hörte ihm gar nicht erst zu. Ich schloss die verdammte Tür und trat auf den Gang.

Alle schliefen oder waren weg oder übers Wochenende zu Hause, und auf dem Gang war es sehr, sehr still und deprimierend. Vor Leahys und Hoffmans Tür lag eine leere Schachtel von Kolylos-Zahnpasta, und auf dem Weg zur Treppe kickte ich sie mit dem Schaffellpantoffel, den ich trug, vor mir her. Ich dachte, also ich dachte, ich wollte mal nach unten gehen und sehen, was der gute Mal Brossard so trieb. Aber auf einmal überlegte ich es mir anders. Auf einmal beschloss ich, was ich wirklich tun würde, nämlich von der Pencey abhauen – noch in dieser Nacht und so. Also, nicht bis Mittwoch warten oder was. Ich wollte hier einfach nicht mehr bleiben. Es machte mich zu traurig und einsam. Was ich also beschloss, ich beschloss, mir ein Zimmer in einem Hotel in New York zu nehmen – in einem sehr preiswerten Hotel und so – und es bis Mittwoch einfach ruhig angehen zu lassen. Dann würde ich am Mittwoch ganz ausgeruht und mit einer klasse Laune nach Hause fahren. Ich schätzte, meine Eltern kriegten den Brief des guten Thurmer mit der Nachricht, dass ich geflogen bin, vielleicht erst Dienstag oder Mittwoch. Ich wollte erst nach Hause, wenn sie ihn gekriegt und gründlich verdaut hatten und so. Ich wollte nicht schon da sein, wenn er *gerade* kam. Meine Mutter wird sehr hysterisch. Wenn sie was gründlich verdaut hat, geht's schon wieder besser. Außerdem brauchte ich irgendwie einen kleinen Urlaub. Ich war runter mit den Nerven. Wirklich.

Jedenfalls hatte ich das jetzt beschlossen. Also ging ich zurück ins Zimmer und schaltete das Licht an, um zu packen und so. Ein paar Sachen hatte ich ja schon gepackt. Der gute Stradlater wachte nicht mal auf. Ich zündete mir eine Zigarette an, zog mich an und packte dann meine beiden Reisetaschen. Das dauerte nur ungefähr zwei Minuten. Ich bin ein sehr schneller Packer.

Eines deprimierte mich ein bisschen beim Packen. Ich musste die nagelneuen Schlittschuhe einpacken, die mir meine Mutter praktisch gerade zwei Tage davor geschickt hatte. Das deprimierte mich. Ich sah sie richtiggehend vor mir, meine Mutter, wie sie zu Spaulding's ging und dem Verkäufer tausend dusselige Fragen stellte – während ich hier wieder rausflog. Das machte mich ziemlich traurig. Sie hatte mir die falschen Schlittschuhe gekauft – ich wollte Rennschuhe, und sie hatte Hockeyschuhe gekauft –, aber es machte mich trotzdem traurig. Fast jedes Mal, wenn mir jemand was schenkt, werde ich davon traurig.

Nachdem ich alles gepackt hatte, zählte ich irgendwie meine Kohle. Ich weiß nicht mehr genau, wie viel es war, aber es war eine ziemliche Menge. Meine Großmutter hatte mir gerade die Woche davor einen Haufen geschickt. Ich hab so eine Großmutter, die mit ihrer Kohle ganz schön verschwenderisch ist. Sie hat nicht mehr alle Tassen im Schrank – sie ist ungeheuer alt –, und sie schickt mir ungefähr viermal im Jahr Geld zum Geburtstag. Aber egal, obwohl ich eine ziemliche Menge hatte, fand ich, dass ein paar zusätzliche Mäuse nie schaden können. Man weiß ja nie. Also ging ich übern Gang und weckte Frederick Woodruff, den Typen, dem ich meine Schreibmaschine geliehen hatte. Ich fragte ihn, wie viel er mir dafür geben würde. Er war ein ziemlich reicher Typ. Er sagte, er weiß es nicht. Er sagte, er ist nicht besonders interessiert daran. Aber dann kaufte er sie doch. Sie hatte ungefähr neunzig Mäuse gekostet, und er kaufte sie für ganze zwanzig. Er war sauer, weil ich ihn geweckt hatte.

Als ich abmarschbereit war, als ich meine Taschen und alles fertig hatte, stand ich eine Weile an der Treppe und warf einen letzten Blick auf den verfluchten Gang. Ich heulte irgendwie. Warum, weiß ich nicht. Ich setzte meine rote Jägermütze auf und drehte den Schirm nach hinten, so wie ich's gern hatte, und dann brüllte ich so verflucht laut ich konnte: »*Schlaft gut, ihr Idioten!*« Ich wette, ich hab jeden Arsch auf dem ganzen Stock geweckt. Dann machte ich mich davon. Irgendein dummer Typ hatte über die ganze Treppe Erdnussschalen verstreut, da hätte ich mir beinahe den verdammten Hals gebrochen.

# 8

Es war zu spät, um ein Taxi oder was anzurufen, also ging ich den ganzen Weg zum Bahnhof zu Fuß. Es war nicht besonders weit, aber es war ungeheuer kalt, und der Schnee machte das Gehen schwer, und meine Reisetaschen knallten mir ständig wie blöd gegen die Beine. Trotzdem genoss ich irgendwie die Luft und so. Dumm war bloß, dass mir von der Kälte die Nase wehtat und auch direkt unter der Oberlippe, wo mir der gute Stradlater eine verpasst hatte. Er hatte meine Lippe direkt gegen die Zähne geschlagen, und die war nun ziemlich wund. Aber meine Ohren waren schön warm. Die Mütze, die ich gekauft hatte, hatte Ohrenklappen, und die hatte ich runtergeschlagen – es war mir scheißegal, wie ich aussah. Es war sowieso keiner da. Alle lagen in der Falle.

Ich hatte ziemlich Glück, als ich zum Bahnhof kam, weil ich bloß zehn Minuten auf den Zug warten musste. Während ich wartete, nahm ich eine Hand voll Schnee und wusch mir damit das Gesicht. Da war immer noch einiges Blut.

Normalerweise fahre ich gern Zug, besonders nachts, wenn die Lichter an sind und die Fenster schwarz und ein Typ den Gang entlangkommt und Kaffee und Sandwichs und Zeitschriften verkauft. Meistens kaufe ich ein Schinkensandwich und ungefähr vier Zeitschriften. Wenn ich nachts im Zug bin, kann ich normalerweise sogar eine von den dummen Geschichten in den Zeitschriften lesen, ohne zu kotzen. Ihr wisst schon. So eine Geschichte mit einer Menge verlogener, dünnmäuliger Typen namens David drin und einer Menge verlogener

Mädchen, die Linda oder Marcia heißen und diesen verfluchten Davids die Pfeife anzünden. Sogar so miese Geschichten kann ich normalerweise nachts im Zug lesen. Aber diesmal war es anders. Mir war einfach nicht danach. Ich saß bloß da und tat nichts. Als Einziges nahm ich meine Jägermütze ab und steckte sie in die Tasche.

Auf einmal stieg in Trenton eine Dame zu und setzte sich neben mich. Praktisch der ganze Waggon war leer, weil es ja ziemlich spät war und so, aber sie setzte sich neben mich statt auf eine freie Bank, weil sie so eine große Tasche hatte und ich gleich auf dem ersten Sitz saß. Sie ließ die Tasche mitten in den Gang rausragen, wo der Schaffner und sonst wer drüberstolpern konnte. Sie hatte Orchideen angesteckt, als wäre sie gerade auf einer großen Party oder was weiß ich gewesen. Sie war um die vierzig oder fünfundvierzig, schätze ich, aber sie sah sehr gut aus. Frauen machen mich fertig. Wirklich. Also, nicht dass ich sexbesessen wäre oder was in der Art – obwohl ich schon ziemlich heiß bin. Also, ich mag sie eben einfach. Immer lassen sie ihre verfluchte Tasche mitten im Gang stehen.

Jedenfalls saßen wir so da, und auf einmal sagte sie zu mir: »Entschuldige, ist das da nicht ein Aufkleber von der Pencey Prep?« Sie sah zu meinen Taschen im Gepäcknetz rauf.

»Ja, stimmt«, sagte ich. Sie hatte Recht. Auf einem hatte ich tatsächlich einen verfluchten Pencey-Aufkleber. Zugegeben, ziemlich verlogen.

»Ach, gehst du auf die Pencey?«, sagte sie. Sie hatte eine hübsche Stimme. Vor allem eine hübsche Telefonstimme. Sie hätte ein verfluchtes Telefon mit sich rumtragen sollen.

»Ja«, sagte ich.

»Ach, wie schön! Dann kennst du ja vielleicht meinen Sohn. Ernest Morrow? Der geht auch auf die Pencey.«

»Ja, den kenne ich. Er ist in meiner Klasse.«

Ihr Sohn war zweifelsohne der größte Arsch, der in der ganzen dreckigen Geschichte der Schule an der Pencey war. Immer nach dem Duschen lief er den Gang entlang und klatschte den Leuten mit seinem alten, klitschnassen Handtuch auf den Hintern. Genauso ein Typ war das.

»Ach, wie schön!«, sagte die Dame. Aber nicht piefig. Sie war einfach nett und so. »Das muss ich Ernest erzählen, dass wir uns getroffen haben«, sagte sie. »Darf ich fragen, wie du heißt?«

»Rudolf Schmidt«, sagte ich zu ihr. Mir war nicht danach, ihr meine ganze Lebensgeschichte zu erzählen. Rudolf Schmidt hieß der Hausmeister unseres Wohnheims.

»Gefällt es dir an der Pencey?«, fragte sie mich.

»An der Pencey? Ist ganz in Ordnung da. Ist nicht gerade das *Paradies* oder was, aber auch nicht schlechter als die meisten Schulen. Manche vom Lehrkörper sind ziemlich gewissenhaft.«

»Ernest findet es da ganz wunderbar.«

»Ja, ich weiß«, sagte ich. Dann klopfte ich eine Weile meine Sprüche. »Er passt sich sehr gut an. Wirklich. Also, er weiß wirklich, wie er sich anzupassen hat.«

»Findest du?«, fragte sie mich. Sie klang ungeheuer interessiert.

»Ernest? Aber klar«, sagte ich. Dann sah ich zu, wie sie die Handschuhe abstreifte. Mann, hatte die massig Klunkern.

»Gerade als ich aus dem Taxi ausstieg, habe ich mir einen Nagel abgebrochen«, sagte sie. Sie sah zu mir hoch und lächelte irgendwie. Sie hatte ein irrsinnig hübsches Lächeln. Wirklich. Die meisten Leute haben fast gar kein Lächeln, oder ein mieses. »Ernests Vater und ich machen uns manchmal Sorgen um ihn«, sagte sie. »Wir haben manchmal den Eindruck, dass er nicht sehr kontaktfreudig ist.«

»Wie meinen Sie das?«

»Na ja. Er ist ein sehr sensibler Junge. Bei andern Jungen war er nie so furchtbar kontaktfreudig. Vielleicht nimmt er alles ein wenig zu ernst, als es für sein Alter gut ist.«

Sensibel. Das machte mich fertig. Dieser Morrow war ungefähr so sensibel wie ein verfluchter Klositz.

Ich sah sie mir genau an. Sie kam mir nicht blöd vor. Sie sah aus, als hätte sie eine ziemlich verdammt genaue Ahnung, von was für einem Arsch sie die Mutter war. Aber man weiß nie – bei der Mutter von jemand, meine ich. Mütter sind alle leicht gestört. Aber die Sache ist die, ich mochte die Mutter des guten Morrow. Sie war in Ordnung. »Möchten Sie gern eine Zigarette?«, fragte ich sie.

Sie schaute sich um. »Ich glaube, das ist hier Nichtraucher, Rudolf«, sagte sie. Rudolf. Das machte mich fertig.

»Das ist schon in Ordnung. Wir können rauchen, bis sie uns anschreien«, sagte ich. Sie nahm eine Zigarette von mir, und ich gab ihr Feuer.

Sie sah hübsch aus, wie sie so rauchte. Sie inhalierte und so, aber sie *schlang* den Rauch nicht runter wie die meisten Frauen in ihrem Alter. Sie hatte eine Menge Charme. Auch eine ganze Menge Sexappeal hatte sie, wenn ihr's genau wissen wollt.

Sie sah mich irgendwie komisch an. »Vielleicht irre ich mich ja, aber ich glaube, deine Nase blutet«, sagte sie auf einmal.

Ich nickte und zog mein Taschentuch heraus. »Das ist von einem Schneeball«, sagte ich. »So einem Eiskloß.« Wahrscheinlich hätte ich ihr erzählt, was wirklich passiert war, aber das hätte zu lange gedauert. Aber ich mochte sie. Allmählich tat es mir ein bisschen Leid, dass ich ihr gesagt hatte, ich heiße Rudolf Schmidt. »Der gute Ernie«, sagte ich. »Der ist einer der beliebtesten Jungen an der Pencey. Haben Sie das gewusst?«

»Nein.«

Ich nickte. »Es dauerte ziemlich lange, bis alle ihn näher kennen gelernt hatten. Er ist ein komischer Typ. Ein *seltsamer* Typ, in vieler Hinsicht – wenn Sie wissen, was ich meine. Zum Beispiel, als ich ihn kennen lernte. Als ich ihn kennen lernte, hielt ich ihn für eine Art Snob. Genau das dachte ich. Aber das ist er gar nicht. Er hat einfach so eine sehr originelle Persönlichkeit, dass es eine Weile dauert, bis man ihn richtig kennt.«

Die gute Mrs. Morrow sagte gar nichts, aber Mann, die hättet ihr sehen sollen. Die saß wie festgewachsen auf ihrem Platz. Jede Mutter will doch bloß eins hören, nämlich, was für ein Spitzentyp ihr Sohn ist.

Dann haute ich die *ganz* ganz dicken Sprüche raus. »Hat er Ihnen von der Wahl erzählt?«, fragte ich sie. »Der Klassensprecherwahl?«

Sie schüttelte den Kopf. Ich hatte sie in so eine Art Trance versetzt. Wirklich.

»Na, ein paar von uns wollten, dass der gute Ernie Klassensprecher wird. Also, er war derjenige, den alle haben wollten. Also, er war der einzige Junge, der das richtig gut hätte machen können«, sagte ich – Mann, haute ich die Sprüche raus. »Aber dann wurde ein anderer Junge gewählt – Harry Fencer. Und der *Grund* dafür, dass er gewählt wurde, der einfache und nahe liegende Grund war, dass Ernie sich nicht von uns aufstellen lassen wollte. Weil er so verflixt schüchtern und bescheiden ist und so. Er *weigerte* sich … Mann, er *ist* aber auch schüchtern. Sie sollten ihm mal sagen, dass er das überwinden muss.« Ich sah sie an. »Hat er Ihnen davon nichts erzählt?«

»Nein, er hat nichts erzählt.«

Ich nickte. »Typisch Ernie. Natürlich nicht. Das ist sein einziger Fehler – er ist zu schüchtern und bescheiden. Sie sollten ihm mal sagen, dass er es gelegentlich noch ruhiger angehen lassen soll.«

Genau in dem Moment kam der Schaffner, um die Fahrkarte der guten Mrs. Morrow zu knipsen, und das gab mir Gelegenheit, mit meinem Sprücheklopfen aufzuhören. Trotzdem bin ich froh, dass ich sie eine Weile geklopft habe. Einer wie Morrow, der den Leuten immer mit dem Handtuch auf den Arsch schlägt – richtig versucht, den Leuten damit *weh*zutun –, der ist nicht nur als Kind eine Ratte. Der bleibt das sein ganzes Leben lang. Aber ich wette, nach der ganzen Sprücheklopferei wird Mrs. Morrow ihn nun für einen sehr schüchternen, bescheidenen Typen halten, der sich nicht als Klassensprecher aufstellen lassen wollte. Gut möglich. Man weiß es nicht. Mütter sind bei so Sachen nicht besonders auf Draht.

»Möchten Sie gern einen Cocktail?«, fragte ich sie. Mir war selber nach einem. »Wir könnten in den Salonwagen gehen. Ja?«

»Aber darfst du denn schon etwas mit Alkohol bestellen?«, fragte sie mich. Aber nicht zickig. Dafür war sie viel zu charmant und so.

»Also, nein, eigentlich nicht, aber normalerweise kriege ich es, weil ich so groß bin«, sagte ich. »Und ich habe auch schon ein paar graue Haare.« Ich drehte mich zur Seite und zeigte ihr meine grauen Haare. Das faszinierte sie ungeheuer. »Kommen Sie doch mit«, sagte ich. Ich wäre gern mit ihr hingegangen.

»Ich glaube, ich möchte lieber nicht. Aber trotzdem ganz herzlichen Dank«, sagte sie. »Und überhaupt wird der Salonwagen jetzt auch schon geschlossen haben. Es ist doch schon ziemlich spät.« Sie hatte Recht. Ich hatte völlig vergessen, wie viel Uhr es war.

Dann sah sie mich an und stellte mir die Frage, vor der ich mich gefürchtet hatte. »Ernest schrieb, er werde am Mittwoch nach Hause kommen, die Weihnachtsferien würden am *Mittwoch* anfangen«, sagte sie. »Ich hoffe, du bist nicht plötzlich wegen eines Krankheitsfalls in der Familie nach Hause gerufen worden.« Das schien ihr wirklich Sorgen zu machen. Sie war nicht einfach bloß neugierig, das sah man gleich.

»Nein, zu Hause geht es allen gut«, sagte ich. »Es ist wegen mir. Ich muss operiert werden.«

»Ach! Das tut mir aber *Leid*«, sagte sie. Und das war auch so. Es tat mir auch gleich Leid, dass ich es gesagt hatte, aber nun war es zu spät.

»Es ist nichts sehr Ernstes. Ich habe einen klitzekleinen Tumor im Gehirn.«

»Ach, *nein*!« Sie fuhr sich mit der Hand an den Mund und so.

»Ach, das wird schon alles gut! Er sitzt ganz außen. Und es ist ein ganz winziger. Den haben sie in ungefähr zwei Minuten raus.«

Dann las ich den Fahrplan, den ich in der Tasche hatte. Nur, um nicht mehr zu lügen. Wenn ich einmal damit angefangen habe, kann ich stundenlang weitermachen, wenn mir danach ist. Ehrlich. *Stundenlang*.

Danach redeten wir nicht mehr viel. Sie schlug ihre *Vogue* auf, die sie dabeihatte, und ich schaute eine Weile aus dem Fenster. In Newark stieg sie aus. Sie wünschte mir viel Glück mit der Operation und so. Immerzu nannte sie mich Rudolf. Dann lud sie mich ein, Ernie im Sommer zu besuchen, in Gloucester, Massachusetts. Sie sagte, ihr Haus ist direkt am Strand, und sie haben einen Tennisplatz und so, aber ich dankte ihr und sagte, ich fahre mit meiner Großmutter nach Südamerika. Was wirklich stark war, weil meine Großmutter kaum mal das *Haus* verlässt, außer vielleicht, um zu einer verfluchten Matinee zu gehen. Aber diesen Arsch Morrow würde ich nicht für alle Kohle der Welt besuchen, auch nicht, wenn ich am Verzweifeln wäre.

# 9

Als ich an der Penn Station ausstieg, ging ich als Erstes in eine Telefonzelle. Mir war danach, jemanden anzurufen. Meine Taschen ließ ich direkt vor der Zelle stehen, so dass ich sie im Blick hatte, aber kaum war ich drinnen, fiel mir niemand ein, den ich anrufen konnte. Mein Bruder D. B. war in Hollywood. Meine kleine Schwester Phoebe geht ungefähr um neun ins Bett – also konnte ich *sie* nicht anrufen. Es wäre ihr egal gewesen, wenn ich sie aufgeweckt hätte, das Dumme war bloß, dass sie ja gar nicht rangegangen wäre. Sondern meine Eltern. Das schied also aus. Dann überlegte ich, ob ich Jane Gallaghers Mutter anrufen sollte, um zu erfahren, wann Janes Ferien anfingen, aber danach war mir nicht. Außerdem war es schon ziemlich spät für so einen Anruf. Dann überlegte ich, ob ich das Mädchen anrufen sollte, mit dem ich mich ziemlich häufig getroffen hatte, Sally Hayes, weil ich wusste, dass ihre Weihnachtsferien schon angefangen hatten – sie hatte mir so einen langen, verlogenen Brief geschrieben, in dem sie mich für Heiligabend zu sich einlud, um den Weihnachtsbaum zu schmücken und so –, aber ich hatte Angst, dass ihre Mutter drangehen würde. Ihre Mutter kannte meine Mutter, und ich konnte mir vorstellen, dass sie nichts Eiligeres zu tun hatte, als meine Mutter anzurufen und ihr zu sagen, dass ich in New York bin. Außerdem war ich nicht scharf drauf, mit der guten Mrs. Hayes zu telefonieren. Einmal hatte sie zu Sally gesagt, ich bin wild. Sie sagte, ich bin wild und habe kein Ziel im Leben. Dann überlegte ich, ob ich diesen Typen anrufen sollte, der an der Whooton School war, als ich dort war, Carl Luce, aber den mochte ich nicht besonders. Also rief ich schließlich keinen an. Nach ungefähr zwanzig Minuten oder so was trat ich aus der Zelle, nahm meine Taschen, ging zu dem Tunnel, wo die Taxis stehen, und nahm mir ein Taxi.

Ich bin so verdammt zerstreut, dass ich dem Fahrer meine normale Adresse gab, einfach aus lauter Gewohnheit – also, ich hatte völlig vergessen, dass ich für ein paar Tage in ein Hotel wollte und erst zum Ferienbeginn nach Hause. Es fiel mir erst ein, als wir schon halb durch den Park waren. Dann sagte ich: »He, macht's Ihnen was aus umzudrehen, wenn Sie können? Ich hab Ihnen die falsche Adresse gesagt. Ich will wieder in die Stadt.«

Der Fahrer war irgend so ein Klugscheißer. »Ich kann hier nicht umdrehen, Meister. Das ist 'ne Einbahnstraße. Ich muss jetzt bis ganz zur Neunzichsten Straße fahrn.«

Ich wollte mich nicht mit ihm streiten. »Okay«, sagte ich. Dann fiel mir auf einmal etwas ein. »He, hören Sie mal«, sagte ich. »Kennen Sie die Enten da in der Lagune gleich bei der Central Park South? In dem kleinen See? Wissen Sie zufällig, was mit denen wird, mit den Enten, wenn der ganz zufriert? Wissen Sie das vielleicht zufällig?« Mir war klar, dass die Chance eins zu einer Million war.

Er drehte sich um und sah mich an, als wäre ich verrückt. »Was soll'n das werden, Meister?«, sagte er. »Wills' mich verarschen?«

»*Nein* – es hat mich bloß interessiert, weiter nichts.«

Er sagte nichts mehr, also sagte ich auch nichts mehr. Bis wir an der Neunzigsten Straße aus dem Park kamen. Dann sagte er: »Also gut, Meister. Wohin?«

»Also, die Sache ist die, ich will in kein Hotel an der East Side, wo ich Bekannten über den Weg laufen könnte. Ich reise nämlich inkognito«, sagte ich. Ich finde es

Scheiße, piefige Sachen wie »Ich reise inkognito« zu sagen. Aber wenn ich mit jemand zusammen bin, der piefig ist, dann mache ich auch immer auf Piefig. »Wissen Sie rein zufällig, wessen Band im Taft oder im New Yorker spielt?«

»Keine Ahnung, Meister.«

»Na – dann bringen Sie mich zum Edmont«, sagte ich. »Hätten Sie Lust, mit mir unterwegs einen Cocktail zu trinken? Geht auf mich. Ich hab genug Mäuse.«

»Geht nicht, Meister. Tut mir Leid.« Er war ja wirklich sehr gesellig. Irrsinnige Persönlichkeit.

Wir kamen zum Edmont, und ich trug mich ein. Im Taxi hatte ich meine rote Jägermütze aufgesetzt, einfach so aus Jux, aber vor dem Eintragen hatte ich sie wieder abgenommen. Ich wollte nicht wie ein Spinner oder was weiß ich aussehen. Was wirklich ein Witz war. Da *wusste* ich nämlich noch nicht, dass das verfluchte Hotel voller Perverser und Idioten war. Nichts wie Spinner.

Sie gaben mir so ein sehr dreckiges Zimmer, durch dessen Fenster man bloß die andere Seite des Hotels sah. Aber das war mir ziemlich egal. Ich war zu deprimiert, um darauf zu achten, ob ich eine gute Aussicht hatte oder nicht. Der Page, der mich zum Zimmer führte, war ein ganz alter Typ um die fünfundsechzig. Er war noch deprimierender als das Zimmer. Er war einer von den kahlen Typen, die sich alle Haare von einer Seite quer rüberkämmen, um die Glatze zu verdecken. Lieber eine Glatze, als dass ich so was tue. Jedenfalls, was für eine großartige Arbeit für einen, der um die fünfundsechzig ist. Leuten die Koffer tragen und dann auf Trinkgeld warten. Vermutlich war er nicht besonders intelligent oder was, aber schrecklich war's trotzdem.

Als er weg war, schaute ich eine Weile aus dem Fenster, noch im Mantel und so. Sonst hatte ich nichts zu tun. Ihr wärt überrascht gewesen, was auf der anderen Seite des Hotels los war. Die zogen nicht mal die Jalousien runter. Ich sah einen Typen, einen grauhaarigen, sehr distinguiert wirkenden Typen, der bloß eine Unterhose anhatte, und der machte was, ihr würdet's mir nicht glauben, wenn ich's euch erzählte. Erst legte er seinen Koffer aufs Bett. Dann holte er lauter Frauensachen raus und zog sie an. Richtige Frauensachen – Seidenstrümpfe, hochhackige Schuhe, Büstenhalter und eins dieser Korsetts, bei dem die Strapse runterhängen und so. Dann zog er ein ganz enges Abendkleid an. Ich schwör's bei Gott. Dann lief er im Zimmer auf und ab, mit sehr kleinen Schritten wie eine Frau, und rauchte eine Zigarette und betrachtete sich im Spiegel. Auch er war allein. Außer, jemand war im Badezimmer – das konnte ich nicht sehen. Dann, in dem Fenster direkt über seinem, sah ich einen Mann und eine Frau, die einander mit Wasser bespuckten. Vielleicht waren es auch Highballs und kein Wasser, was sie in ihren Gläsern hatten, konnte ich nicht erkennen. Jedenfalls nahm er einen Schluck und bespuckte *sie* über und über, dann machte sie es bei *ihm* – sie machten es *abwechselnd*, Herrgott. Die hättet ihr mal sehen sollen. Die lachten sich die ganze Zeit dabei halb tot, als wär's das Komischste, was es je gegeben hat. Im Ernst, das Hotel wimmelte von Perversen. Ich war wahrscheinlich der einzige normale Arsch im ganzen Haus – und das heißt ja nicht viel. Fast hätte ich Stradlater ein verdammtes Telegramm geschickt, um ihm zu sagen, er soll den ersten Zug nach New York nehmen. Der wär in dem Hotel der King gewesen.

Das Dumme war, es ist faszinierend, so Zeug zu beobachten, selbst wenn man es gar nicht will. Zum Beispiel das Mädchen, das gerade Wasser übers ganze Gesicht gespuckt bekam, die sah ziemlich gut aus. Also, das ist mein großes Problem. Im *Kopf* bin ich wahrscheinlich der größte Sexverrückte, der euch jemals begegnet ist. Manchmal kann ich mir *sehr* dreckiges Zeug vorstellen, das ich schon gern machen würde, wenn sich die Gelegenheit böte. Ich kann mir sogar vorstellen, dass es ziemlich viel Spaß machen würde, auf eine schmierige, dreckige Weise, wenn beide irgendwie betrunken wären und so, sich ein Mädchen zu holen und einander Wasser oder was weiß ich übers ganze Gesicht zu spucken. Allerdings ist die Sache die, dass ich mir das nicht so gern *vorstelle*. Das ist doch krank, wenn man's mal analysiert. Ich finde, wenn man ein Mädchen nicht richtig mag, sollte man überhaupt nicht mit ihr rumalbern, und wenn man sie *doch* mag, sollte man eigentlich auch ihr Gesicht mögen, und wenn man ihr Gesicht mag, sollte man's sich zweimal überlegen, ob man dreckige Sachen damit macht, wie es ganz mit Wasser zu bespucken. Eigentlich ist es ziemlich schade, dass so viel dreckiges Zeug manchmal solchen Spaß macht. Mädchen helfen einem auch nicht groß dabei, wenn man mal versucht, nicht *zu* dreckig zu werden, wenn man mal versucht, was richtig Gutes nicht zu verderben. Ich kannte mal ein Mädchen, das ist zwei Jahre her, die war noch dreckiger als ich. Mann, war die dreckig! Aber eine Weile hatten wir jede Menge Spaß, dreckigen eben. Sex, das ist was, was ich eigentlich nicht besonders super verstehe. Man weiß dabei nie, wo man *dran* ist. Ständig mache ich mir selber irgendwelche Sexregeln, und dann breche ich sie auch gleich wieder. Letztes Jahr hatte ich es mir zur Regel gemacht, dass ich aufhöre, mit Mädchen rumzualbern, die mich tief im Innern nerven. Aber noch in der Woche, in der ich diese Regel gemacht hatte – eigentlich noch am selben *Abend* –, habe ich sie gebrochen. Ich habe den ganzen Abend damit verbracht, mit einer schrecklich verlogenen Schnecke namens Anne Louise Sherman zu knutschen. Sex, das verstehe ich einfach nicht. Das schwöre ich bei Gott.

Während ich so dastand, spielte ich mit dem Gedanken, die gute Jane anzuklingeln – also, ein Ferngespräch mit der B. M., an der sie war, statt ihre Mutter anzurufen, um zu erfahren, wann Jane nach Hause kam. Man sollte Schüler eigentlich nicht mitten in der Nacht anrufen, aber ich hatte mir alles schon zurechtgelegt. Ich wollte dem, der dann am Telefon war, sagen, ich bin ihr Onkel. Ich wollte sagen, dass ihre Tante gerade bei einem Autounfall ums Leben gekommen ist und ich sofort mit ihr sprechen muss. Und das hätte auch funktioniert. Dass ich es dann doch nicht tat, lag bloß daran, dass ich nicht in der rechten Stimmung dazu war. Wenn man nicht in der rechten Stimmung ist, macht man so was auch nicht richtig.

Nach einer Weile setzte ich mich in einen Sessel und rauchte ein paar Zigaretten. Ich war ziemlich heiß. Das muss ich zugeben. Dann hatte ich auf einmal eine Idee. Ich holte meine Brieftasche raus und suchte nach einer Adresse, die ich von einem Typen hatte, den ich im Sommer davor mal auf einer Party kennen gelernt hatte und der in Princeton war. Endlich fand ich die Adresse. Sie hatte von meiner Brieftasche eine komische Farbe bekommen, aber man konnte sie trotzdem noch lesen. Es war die Adresse von einem Mädchen, die eigentlich keine richtige Hure oder was war, die aber auch nichts dagegen hatte, es hin und wieder zu machen, wie dieser Typ aus Princeton mir erzählte. Einmal brachte er sie in Princeton zu einem Ball mit, und deshalb hätten sie ihn beinahe rausgeschmissen. Sie war mal Nachtclubstripperin gewesen oder was weiß ich. Jedenfalls ging ich zum Telefon und klingelte sie an. Sie hieß Faith Cavendish, und sie wohnte im Stanford Arms Hotel in der Fünfundsechzigsten Ecke Broadway. Zweifellos eine Absteige.

Eine Weile dachte ich, sie ist nicht zu Hause oder was. Keiner ging dran. Dann nahm endlich jemand ab.

»Hallo?«, sagte ich. Ich machte meine Stimme ganz tief, damit sie nicht misstrauisch wegen meines Alters oder was wurde. Ich habe sowieso eine ziemlich tiefe Stimme.

»Hallo«, sagte die Stimme der Frau. Und nicht gerade freundlich.

»Miss Faith Cavendish?«

»Wer *ist* denn da?«, sagte sie. »Wer ruft mich denn um diese scheißverfluchte Uhrzeit an?«

Das jagte mir nun doch ein bisschen Angst ein. »Also, ich weiß, es ist schon ziemlich spät«, sagte ich mit meiner reifen Stimme und so. »Ich hoffe, Sie verzeihen mir, aber ich wollte sehr gern Kontakt zu Ihnen aufnehmen«, sagte ich ungeheuer weltmännisch. Wirklich.

»Wer *ist* da?«, sagte sie.

»Also, Sie kennen mich nicht, aber ich bin ein Freund von Eddie Birdsell. Er meinte, wenn ich mal in der Stadt bin, sollten wir uns doch auf den einen oder anderen Cocktail treffen.«

»*Wer*? Sie sind ein Freund von *wem*?« Mann, am Telefon war die eine echte Tigerin. Die brüllte mich ja fast schon an, verdammt.

»Edmund Birdsell. Eddie Birdsell«, sagte ich. Ich wusste nicht mehr, ob er nun Edmund oder Edward hieß. Ich hatte ihn doch nur einmal gesehen, auf einer verfluchten blöden Party.

»Ich kenne keinen, der so heißt, Sie. Und wenn Sie glauben, es macht mir *Spaß*, mitten in der Nacht aufge-«

»Eddie *Bird*sell? Aus Princeton?«, sagte ich.

Man merkte gleich, dass sie im Kopf nach dem Namen suchte und so.

»Birdsell, Birdsell ... aus Princeton ... Princeton College?«

»Ganz genau«, sagte ich.

»Sie sind vom Princeton College?«

»Na ja, so ungefähr.«

»Oh ... Wie *geht's* Eddie denn?«, sagte sie. »Das ist aber wirklich eine ausgefallene Zeit, jemanden anzurufen. Meine Güte.«

»Dem geht's gut. Ich soll Sie von ihm grüßen.«

»Ja, danke. Grüßen Sie ihn auch von *mir*«, sagte sie. »Er ist ein großartiger Mensch. Was macht er denn so?« Auf einmal wurde sie ungeheuer freundlich.

»Ach, Sie wissen ja. Immer das Gleiche«, sagte ich. Woher sollte *ich* denn wissen, was der machte? Ich kannte den Typen doch kaum. Ich wusste nicht mal, ob der überhaupt noch in Princeton war. »Hören Sie«, sagte ich. »Hätten Sie Lust, sich mit mir irgendwo auf einen Cocktail zu treffen?«

»Haben Sie zufällig eine Ahnung, wie *spät* es ist?«, sagte sie. »Und überhaupt, wie heißen Sie eigentlich, wenn ich fragen darf?« Auf einmal hatte sie einen britischen Akzent. »Sie klingen mir ein bisschen jung.«

Ich lachte. »Danke für das Kompliment«, sagte ich – ungeheuer weltmännisch. »Ich heiße Holden Caulfield.« Ich hätte ihr einen falschen Namen nennen sollen, hatte aber nicht dran gedacht.

»Also, sehen Sie, Mr. Cawffle. Ich pflege keine Verabredungen mitten in der Nacht zu treffen. Ich bin berufstätig.«

»Morgen ist Sonntag«, sagte ich zu ihr.

»*Trotzdem*. Ich brauche meinen Schönheitsschlaf. Sie wissen ja, wie das ist.«

»Ich dachte, wir könnten vielleicht einen Cocktail zusammen trinken. Es ist noch nicht zu spät.«

»Tja. Das ist ganz reizend von Ihnen«, sagte sie. »Von wo rufen Sie denn an? Wo sind Sie denn überhaupt?«

»Ich? Ich bin in einer Telefonzelle.«

»Ach«, sagte sie. Dann entstand eine lange Pause. »Also, ich würde mich schrecklich gern mal mit Ihnen treffen, Mr. Cawffle. Sie klingen sehr attraktiv. Sie scheinen ein sehr attraktiver Mensch zu sein. Aber es ist *wirklich* spät.«

»Ich könnte doch zu Ihnen kommen.«

»Nun, normalerweise würde ich sagen, großartig. Also, ich fände es wunderbar, wenn Sie auf einen Cocktail hereinschauen würden, aber meine Mitbewohnerin ist zufällig krank. Sie hat schon die ganze Nacht kein Auge zugetan. Gerade eben erst ist sie eingeschlafen und so. Tja.«

»Ach. Das ist aber schade.«

»Wo wohnen Sie denn? Vielleicht könnten wir uns morgen auf einen Cocktail treffen.«

»Morgen kann ich nicht«, sagte ich. »Ich kann leider nur heute.« Was war ich bloß für ein Trottel. Das hätte ich nicht sagen sollen.

»Ach. Tja, das tut mir aber sehr Leid.«

»Ich grüße Eddie von Ihnen.«

»Wollen Sie das tun? Ich hoffe, Sie haben einen schönen Aufenthalt in New York. Es ist eine großartige Stadt.«

»Ja, ich weiß. Danke. Gute Nacht«, sagte ich. Dann legte ich auf.

Mann, das hatte ich nun *wirklich* vermurkst. Wenigstens bis zu einem Cocktail oder so hätte ich es schaffen sollen.

# 10

Es war noch immer ziemlich früh. Ich weiß nicht mehr, wie spät es war, aber es war nicht allzu spät. Wenn ich eines hasse, dann, ins Bett zu gehen, wenn ich noch nicht müde bin. Also machte ich meine Taschen auf und holte ein frisches Hemd heraus, dann ging ich ins Bad, wusch mich und zog es an. Ich dachte nämlich, ich geh nach unten und guck mal, was im Lavender Room los ist. Die hatten da so einen Nachtclub im Hotel, den Lavender Room.

Während ich das Hemd wechselte, hätte ich doch fast meine kleine Schwester Phoebe angerufen. Mir war durchaus danach, mit ihr zu telefonieren. Mit einer, die Verstand hatte und so. Aber ich konnte es nicht riskieren, sie anzurufen, weil sie ja noch ein kleines Kind war und gar nicht mehr auf gewesen wäre, und schon gar nicht in der Nähe des Telefons. Ich überlegte, ob ich vielleicht auflegen sollte, wenn meine Eltern drangingen, aber das wäre nicht gut gegangen. Die hätten gewusst, dass ich es bin. Meine Mutter weiß immer, dass ich es bin. Die kann hellsehen. Aber ich hätte überhaupt nichts dagegen gehabt, mit der guten Phoebe eine Weile zu quatschen.

Ihr solltet sie mal sehen. So ein hübsches und kluges kleines Mädchen habt ihr in eurem ganzen Leben nicht gesehen. Sie ist richtig klug. Also, sie hat immer bloß Einsen, seit sie in der Schule ist. Ich bin nämlich der einzig Dumme in der Familie. Mein Bruder D. B. ist Schriftsteller und so, und mein Bruder Allie, der, der gestorben ist und von dem ich euch schon erzählt habe, war ein Genie. Ich bin der einzig richtig Dumme. Aber die gute Phoebe solltet ihr mal sehen. Die hat rote Haare, ein bisschen wie die von Allie, im Sommer sind sie immer ganz kurz. Im Sommer streicht sie sie immer hinter die Ohren. Sie hat hübsche, ziemlich kleine Ohren. Im Winter sind die Haare aber ziemlich lang. Manchmal macht meine Mutter ihr Zöpfe, manchmal auch nicht. Sieht ganz hübsch aus. Sie ist erst zehn. Sie ist ziemlich dünn, so wie ich, aber hübsch dünn. Rollschuhdünn. Einmal habe ich sie vom Fenster aus beobachtet, wie sie über die Fifth Avenue ging, in den Park, und das ist sie nämlich, rollschuhdünn. Sie würde euch gefallen. Also, wenn ihr der guten Phoebe was erzählt, dann weiß sie genau, wovon ihr überhaupt sprecht. Also, ihr könnt sie sogar überallhin mitnehmen. Wenn ihr sie beispielsweise in einen miesen Film mitnehmt, dann weiß sie, das ist ein mieser Film. Wenn ihr sie in einen ziemlich guten Film mitnehmt, dann weiß sie, das ist ein ziemlich guter Film. D. B. und ich haben sie mal in so einen französischen Film mitgenommen, *Des anderen Weib* mit Raimu. Der hat sie fertig gemacht. Ihr Lieblingsfilm ist aber *39 Stufen* mit Robert Donat. Sie kennt den ganzen verfluchten Film auswendig, weil ich ungefähr zehnmal mit ihr reingegangen bin. Wenn der gute Donat beispielsweise zu dem schottischen Bauernhaus kommt, als er vor den Polizisten auf der Flucht ist und so, sagt Phoebe im Kino richtig laut – genau dann, wenn der schottische Typ im Film es sagt: »Mögen Sie Heringe?« Sie kann die ganzen Gespräche auswendig. Und als in dem Film dieser Professor, der ja eigentlich ein deutscher Spion ist, den kleinen Finger, an dem zwei Drittel fehlen, hochstreckt, um ihn Robert Donat zu zeigen, kommt die gute Phoebe ihm zuvor – sie streckt mir im Dunkeln *ihren* kleinen Finger hin, direkt vor meine Nase. Die ist in Ordnung. Die würde euch gefallen. Das Dumme ist bloß, dass sie manchmal ein bisschen zu liebevoll ist. Für ein Kind ist sie sehr emotional. Wirklich. Und sie macht noch was anderes, sie schreibt ständig Bücher. Bloß schreibt sie sie nicht fertig. Sie handeln alle von einem Kind namens Hazel Weatherfield – bloß die alte Phoebe buchstabiert das »Hazle«. Die gute Hazle Weatherfield ist Detektivin. Sie ist eigentlich ein Waisenkind, aber trotzdem taucht ihr Alter immer wieder auf. Ihr Alter ist immer ein »großer attraktiver Herr von ungefähr zwanzig Jahren«. Das macht mich fertig. Die gute Phoebe. Ich schwör's bei Gott, die würde euch gefallen. Sie war schon klug, als sie ein ganz kleines Kind war. Als sie noch ein ganz kleines Kind war, gingen ich und Allie immer mal wieder mit ihr in den Park, besonders sonntags. Allie hatte so ein Segelboot, mit dem er sonntags gern rumspielte, und da nahmen wir die gute Phoebe immer mit. Sie trug weiße Handschuhe und ging genau zwischen uns, wie eine Dame und so. Und wenn Allie und ich uns ganz allgemein über Sachen unterhielten, hörte die gute Phoebe zu. Manchmal hätte man fast vergessen, dass sie da war, weil sie so ein kleines Kind war, aber sie machte sich schon bemerkbar. Ständig unterbrach sie einen. Sie stupste Allie oder mich irgendwie an und sagte: »*Wer*? Wer hat das gesagt? Bobby oder die Dame?« Dann sagten wir ihr, wer es gesagt hatte, und sie sagte »Oh« und hörte einfach weiter zu. Sie machte auch Allie fertig. Also, er mochte sie auch. Jetzt ist sie zehn und kein ganz kleines Kind mehr, aber trotzdem macht sie immer noch alle fertig – alle mit Verstand jedenfalls.

Jedenfalls war sie eine, mit der man immer gern telefonierte. Aber ich hatte zu sehr Angst, meine Eltern könnten drangehen, und dann hätten sie gemerkt, dass ich in New York war und von der Pencey geflogen bin und so. Also zog ich erst mal mein Hemd an. Dann richtete ich mich her und fuhr mit dem Aufzug zur Empfangshalle, um zu sehen, was da los war.

Bis auf ein paar ludenartige Typen und ein paar huren-artige Blondinen war die Empfangshalle ziemlich leer. Aber man hörte die Band im Lavender Room spielen, also ging ich rein. Es war nicht besonders voll, aber sie gaben mir trotzdem einen miesen Tisch – ganz hinten. Ich hätte dem Oberkellner einen Dollar unter die Nase halten sol-len. In New York, Mann, da kommt ihr nur mit Geld wei-ter – ehrlich.

Die Band war miserabel. Buddy Singer. Sehr blechig, aber nicht gut blechig – piefig blechig. Außerdem waren nur sehr wenige in meinem Alter da. Eigentlich war über-haupt niemand in meinem Alter da. Bis auf die am Tisch gleich neben mir. An dem Tisch gleich neben mir saßen drei Mädchen um die dreißig oder so. Alle drei waren sie ziemlich hässlich, und alle hatten sie Hüte auf, bei denen man gleich wusste, dass die Mädchen nun wirklich nicht in New York wohnten, aber eine, die Blonde, war gar nicht schlecht. Sie war irgendwie süß, die Blonde, und ich fing gerade an, ihr Blicke zuzuwerfen, als der Kellner kam und meine Bestellung wollte. Ich bestellte einen Scotch mit Soda und sagte ihm, er solle ihn nicht mischen – das sagte ich ungeheuer schnell, weil, wenn man rumdruckst, glau-ben sie, man ist unter einundzwanzig, und geben einem keine alkoholischen Getränke. Aber trotzdem hatte ich Ärger mit ihm. »Entschuldigen Sie, Sir«, sagte er, »aber haben Sie vielleicht etwas, womit Sie Ihr Alter nachwei-sen können? Vielleicht den Führerschein?«

Ich verpasste ihm einen eiskalten Blick, als hätte er mich ungeheuer beleidigt, und fragte ihn: »Sehe ich so aus, als wäre ich unter einundzwanzig?«

»Es tut mir Leid, Sir, aber wir haben unsere . . .«

»Okay, okay«, sagte ich. Ich dachte, scheiß drauf. »Dann bringen Sie mir eine Cola.« Er wollte schon weg, aber ich rief ihn zurück. »Können Sie nicht ein bisschen Rum oder was weiß ich reintun?«, fragte ich ihn. Ich fragte ihn ganz nett und so. »In einem dermaßen piefigen Raum kann ich nicht stocknüchtern sitzen. Können Sie nicht ein bisschen Rum reintun oder was weiß ich?«

»Es tut mir sehr Leid, Sir . . .«, sagte er und zischte ab. Aber ich nahm es ihm nicht übel. Die verlieren ihren Job, wenn sie dabei erwischt werden, dass sie was an Minderjährige verkaufen. Ich bin ein verfluchter Minderjähriger.

Wieder warf ich den drei Hexen am Nebentisch Blicke zu. Das heißt, der Blonden. Die beiden andern waren ziemlich unterirdisch. Aber ich machte es nicht grob. Ich sah alle drei einfach bloß sehr kühl an und so. Aber daraufhin fingen sie alle drei an zu kichern wie die Idioten. Wahrscheinlich glaubten sie, ich bin zu jung, um überhaupt eine anglotzen zu können. Das ärgerte mich ungeheuer – man hätte meinen können, ich wollte sie *heiraten* oder was weiß ich. Danach hätte ich sie wie Luft behandeln sollen, aber das Dumme war, mir war wirklich nach Tanzen. Manchmal tanze ich sehr gern, und jetzt war das gerade so. Also lehnte ich mich auf einmal irgendwie zu ihnen rüber und sagte: »Möchte eine von Ihnen vielleicht gern tanzen?« Ich fragte sie nicht grob oder was. Sondern ziemlich weltmännisch. Aber, Gott verflucht, die fanden auch *das* zum Totlachen. Sie kicherten noch mehr. Ehrlich, das waren drei richtige Idioten. »Na los«, sagte ich. »Ich tanz mit Ihnen hintereinander. Ja? Wie wär's? Na los!« Mir war richtig nach Tanzen.

Schließlich stand die Blonde auf, um mit mir zu tanzen, weil klar war, dass ich eigentlich nur mit *ihr* redete, und wir gingen auf die Tanzfläche. Die beiden andern Mädels kriegten fast einen hysterischen Anfall. Ich muss es wohl ziemlich nötig gehabt haben, um mich überhaupt mit einer von denen abzugeben.

Aber es war's wert. Die Blonde tanzte schon enorm gut. Ich habe selten mit einer getanzt, die so gut tanzte. Ganz ehrlich, einige dieser sehr dummen Mädchen können einen auf der Tanzfläche richtig umhauen. Hat man ein richtig kluges Mädchen, dann will *sie* einen die Hälfte der Zeit auf der Tanzfläche führen, oder sie tanzt dermaßen mies, dass man am besten gleich sitzen bleibt und sich mit ihr betrinkt.

»Sie können aber wirklich tanzen«, sagte ich zu der Blonden. »Sie sollten Profi werden. Wirklich. Ich hab mal mit einer getanzt, die Profi war, und Sie sind doppelt so gut wie die. Haben Sie mal was von Marco und Miranda gehört?«

»Was?«, sagte sie. Sie hörte mir gar nicht zu. Sie guckte sonst wohin.

»Ich hab gesagt, haben Sie mal von Marco und Miranda gehört?«

»Weiß ich nicht. Nein. Weiß ich nicht.«

»Also, die sind Tänzer, sie ist Tänzerin. Sie ist aber nicht so besonders. Sie macht alles, was von ihr *erwartet* wird, aber sie ist trotzdem nicht so besonders. Wissen Sie, wann ein Mädchen eine richtig irrsinnige Tänzerin ist?«

»Wie bitte?«, sagte sie. Sie hörte mir nicht mal zu. Sie war mit ihren Gedanken sonst wo.

»Ich hab gesagt, wissen Sie, wann ein Mädchen eine richtig irrsinnige Tänzerin ist?«

»M-hm.«

»Also – wo ich hinten bei Ihnen die Hand habe. Wenn ich glaube, da ist gar nichts unter meiner Hand – kein Hintern, keine Beine, keine Füße, kein *Gar*nichts – dann ist das Mädchen eine richtig irrsinnige Tänzerin.«

Aber sie hörte mir überhaupt nicht zu. Also ignorierte ich sie eine Weile. Wir tanzten einfach. Gott, konnte dieses doofe Mädchen tanzen. Buddy Singer und seine

Scheißband spielten »Just One of Those Things«, und nicht mal *die* konnten es ganz ruinieren. Ein klasse Stück. Während wir tanzten, versuchte ich keine komplizierten Sachen – ich hasse es, wenn einer auf der Tanzfläche mit komplizierten Sachen angibt –, sondern führte sie ganz ordentlich, und sie blieb auch bei mir. Das Komische ist, ich dachte, ihr gefällt es auch, bis sie dann auf einmal eine ganz blöde Bemerkung machte. »Ich und meine Freundinnen haben gestern Abend Peter Lorre gesehen«, sagte sie. »Den Schauspieler. Persönlich. Der hat da eine Zeitung gekauft. Der ist *süß*.«

»Da haben Sie aber Glück gehabt«, sagte ich. »Wirklich großes Glück. Ist Ihnen das klar?« Sie war wirklich ein Idiot. Aber wie die tanzte. Ich konnte mich kaum bremsen, ihr irgendwie einen Kuss auf ihren Doofkopf zu setzen – ihr wisst schon –, da, wo der Scheitel ist und so. Als ich es tat, wurde sie sauer.

»He! Was soll'n das?«

»Nichts. Einfach so. Sie können richtig gut tanzen«, sagte ich. »Ich hab 'ne kleine Schwester, die ist erst in der Vierten. Sie sind ungefähr so gut wie sie, und sie kann besser tanzen als sonst jemand auf der Welt.«

»Passen Sie auf, was Sie sagen.«

War das eine Frau, Mann. Eine *Klassefrau*, Herrgott.

»Wo kommen Sie denn her?«, fragte ich sie.

Sie antwortete aber nicht. Vermutlich war sie damit beschäftigt, nach dem guten Peter Lorre Ausschau zu halten.

»Wo kommen Sie her?«, fragte ich sie wieder.

»Was?«, sagte sie.

»Wo Sie herkommen. Sie brauchen es nicht zu sagen, wenn Sie nicht wollen. Sie müssen sich zu nichts gezwungen fühlen.«

»Seattle, Washington«, sagte sie. Sie tat mir einen großen Gefallen, dass sie mir das sagte.

»Mit Ihnen kann man sich sehr gut unterhalten«, sagte ich zu ihr. »Wissen Sie das?«

»Was?«

Ich gab's auf. Es war ihr sowieso zu hoch. »Haben Sie Lust auf ein bisschen Jitterbug, wenn sie was Schnelles spielen? Keinen piefigen Jitterbug, ohne Sprünge oder so – einfach schön ruhig. Wenn was Schnelles kommt, setzen sich immer alle, bis auf die alten Typen und die dicken Typen, dann haben wir viel Platz. Ja?«

»Das spielt für mich keine Rolle«, sagte sie. »He – wie alt bist du überhaupt?«

Aus irgendeinem Grund ärgerte mich das. »O Gott. Mach's nicht kaputt«, sagte ich. »Ich bin zwölf, Herrgott. Ich bin groß für mein Alter.«

»*Hör* mal. Ich hab's dir schoma gesagt. Ich mag diese Ausdrucksweise nicht«, sagte sie. »Wenn du solche Ausdrücke gebrauchst, kann ich mich nämlich auch wieder zu meinen Freundinnen setzen.«

Ich entschuldigte mich wie ein Blöder, weil die Band jetzt was Schnelles anfing. Sie tanzte Jitterbug mit mir – aber einfach ganz schön und ruhig, nicht piefig. Sie war wirklich gut. Man brauchte sie nur zu berühren. Und wenn sie sich umdrehte, zuckte ihr hübscher kleiner Hintern ganz nett und so. Sie haute mich um. Wirklich. Als wir uns dann wieder setzten, hatte ich mich ungefähr halb in sie verliebt. Das ist die Sache mit Mädchen. Jedes Mal, wenn sie was Hübsches machen, auch wenn sie nicht besonders ansehnlich sind oder sogar, wenn sie irgendwie dumm sind, verliebt man sich halb in sie, und dann weiß man nicht mehr, wo man überhaupt noch steht. Mädchen. Mein Gott. Die können einen aber auch verrückt machen. Wirklich.

Sie forderten mich nicht auf, mich zu ihnen an den Tisch zu setzen – vor allem, weil sie zu beschränkt waren –, aber ich setzte mich trotzdem dazu. Die Blonde, mit der ich getanzt hatte, hieß Bernice noch was – Crabs oder Krebs. Die beiden hässlichen hießen Marty und Laverne. Ich sagte, ich heiße Jim Steele, einfach so aus Jux. Dann versuchte ich, sie alle ein bisschen in ein intelligentes Gespräch zu verwickeln, aber das war praktisch unmöglich. Man musste richtig massiv werden. Man wusste kaum, welche die dümmste von den dreien war. Und alle drei sahen sich ständig im Raum um, als erwarteten sie, dass jeden Moment eine Horde verfluchter *Filmstars* reinkommen würde. Wahrscheinlich glaubten sie, dass Filmstars, wenn sie in New York waren, sich immer im Lavender Room rumtrieben statt im Stork Club oder im El Morocco und so. Jedenfalls dauerte es ungefähr eine halbe Stunde, bis ich erfahren hatte, wo sie in Seattle alle arbeiteten und so. Sie arbeiteten alle im selben Versicherungsbüro. Ich fragte sie, ob es ihnen gefällt, aber meint ihr, ich hätte aus diesen drei Schafsnasen eine intelligente Antwort rausgeholt? Ich dachte, die beiden Hässlichen, Marty und Laverne, sind Schwestern, aber sie waren ganz beleidigt, als ich sie danach fragte. Man wusste gleich, dass keine der beiden wie die andere aussehen wollte, und man konnte es ihnen auch nicht verübeln, aber es war trotzdem sehr lustig.

Ich tanzte mit allen – allen dreien – hintereinander. Die eine Hässliche, Laverne, tanzte gar nicht so schlecht, aber die andere, die gute Marty, war der Tod. Bei der guten Marty war es, als würde man die Freiheitsstatue über den Fußboden zerren. Um wenigstens etwas Spaß zu haben, während ich sie so rumzerrte, musste ich mich schon selbst ein bisschen amüsieren. Also sagte ich zu ihr, ich hätte gerade Gary Cooper, den Filmstar, am anderen Ende der Tanzfläche gesehen.

»*Wo?*«, fragte sie – ungeheuer aufgeregt. »*Wo?*«

»Ach, jetzt haben Sie ihn verpasst. Grade ist er rausgegangen. Warum haben Sie denn nicht geguckt, als ich's
gesagt hab?«

Sie hörte praktisch auf zu tanzen und schaute über alle
Köpfe weg, um zu sehen, ob sie ihn noch sehen konnte.
»Ach, Scheibe!«, sagte sie. Ich hatte ihr doch wahrhaftig
das Herz gebrochen – wirklich. Es tat mir wahnsinnig
Leid, dass ich sie hochgenommen hatte. Manche soll man
eben nicht hochnehmen, auch wenn sie's verdienen.

Aber eines war sehr komisch. Als wir wieder an den
Tisch kamen, erzählte die gute Marty den beiden andern,
dass Gary Cooper gerade rausgegangen ist. Mann, Laverne und Bernice, die Guten, begingen fast Selbstmord,
als sie das hörten. Sie wurden ganz aufgeregt und fragten
Marty, ob sie ihn gesehen hat und so. Die gute Marty sagte, dass sie ihn nur so grade noch gesehen hat. Das machte
mich fertig.

Die Bar machte nun dicht, also holte ich ihnen noch
schnell je zwei Getränke, bevor sie dichtmachte, und für
mich bestellte ich noch zwei Cola. Der verfluchte Tisch
stand voller Gläser. Die eine Hässliche, Laverne, zog
mich ständig auf, weil ich bloß Cola trank. Sie hatte einen
gediegenen Humor. Sie und die gute Marty tranken Tom
Collins – mitten im Dezember, Herrgott noch mal. Die
wussten es nicht besser. Die Blonde, die gute Bernice,
trank Bourbon mit Wasser. Die schluckte auch ganz schön.
Die ganze Zeit hielten die drei Ausschau nach Filmstars.
Sie sagten kaum was – nicht mal untereinander. Die gute
Marty redete mehr als die beiden andern. Sie sagte ständig völlig piefige, langweilige Sachen, zum Beispiel
nannte sie das Klo »für kleine Mädchen«, und sie fand es
richtig irrsinnig, wenn Buddy Singers armer ramponierter
Klarinettist aufstand und ein paar eiskalte heiße Licks
brachte. Sie nannte seine Klarinette »Lakritzstange«. War

die piefig. Die andere Hässliche, Laverne, fand sich unglaublich witzig. Ständig sagte sie, ich soll meinen Vater anrufen und ihn fragen, was er heute Abend vorhat. Ständig fragte sie mich, ob mein Vater was vorhat. *Viermal* fragte sie mich das – war die vielleicht witzig. Die gute Bernice, die Blonde, sagte fast gar nichts. Jedes Mal, wenn ich sie was fragte, sagte sie: »Was?« Das kann einem nach einer Weile ganz schön auf die Nerven gehen.

Auf einmal, als sie nichts mehr zu trinken hatten, standen die drei auf und sagten, sie müssten jetzt ins Bett. Sie sagten, sie wollten früh aufstehen, um sich die erste Vorstellung in der Radio City Music Hall anzusehen. Ich versuchte, sie zu überreden, noch eine Weile zu bleiben, aber sie wollten nicht. Also verabschiedeten wir uns und so. Ich sagte, ich würde sie mal in Seattle besuchen, wenn ich mal dahin käme, aber das bezweifle ich. Dass ich sie besuche, meine ich.

Mit Zigaretten und so kam die Rechnung auf rund dreißig Mäuse. Ich finde, sie hätten mir wenigstens *an*bieten können, die Sachen, die sie getrunken hatten, bevor ich mich zu ihnen setzte, selbst zu bezahlen – das hätte ich zwar nicht zugelassen, aber sie hätten es wenigstens anbieten können. Aber viel machte mir das nicht aus. Die waren so beschränkt, und sie hatten so traurige, ausgefallene Hüte auf und so. Und diese Sache mit dem Frühaufstehen, um die erste Vorstellung in der Radio City Music Hall zu sehen, deprimierte mich. Wenn jemand, ein Mädchen mit einem scheußlichen Hut zum Beispiel, von so weit her nach New York kommt – aus Seattle, *Wash*ington, Herrgott – und dann frühmorgens aufsteht, um die verfluchte erste Vorstellung in der Radio City Music Hall zu sehen, dann deprimiert mich das so, dass ich es kaum aushalte. Ich hätte allen dreien *hundert* Getränke spendiert, wenn sie mir nur das nicht erzählt hätten.

Ziemlich bald nach ihnen verließ auch ich den Lavender Room. Die machten jetzt sowieso dicht, und die Band hatte schon vor längerem aufgehört. Überhaupt war das einer von den Läden, in denen es ganz schrecklich ist, außer man hat eine Gute zum Tanzen oder der Kellner lässt einen richtige Drinks bestellen und nicht bloß Cola. Auf der ganzen Welt gibt es keinen Nachtclub, wo man lange sitzen kann, ohne dass man wenigstens was Hartes bestellen und sich betrinken kann. Oder man hat ein Mädchen dabei, das einen wirklich umhaut.

# 11

Auf dem Weg zur Eingangshalle kam mir auf einmal wieder die gute Jane Gallagher in den Sinn. Da war sie, und ich kriegte sie nicht mehr weg. Ich setzte mich in so einen kotzbraunen Sessel in der Eingangshalle und dachte daran, wie sie und Stradlater in Ed Bankys verfluchtem Wagen saßen, und obwohl ich mir verdammt sicher war, dass der gute Stradlater es ihr nicht besorgt hatte – ich kenne die gute Jane wie ein Buch –, kriegte ich sie doch nicht mehr aus dem Kopf. Ich kannte sie wie ein Buch. Wirklich. Also, außer Dame mochte sie eigentlich auch jeden Sport ganz gern, und nachdem ich sie besser kennen gelernt hatte, spielten wir den ganzen Sommer fast jeden Vormittag zusammen Tennis und fast jeden Nachmittag Golf. Ich lernte sie wirklich ganz intim kennen. Damit meine ich nicht, dass da was *Körperliches* war oder was – o nein –, aber wir waren ständig zusammen. Man muss nicht immer besonders heiß werden, um ein Mädchen genau zu kennen.

Ihre Bekanntschaft machte ich, weil der Dobermann, den sie hatte, immer rüberkam und sich auf unserem Rasen erleichterte, und das brachte meine Mutter ziemlich auf. Sie rief Janes Mutter an und machte einen Riesenstunk deswegen. Meine Mutter kann wegen solcher Sachen wirklich einen Riesenstunk machen. Dann geschah Folgendes, ein paar Tage später sah ich Jane am Swimmingpool im Club auf dem Bauch liegen, und sagte Tag zu ihr. Ich wusste, dass sie gleich nebenan wohnte, hatte mich aber vorher nie mit ihr unterhalten oder so was. Aber sie behandelte mich da wie Luft, als ich Tag sagte. Ich musste mich schwer ins Zeug legen, um sie zu überzeugen, dass es mir scheißegal war, *wo* ihr Hund sich erleichterte. Meinetwegen konnte er es auch im Wohnzimmer machen. Jedenfalls wurden Jane und ich danach Freunde und so. Noch am selben Nachmittag spielte ich mit ihr Golf. Acht Bälle gingen ihr verloren, das weiß ich noch. *Acht.* Ich hatte schreckliche Mühe, sie dazu zu bewegen, wenigstens die Augen aufzumachen, wenn sie nach dem Ball ausholte. Trotzdem habe ich ihr Spiel gewaltig verbessert. Ich spiele sehr gut Golf. Wenn ich euch sagen würde, was für eine Runde ich mache, würdet ihr's mir wahrscheinlich nicht glauben. Fast wäre ich mal in einen Kurzfilm gekommen, aber in letzter Minute hab ich mir's noch anders überlegt. Ich dachte, wenn einer Filme so sehr hasst wie ich, da wäre ich doch ganz schön verlogen, wenn ich mich in einem Kurzfilm verbraten ließe.

Die gute Jane, sie war ein komisches Mädchen. Ich würde sie nicht unbedingt als schön im strengen Sinn beschreiben. Trotzdem haute sie mich um. Sie hatte einen Riesenmund. Und wenn sie redete und wegen was aufgeregt war, dann ging ihr Mund in ungefähr fünfzig Richtungen, die Lippen und so. Das machte mich fertig. Und nie machte sie ihn so richtig ganz zu, den Mund. Immer stand er ein bisschen offen, besonders wenn sie ihre Golfhaltung einnahm oder wenn sie ein Buch las. Sie las immer, und sie las sehr gute Bücher. Sie las eine Menge Gedichte und so. Abgesehen von meiner Familie war sie die Einzige, der ich mal Allies Baseballhandschuh mit den ganzen Gedichten drauf gezeigt hab. Sie hatte Allie nicht mehr gekannt, weil es ihr erster Sommer in Maine war – davor war sie immer auf Cape Cod gewesen –, aber ich erzählte ihr eine ganze Menge über ihn. So Kram interessierte sie.

Meine Mutter mochte Jane nicht besonders. Also, meine Mutter glaubte immer, Jane und ihre Mutter würden sie irgendwie schneiden oder was weiß ich, wenn sie nicht Guten Tag sagten. Meine Mutter sah sie oft im Dorf, weil Jane immer mit ihrer Mutter in deren LaSalle-Kabrio zum Markt fuhr. Meine Mutter fand Jane nicht mal hübsch. Aber ich schon. Mir gefiel einfach, wie sie aussah, Punkt.

Ich erinnere mich an einen Nachmittag. Es war das einzige Mal, dass die gute Jane und ich auch nur ansatzweise zum Knutschen kamen. Es war ein Samstag, und es regnete schweinemäßig, und ich war bei ihr, auf der Veranda – sie hatten so eine große verkleidete Veranda. Wir spielten Dame. Hin und wieder zog ich sie damit auf, dass sie ihre Damen nicht aus der hintersten Reihe nahm. Aber nicht sehr. Man wollte Jane nicht zu sehr aufziehen. Ich glaube, am liebsten mag ich es, wenn man ein Mädchen nach Strich und Faden aufziehen kann, wenn sich die Gelegenheit ergibt, aber komisch ist es schon. Am liebsten mag ich aber Mädchen, die ich gar nicht gern aufziehe. Manchmal glaube ich, es *gefällt* ihnen, wenn man sie aufzieht – eigentlich *weiß* ich das –, aber es ist schwierig, damit anzufangen, wenn man sie schon ziemlich lange kennt und sie noch nie aufgezogen hat. Jedenfalls wollte ich euch doch von dem Nachmittag erzählen, als Jane und ich fast geknutscht hätten. Es regnete ungeheuer, und wir waren auf ihrer Veranda, und auf einmal kam dieser Schluckspecht, mit dem ihre Mutter verheiratet war, auf die Veranda und fragte Jane, ob Zigaretten im Haus sind. Ich kannte ihn nicht besonders gut oder was, aber er kam mir wie einer vor, der nicht viel mit einem reden will, außer, er will was von einem. Er hatte einen miesen Charakter. Jedenfalls gab ihm die gute Jane gar keine Antwort, als er sie fragte, ob sie weiß, ob Zigaretten da sind. Also fragte er sie noch mal, aber sie antwortete ihm noch immer nicht. Sie blickte nicht mal vom Spiel auf.

Schließlich ging der Typ wieder ins Haus. Als er weg war, fragte ich Jane, was denn los ist. Sie antwortete nicht mal *mir*. Sie tat so, als würde sie sich auf ihren nächsten Zug in dem Spiel konzentrieren und so. Dann tropfte auf einmal eine Träne auf das Damebrett. Auf eins der roten Felder – Mann, ich seh die Träne noch jetzt. Jane rieb sie einfach mit dem Finger in das Brett. Ich weiß nicht, warum, aber es bekümmerte mich ungeheuer. Also ging ich rüber zu ihr und schob sie auf der Verandaschaukel ein Stück weiter, damit ich mich zu ihr setzen konnte – praktisch saß ich dann aber auf ihrem *Schoß*. Dann fing sie *richtig* an zu weinen, und im nächsten Moment küsste ich sie auch schon *überall*hin – auf die Augen, die *Nase*, die Stirn, die Augenbrauen, überall, die *Ohren* – überall aufs Gesicht, nur nicht auf den Mund und so. An ihren Mund ließ sie mich irgendwie nicht ran. Jedenfalls hätten wir da fast geknutscht. Nach einer Weile stand sie auf, ging hinein und zog sich ihren rotweißen Pullover an, der haute mich um, und dann gingen wir uns so einen verfluchten Film ansehen. Auf dem Weg dorthin fragte ich sie, ob Mr. Cudahy – so hieß der Schluckspecht – schon mal versucht hätte, sich an sie ranzumachen. Sie war ziemlich jung, hatte aber eine irrsinnige Figur, und das hätte ich diesem Arsch Cudahy glatt zugetraut. Aber sie sagte Nein. Ich hab nie rausgekriegt, was da nun los war. Bei manchen Mädchen findet man praktisch nie raus, was los ist.

Ihr müsst nun aber nicht meinen, dass sie ein verfluchter *Eisklotz* war oder was weiß ich, bloß weil wir nie geknutscht oder rumgealbert haben. War sie nicht. Beispielsweise hielten wir ständig Händchen. Das klingt nicht nach viel, schon klar, aber es war irrsinnig, mit ihr Händchen zu halten. Bei den meisten Mädchen, wenn man mit denen Händchen hält, wird die Hand ganz *schlaff*, oder sie meinen, sie müssten ihre Hand ständig in

*Bewegung* halten, als hätten sie Angst, dass sie einen sonst langweilen oder was weiß ich. Jane war da anders. Wenn wir ins Kino gingen oder so, hielten wir gleich Händchen und ließen erst wieder los, wenn der verfluchte Film aus war. Und ohne dass wir uns groß anders hinsetzten oder was Besonderes draus machten. Bei Jane war es einem auch immer egal, ob man feuchte Hände hatte oder nicht. Man wusste bloß eines, man war glücklich. Wirklich.

Grade ist mir noch was anderes eingefallen. Einmal, im Kino, machte Jane was, das mich ziemlich umhaute. Die Wochenschau lief oder was weiß ich, und auf einmal spürte ich eine Hand im Nacken, und es war Janes Hand. Das war was Komisches. Schließlich war sie ja ganz jung und so, und die meisten Mädchen, wenn man sieht, wie die jemand die Hand in den Nacken legen, die sind dann fünfundzwanzig oder dreißig, und meistens machen sie es bei ihrem Mann oder ihrem kleinen Kind – beispielsweise mache ich das ab und zu bei meiner kleinen Schwester Phoebe. Aber wenn ein Mädchen ganz jung ist und so und sie es macht, dann ist es so schön, das macht einen fast fertig.

Daran dachte ich jedenfalls, als ich in dem kotzbraunen Sessel in der Eingangshalle saß. Die gute Jane. Jedes Mal, wenn ich an das mit ihr und Stradlater in Ed Bankys verdammter Karre kam, drehte ich fast durch. Ich wusste, dass sie ihn nicht rangelassen hatte, aber trotzdem drehte ich durch. Ich rede nicht mal gern darüber, wenn ihr's genau wissen wollt.

In der Eingangshalle war kaum mehr jemand. Nicht mal die hurenartigen Blondinen standen mehr da, und auf einmal war mir danach, auf der Stelle abzuhauen. Es war alles zu deprimierend. Und ich war auch gar nicht müde oder was. Also ging ich auf mein Zimmer und zog den Mantel an. Ich schaute auch noch aus dem Fenster, um zu sehen, ob die ganzen Perversen noch zugange waren, aber alle Lichter waren jetzt aus. Ich fuhr wieder mit dem Aufzug nach unten, stieg in ein Taxi und sagte dem Fahrer, er soll mich zum Ernie's bringen. Das Ernie's ist der Nachtclub in Greenwich Village, den mein Bruder D. B. häufig besuchte, bevor er nach Hollywood ging und sich prostituierte. Gelegentlich nahm er mich auch mit. Ernie ist ein dicker, fetter Farbiger, der Klavier spielt. Er ist ein irrsinniger Snob und spricht kaum mal mit einem, außer man ist eine große Nummer oder Berühmtheit oder was weiß ich, aber er kann richtig klasse Klavier spielen. Er ist so gut, dass er fast schon wieder piefig ist. Ich weiß nicht genau, was ich eigentlich damit meine, aber ich meine es. Ich höre ihn ziemlich gern spielen, aber manchmal möchte man ihm am liebsten das Klavier umschmeißen. Ich glaube, das kommt daher, weil er manchmal, wenn er spielt, wie einer *klingt*, der bloß mit einem spricht, wenn man eine große Nummer ist.

# 12

Mein Taxi war richtig alt, es roch, als wäre einem darin das Essen aus dem Gesicht gefallen. So verkotzte Taxis kriege ich immer, wenn ich nachts irgendwohin fahre. Das wurde alles noch schlimmer, weil es so still und einsam war, obwohl es Samstagabend war. Kaum jemand war unterwegs. Hin und wieder sah man einen Mann und eine Frau die Straße überqueren, die Arme einander um die Taille geschlungen und so, oder einen Haufen rowdyartige Typen mit ihren Schnecken, und alle lachten sie wie die Hyänen über was, was garantiert nicht komisch war. New York ist schrecklich, wenn jemand ganz spät nachts auf der Straße lacht. Man hört es meilenweit. Da fühlt man sich ganz einsam und deprimiert. Ich wünschte immerzu, ich könnte nach Hause und eine Weile mit der guten Phoebe quatschen. Aber nachdem wir eine Weile gefahren waren, kamen der Taxifahrer und ich ein bisschen ins Gespräch. Er hieß Horwitz. Er war ein viel netterer Typ als der andere Fahrer, den ich hatte. Jedenfalls dachte ich, vielleicht weiß er über die Enten Bescheid.

»He, Horwitz«, sagte ich. »Sie sind doch bestimmt mal an der Lagune im Central Park vorbeigekommen? Unten an der Central Park South?«

»Der *was*?«

»Der Lagune. An dem kleinen See da. Wo die Enten sind. Sie wissen schon.«

»Ja, was ist damit?«

»Also, Sie kennen doch die Enten, die da drauf rumschwimmen? Im Frühjahr und so? Wissen Sie rein zufällig, was im Winter aus denen wird?«

»Was aus *wem* wird?«

»Aus den Enten. Wissen Sie das zufällig? Also, kommt da jemand mit einem Laster oder so und bringt sie fort, oder fliegen die von selber weg – in den Süden oder so?«

Der gute Horwitz drehte sich ganz zu mir um und sah mich an. Er war einer von der sehr ungeduldigen Sorte. Aber er war nicht übel. »Woher soll ich denn das wissen?«, sagte er. »Woher soll ich denn so was Blödes wissen?«

»Jetzt werden Sie doch nicht gleich *sauer*«, sagte ich. Er war sauer oder so deswegen.

»Wer ist hier sauer? Hier ist keiner sauer.«

Ich brach das Gespräch mit ihm ab, wenn er dabei so verdammt empfindlich reagierte. Aber er nahm es selber wieder auf. Wieder drehte er sich ganz zu mir um und sagte: »Die *Fische* gehen nirgends hin. Die bleiben da, wo sie sind, die Fische. In dem verfluchten See.«

»Die Fische – das ist was anderes. Die Fische sind anders. Ich rede aber von den *Enten*«, sagte ich.

»Was ist da *an*ders? Da ist *gar* nichts anders«, sagte Horwitz. Jedes Mal, wenn er was sagte, klang es, als wäre er über irgendwas sauer. »Für die *Fische* ist das härter, der Winter und so, als für die Enten, Herrgott. Strengen Sie doch mal Ihren Kopf an, Herrgott.«

Ungefähr eine Minute lang sagte ich gar nichts. Dann sagte ich: »Na schön. Und was machen die Fische und so, wenn der ganze kleine See ein massiver Eisblock ist und die Leute drauf Schlittschuh fahren und so?«

Der gute Horwitz drehte sich wieder um. »Was meinen Sie denn, was die machen«, brüllte er mich an. »Die bleiben genau da, wo sie sind, Herrgott noch mal.«

»Die können doch nicht einfach das Eis ignorieren. Die können es doch nicht *ignorieren*.«

»Wer ignoriert es denn? *Kein*er ignoriert es!«, sagte Horwitz. Er regte sich dermaßen auf und so, dass ich schon Angst hatte, er fährt das Taxi gegen einen Laternen-pfahl oder was weiß ich. »Die leben mitten *in* dem ver-fluchten Eis. Das liegt in ihrer Natur, Herrgott. Die blei-ben in einer Stellung eingefroren, den ganzen Winter.«

»Ach ja? Und was fressen sie dann? Also, wenn sie *fest*-gefroren sind, dann können sie doch nicht rumschwim-men und nach *Nahrung* suchen und so.«

»Ihr *Körper*, Herrgott – was ist denn los mit Ihnen? Der Körper nimmt die Nahrung auf und so, eben durch das verfluchte Seekraut und den Dreck, der im Eis ist. Die haben die ganze Zeit ihre *Poren* offen. Das ist ihre *Natur*, Herrgott. Versteh'n Sie?« Er drehte sich wieder ganz nach mir um und sah mich an.

»Ach«, sagte ich. Ich ließ es sein. Ich hatte Angst, dass er das verdammte Taxi zu Schrott fuhr oder was weiß ich. Außerdem war er dermaßen empfindlich, dass es kein Vergnügen war, mit ihm zu diskutieren. »Hätten Sie Lust, ein Päuschen zu machen und mit mir irgendwo einen trin-ken zu gehen?«, sagte ich.

Aber er gab mir keine Antwort. Wahrscheinlich dachte er noch darüber nach. Trotzdem fragte ich ihn noch ein-mal. Er war ein ziemlich guter Typ. Ganz lustig und so.

»Ich hab für Alkohol nichts übrig, Meister«, sagte er. »Wie alt sind Sie denn überhaupt, hm? Warum sind Sie denn nicht zu Hause im Bett?«

»Ich bin nicht müde.«

Als ich vorm Ernie's ausstieg und ihn bezahlte, fing der gute Horwitz noch mal mit den Fischen an. Die gingen ihm ja wirklich nicht aus dem Kopf. »Hören Sie«, sagte er. »Wenn Sie ein Fisch wären, würde Mutter Natur sich doch um Sie *kümmern*, oder? Stimmt's? Sie glauben doch nicht etwa, die Fische *sterben* einfach, bloß weil Winter ist?«

»Nein, aber . . .«

»Eben, da haben Sie verflucht Recht«, sagte Horwitz und raste in einem Affenzahn davon. Er war einer der empfindlichsten Typen, dem ich je begegnet bin. Alles, was man sagte, machte ihn sauer.

Obwohl es so spät war, war das Ernie's rappelvoll. Vor allem mit Privatschul-Deppen und College-Deppen. Fast bei jeder verdammten Schule auf der Welt fangen die Weihnachtsferien früher an als bei den Schulen, auf die *ich* gehe. Man konnte kaum den Mantel abgeben, so voll war es. Trotzdem war's ziemlich ruhig, weil Ernie Klavier spielte. Das sollte wohl was *Heiliges* sein, Herrgott, wenn der sich ans Klavier setzte. So gut ist aber keiner. Außer mir warteten noch drei Paare auf einen Tisch, und alle drängelten sie und stellten sich auf Zehenspitzen, um den spielenden Ernie gut sehen zu können. Er hatte vor dem Klavier einen riesigen verdammten Spiegel stehen, und ein dicker Scheinwerfer war auf ihn gerichtet, damit jeder sein Gesicht beobachten konnte, während er spielte. Seine *Finger* konnte man nicht sehen, während er spielte – bloß sein riesengroßes Gesicht. Na, Wahnsinn. Ich weiß nicht mehr genau, wie das Stück hieß, das er spielte, als ich reinkam, aber egal, was es war, er versaute es total. Er machte lauter blöde Angebertriller bei den hohen Tönen und noch anderen komplizierten Kram, der mir ziemlich auf die Nerven geht. Aber das Publikum hättet ihr hören sollen, als er fertig war. Ihr hättet gekotzt. Die drehten völlig durch. Es waren genau die gleichen Idioten, die bei Filmen wie die Hyänen über Sachen lachen, die überhaupt nicht komisch sind. Ich schwöre bei Gott, wär ich Klavierspieler oder Schauspieler oder was weiß ich und diese ganzen Idioten fänden mich irrsinnig, ich fände das widerlich. Ich würde nicht mal wollen, dass die mir *Beifall* klatschen. Die Leute klatschen immer bloß bei den falschen Sachen. Wäre ich Klavierspieler, ich würde in der verfluchten Wäschekammer spielen. Jedenfalls, als er fertig war und alle wie die Blöden klatschten, drehte sich der gute Ernie auf seinem Hocker um und machte so eine ganz verlogene, *bescheidene* Verbeugung. Als wäre er ein ungeheuer bescheidener Typ, nicht nur ein irrsinniger Klavierspieler. Das war sehr verlogen – wo er doch bloß ein großer Snob und so war. Komischerweise tat er mir aber auch irgendwie Leid, als er fertig war. Ich glaube nicht, dass er überhaupt noch *weiß*, wann er richtig spielt und wann falsch. Das ist nicht alles seine Schuld. Zum Teil liegt es auch an diesen Idioten, die sich da einen zurechtklatschen – die würden *jeden* versauen, wenn man ihnen die Gelegenheit dazu gibt. Jedenfalls war ich davon wieder dermaßen deprimiert und mies gestimmt, dass ich mir fast meinen Mantel geholt hätte und ins Hotel zurückgefahren wäre, aber es war noch zu früh, und mir war nicht besonders danach, ganz allein zu sein.

Schließlich setzten sie mich an so einen Scheißtisch, direkt an der Wand und hinter einem verfluchten Pfosten, wo man überhaupt nichts sah. Es war einer von diesen winzig kleinen Tischen, bei denen man, wenn die Leute am Nebentisch nicht aufstehen, um einen durchzulassen – und das machen sie *nie*, diese Ärsche –, praktisch zu seinem Stuhl *klettern* muss. Ich bestellte einen Scotch mit Soda, neben gefrorenem Daiquiri mein Lieblingsgetränk. Selbst wenn man nur ungefähr sechs Jahre alt war, kriegte man im Ernie's was Alkoholisches, es war da so dunkel und so, und außerdem interessierte es keinen, wie alt man war. Man konnte sogar rauschgiftsüchtig sein, das interessierte keinen.

Ich war umzingelt von Deppen. Im Ernst. An einem anderen winzigen Tisch, gleich links von mir, praktisch *auf* mir *drauf*, saß ein Typ mit einem Mädchen, die sahen beide ziemlich komisch aus. Sie waren ungefähr in meinem Alter, vielleicht ein bisschen älter. Komisch war das. Man sah, dass sie ungeheuer aufpassten, ihr Mindestgetränk nicht zu schnell zu trinken. Ich hörte ihnen eine Weile zu, weil ich sonst nichts zu tun hatte. Er erzählte ihr was von einem Football-Spiel, das er am Nachmittag gesehen hatte. Und zwar jede einzelne verfluchte Kombination im ganzen Spiel – im Ernst. Er war der langweiligste Typ, dem ich je zugehört hatte. Und man sah genau, dass seine Schnecke an dem Spiel nicht das mindeste Interesse hatte, aber sie sah noch komischer aus als *er*, also *musste* sie wohl zuhören. Richtig hässliche Mädchen haben's schwer. Manchmal tun sie mir Leid. Manchmal kann ich sie gar nicht ansehen, besonders wenn sie mit einem dämlichen Typen zusammen sind, der ihnen ein ganzes verfluchtes Football-Spiel erzählt. *Rechts* von mir war die Unterhaltung aber noch schlimmer. Rechts von mir saß ein nach Edel-Uni riechender Typ in einem grauen Flanellanzug und einer schwuchteligen Tattersall-Weste. Die ganzen Edel-Uni-Ärsche sehen alle gleich aus. Mein Vater will, dass ich nach Yale gehe oder vielleicht auch nach Princeton, aber ich schwöre euch, an so ein Edel-College geh ich ums *Verrecken* nicht, Herrgott noch mal. Jedenfalls hatte dieser nach Edel-Uni riechende Typ ein irrsinnig gut aussehendes Mädchen dabei. Mann, sah die gut aus. Aber ihr hättet mal hören sollen, worüber die sich unterhielten. Erstens hatten beide schon leicht einen im Tee. Außerdem befummelte er sie nun unterm Tisch und erzählte ihr gleichzeitig von einem Typen in seinem Wohnheim, der eine ganze Flasche Aspirin geschluckt hatte und sich damit fast umgebracht hätte. Seine Schnecke sagte ständig zu ihm: »Wie *furchtbar*... Nicht, Liebster. Bitte, nicht. Nicht hier.« Das muss man sich mal vorstellen, er befummelt sie und erzählt ihr gleichzeitig von einem Typen, der sich umbringen wollte! Die machten mich fertig.

Allmählich kam ich mir wahrhaftig wie der letzte Voll-
trottel vor, wie ich da so allein rumsaß. Außer Rauchen
und Trinken hatte ich nichts zu tun. Eines aber tat ich, ich
sagte dem Kellner, er soll den guten Ernie fragen, ob er
Lust auf einen Drink mit mir hätte. Ich sagte ihm, er soll
ihm sagen, ich bin D. B.s Bruder. Ich glaube aber nicht,
dass er es ihm überhaupt ausgerichtet hat. Diese Schwei-
neärsche richten nie was aus.

Auf einmal kam ein Mädchen zu mir und sagte: »Holden Caulfield!« Sie hieß Lillian Simmons. Mein Bruder
D. B. war eine Zeit lang mit ihr gegangen. Sie hatte sehr
dicke Möpse.

»Hallo«, sagte ich. Natürlich versuchte ich aufzustehen,
aber in so einem Schuppen war das Aufstehen ganz schön
schwierig. Sie hatte einen Marineoffizier dabei, der aussah, als hätte er einen Schürhaken im Arsch.

»Das ist ja phantastisch, dich hier zu sehen!«, sagte die
gute Lillian Simmons. Ganz klar verlogen. »Wie geht's
deinem großen Bruder?« Das wollte sie nämlich eigentlich wissen.

»Gut. Er ist in Hollywood.«

»In *Holly*wood! Phantastisch! Was *macht* er denn da?«

»Weiß ich nicht. Schreiben«, sagte ich. Mir war nicht
danach, das zu erörtern. Man sah gleich, dass sie es ganz
toll fand, dass er in Hollywood war. Das findet fast jeder.
Vor allem Leute, die nie eine von seinen Geschichten
gelesen haben. Und das macht mich rasend.

»Wie *auf*regend«, sagte die gute Lillian. Sie stellte mich
dem Marinetypen vor. Er hieß Commander Blop oder
was weiß ich. Er war einer von denen, die glauben, sie
sind ein Homo, wenn sie einem beim Händeschütteln
nicht wenigstens vierzig Finger brechen. Gott, wie ich das
hasse. »Bist du ganz allein, mein Süßer?«, fragte mich die
gute Lillian. Sie blockierte den *ganzen verfluchten Ver-*

*kehr* im Gang. Man sah gleich, dass sie gern immer den Verkehr blockierte. Der Kellner wartete darauf, dass sie den Weg freimachte, aber sie nahm den Mann nicht mal wahr. Komisch war das. Man sah gleich, dass der Kellner sie nicht besonders mochte, man sah sogar, dass der Marinetyp sie nicht besonders mochte, obwohl er mit ihr unterwegs war. Und *ich* mochte sie auch nicht besonders. Keiner mochte sie. In gewisser Weise musste sie einem Leid tun. »Hast du denn keine Freundin, mein Süßer?«, fragte sie mich. Ich stand jetzt, und sie sagte nicht mal, ich soll mich wieder setzen. Sie gehörte zu denen, die einen stundenlang stehen lassen. »Sieht er nicht gut aus?«, sagte sie zu dem Marinetypen. »Holden, du siehst von Minute zu Minute besser aus.« Der Marinetyp sagte, sie soll weitergehen. Er sagte zu ihr, dass sie den ganzen Gang blockieren. »Holden, setz dich doch zu uns«, sagte die gute Lillian. »Bring dein Glas mit.«

»Ich wollte gerade gehen«, sagte ich zu ihr. »Ich muss mich noch mit jemandem treffen.« Man sah gleich, dass sie sich bloß bei mir einschleimen wollte. Damit ich dem guten D. B. von ihr erzähle.

»Na, du kleiner Affe. Schön für dich. Sag deinem großen Bruder, wenn du ihn das nächste Mal siehst, dass ich ihn hasse.«

Dann ging sie. Der Marinetyp und ich sagten, dass wir uns freuen, einander kennen gelernt zu haben. Was mich immer fertig macht. Immer sage ich zu Leuten, bei denen ich mich über*haupt* nicht freue, sie kennen gelernt zu haben: »Freut mich, Sie kennen gelernt zu haben.« Aber wenn man am Leben bleiben will, muss man so Kram sagen.

Nachdem ich ihr gesagt hatte, dass ich mich noch mit jemandem treffen muss, hatte ich verflucht keine Wahl mehr; ich musste gehen. Ich konnte nicht mal mehr

bleiben, um zu hören, ob der gute Ernie noch was halb-
wegs Anständiges spielte. Aber auf keinen Fall wollte ich
mich mit der guten Lillian Simmons und diesem Marinetypen an einen Tisch setzen und mich zu Tode langweilen. Also ging ich. Aber es machte mich wahnsinnig, als
ich meinen Mantel holte. Immer machen die Leute
einem was kaputt.

# 13

Ich ging den ganzen Weg zum Hotel zu Fuß zurück. Einundvierzig großartige Blocks. Und zwar nicht, weil mir nach Laufen war oder was, sondern eher, weil mir nicht danach war, schon wieder in ein Taxi ein- und wieder auszusteigen. Manchmal kriegt man Taxifahren genauso satt wie Aufzugfahren. Auf einmal muss man dann zu Fuß gehen, egal, wie weit oder wie hoch. Als kleiner Junge ging ich sehr häufig den ganzen Weg zu unserer Wohnung zu Fuß hoch. Zwölf Stockwerke.

Man hätte gar nicht gemerkt, dass es überhaupt geschneit hatte. Auf den Gehwegen lag kaum Schnee. Aber es war bitterkalt, und ich holte meine rote Jägermütze aus der Tasche und setzte sie auf – es war mir scheißegal, wie ich aussah. Ich schlug sogar die Ohrenklappen runter. Ich hätte gern gewusst, wer sich an der Pencey meine Handschuhe gekrallt hatte, weil ich an den Händen fror. Nicht, dass ich groß was unternommen hätte, wenn ich's gewusst hätte. Ich gehöre zu den ganz feigen Typen. Ich versuche, es nicht zu zeigen, aber es ist so. Wenn ich beispielsweise herausgefunden hätte, wer mir an der Pencey meine Handschuhe geklaut hatte, wäre ich wahrscheinlich zu dem Gauner aufs Zimmer gegangen und hätte gesagt: »Okay. Wie wär's, wenn du mir jetzt mal meine Handschuhe wiedergibst?« Dann hätte der Gauner, der sie gestohlen hatte, wahrscheinlich mit einer ganz unschuldigen Stimme und so gesagt: »Was für Handschuhe?« Dann wäre ich wahrscheinlich an seinen Schrank gegangen und hätte die Handschuhe irgendwo gefunden. Beispielsweise in seinen verfluchten Galoschen oder sonstwo versteckt. Ich hätte sie rausgenommen und dem Typen gezeigt und gesagt: »Das sind dann wohl *deine* verfluchten Handschuhe?« Dann hätte mich der Gauner wahrscheinlich ganz verlogen und unschuldig angesehen und gesagt: »Diese Handschuhe hab ich in meinem ganzen Leben noch nicht gesehen. Wenn das deine sind, nimm sie. Ich will die verfluchten Dinger nicht.« Dann wäre ich wahrscheinlich erst mal fünf Minuten rumgestanden. Ich hätte die verdammten Handschuhe in der Hand gehabt und so, aber ich hätte das Gefühl gehabt, ich müsste dem Typen eine reinhauen oder was weiß ich – ihm die verfluchte Nase brechen. Bloß, ich hätte mich nicht getraut. Ich wäre bloß *dagestanden* und hätte versucht, knallhart auszusehen. Eines konnte ich vielleicht noch tun, ich konnte etwas sehr Schneidendes und Zickiges sagen, um ihn zu reizen – *statt* ihm eine reinzuhauen. Aber wenn ich tatsächlich was sehr Schneidendes und Zickiges sagte, würde er wahrscheinlich aufstehen, zu mir herkommen und sagen: »Hör mal, Caulfield, nennst du mich einen Gauner?« *Dann* hätte ich, statt zu sagen: »Da hast du verdammt Recht, du dreckiger Gaunerarsch!«, wahrscheinlich nur gesagt: »Ich weiß bloß, dass meine verfluchten Handschuhe in *deinen* verfluchten Galoschen waren!« Und dann hätte der Typ genau gewusst, dass ich ihm keine reinhauen würde, und wahrscheinlich gesagt: »Hör mal zu. Das wollen wir doch jetzt mal klären. Hältst du mich für einen Dieb?« Dann hätte ich wahrscheinlich gesagt: »Hier hält niemand einen für einen Dieb. Ich weiß bloß, dass meine Handschuhe in deinen verfluchten Galoschen waren.« Das könnte dann *stunden*lang so weitergehen. Schließlich würde ich dann aus seinem Zimmer gehen, ohne ihm eine reingehauen zu haben. Wahrscheinlich würde ich dann in den Waschraum gehen, eine Zigarette paffen und mir im Spiegel dabei zusehen, wie mein Gesicht knallhart wird. Jedenfalls dachte ich den ganzen Weg zum Hotel darüber nach. Es ist nicht lustig, feige zu sein. Vielleicht bin ich ja nicht *durch und durch* feige. Keine Ahnung. Ich glaube, vielleicht bin ich bloß teilweise feige und teilweise der Typ, den es nicht besonders juckt, wenn er was verliert – das hat meine Mutter verrückt gemacht, als ich ein Kind war. Manche verbringen *Tage* damit, was Verlorenes zu suchen. Ich hab anscheinend gar nichts, was mir was ausmachen würde, wenn ich es verloren hätte. Vielleicht bin ich deshalb teilweise feige. Aber das ist keine Entschuldigung. Wirklich nicht. Man sollte nämlich überhaupt nicht feige sein. Wenn man einem eigentlich eine reinhauen sollte, und einem ist danach, es zu tun, dann sollte man es auch tun. Aber ich bin darin eben einfach nicht gut. Viel lieber würde ich einen aus dem Fenster stoßen oder ihm mit der Axt den Kopf abschlagen, als ihm eine reinhauen. Ich hasse Schlägereien. Es macht mir nicht so viel aus, geschlagen zu werden – obwohl ich natürlich nicht scharf darauf bin –, was mir aber bei einer Schlägerei am meisten Angst macht, ist das Gesicht des Typen. Ich ertrage es nicht, dem andern ins Gesicht zu sehen, das ist das Dumme bei mir. Es wäre weniger schlimm, wenn beide die Augen verbunden hätten oder was weiß ich. Das ist eine komische Form von Feigheit, wenn man sich's mal überlegt, aber es ist eben Feigheit. Ich mach mir da nichts vor.

Je länger ich über meine Handschuhe und meine Feigheit nachdachte, desto deprimierter wurde ich, und während ich so dahinmarschierte, beschloss ich, irgendwo reinzugehen und was zu trinken. Im Ernie's hatte ich nur drei Gläser getrunken und das Letzte nicht mal zu Ende. Eines hab ich, ein irrsinniges Fassungsvermögen. Wenn ich in Stimmung bin, kann ich die ganze

Nacht durchtrinken, ohne dass man was merkt. An der Whooton School kauften ich und ein anderer Junge, Raymond Goldfarb, einmal an einem Samstagabend eine Flasche Scotch und tranken sie in der Kirche leer, wo uns keiner sah. Er war sturzbesoffen, aber mir merkte man fast nichts an. Ich wurde einfach bloß sehr locker und lässig. Bevor ich ins Bett ging, kotzte ich noch, aber das war eigentlich gar nicht nötig – ich zwang mich dazu.

Jedenfalls wollte ich, bevor ich zum Hotel kam, noch in so eine schwiemelige Bar, aber da kamen zwei Typen raus, sternhagelvoll, und wollten wissen, wo die U-Bahn war. Einer sah sehr kubanisch aus, und er blies mir ständig seinen stinkenden Atem ins Gesicht, während ich ihm den Weg beschrieb. Schließlich ging ich dann doch nicht in die verdammte Bar. Ich ging einfach zurück zum Hotel.

Die ganze Eingangshalle war leer. Es roch nach fünfzig Millionen Zigarrenkippen. Wirklich. Ich war nicht müde oder was, aber mir ging's ziemlich mies. Ich war deprimiert und so. Fast hätte ich mir gewünscht, ich wäre tot.

Auf einmal geriet ich dann in einen Riesenschlamassel.

Kaum war ich im Fahrstuhl, sagte der Fahrstuhltyp zu mir: »Intresse an 'nem bisschen Spaß, Kumpel? Oder ist es zu spät für Sie?«

»Wie meinen Sie das?«, sagte ich. Ich wusste nicht, worauf er hinauswollte oder was.

»Intressiert annem kleinen Fick heut Nacht?«

»Ich?«, sagte ich. Was eine sehr dumme Antwort war, aber es ist ganz schön peinlich, wenn einem jemand einfach so eine Frage stellt.

»Wie alt sind Sie denn, Chef?«, sagte der Fahrstuhltyp.

»Warum?«, sagte ich. »Zweiundzwanzig.«

»Mhm. Also, wie wär's? Intressiert? Fünf Mäuse die Nummer. Fünfzehn Mäuse die ganze Nacht.« Er sah auf seine Armbanduhr. »Bis Mittag. Fünf Mäuse die Nummer, fünfzehn Mäuse bis heute Mittag.«

»Okay«, sagte ich. Das ging zwar gegen meine Prinzipien und so, aber ich war dermaßen deprimiert, dass ich über*haupt* nichts überlegte. Das ist das Dumme daran. Wenn man sehr deprimiert ist, kann man nicht mal denken.

»Okay *was*? Eine Nummer oder bis heute Mittag? Das muss ich schon wissen.«

»Bloß eine Nummer.«

»Okay. Welches Zimmer?«

Ich schaute auf das rote Ding an meinem Schlüssel mit der Nummer darauf. »Zwölf zweiundzwanzig«, sagte ich. Es tat mir schon irgendwie Leid, dass ich mich darauf eingelassen hatte, aber jetzt war es zu spät.

»Okay. In 'ner Viertelstunde kommt ein Mädchen rauf.« Er öffnete die Tür, und ich stieg aus.

»He, sieht sie auch gut aus?«, fragte ich ihn. »Ich will keine alte Schachtel.«

»Keine alte Schachtel. Keine Sorge, Chef.«

»Bei wem bezahle ich?«

»Bei ihr«, sagte er. »Nun los, Chef.« Er machte mir die Tür praktisch vor der Nase zu.

Ich ging auf mein Zimmer und spritzte mir Wasser auf die Haare, aber einen Bürstenschnitt kann man eigentlich nicht kämmen oder was. Dann testete ich, ob mein Atem von den vielen Zigaretten und dem ganzen Scotch mit Soda stank, den ich im Ernie's getrunken hatte. Dabei hält man sich einfach die Hand unter den Mund und haucht sich selber in die Nasenlöcher. Mein Atem stank nicht besonders, aber ich putzte mir trotzdem die Zähne. Dann zog ich noch ein sauberes Hemd an. Ich wusste ja, dass ich mich für eine Prostituierte oder was nicht besonders rausputzen musste, aber so hatte ich wenigstens was zu tun. Ich war ein bisschen nervös. Nach und nach wurde ich ziemlich heiß und so, war aber trotzdem ein bisschen nervös. Wenn ihr's genau wissen wollt, ich bin nämlich noch Jungfrau. Wirklich. Ich hatte schon eine ganze Reihe Gelegenheiten, meine Jungfräulichkeit zu verlieren und so, aber richtig ist es nie dazu gekommen. Immer ist irgendwas. Wenn man beispielsweise bei einem Mädchen zu Hause ist, kommen ihre Eltern immer zum falschen Zeitpunkt zurück – oder man hat Angst, dass sie kommen. Oder wenn man bei jemand hinten im Auto sitzt, dann sitzt immer auch eine Schnecke auf dem Vordersitz – ein Mädchen, meine ich –, die immer wissen will, was in dem *ganzen* verfluchten Wagen vor sich geht. Also, das Mädchen vorn dreht sich ständig um, um zu sehen, was da passiert. Also, irgendwas ist immer. Ein paar Mal war ich aber kurz davor. An ein Mal erinnere ich mich besonders. Aber irgendwas lief da schief – ich weiß nicht mal mehr, was. Es ist nämlich so, meistens, wenn man mit einem Mädchen kurz davor ist – also einem Mädchen, das keine Prostituierte oder was ist –, sagt sie einem dann immer, dass man aufhören soll. Das Dumme an mir ist, ich höre dann auch tatsächlich auf. Die meisten tun das nicht. Ich kann aber nicht anders. Man weiß ja nie, ob sie *wirklich* wollen, dass man aufhört, oder ob sie nicht bloß ungeheuer Angst haben, oder dass sie einem bloß sagen, man soll aufhören, damit man selber die Schuld hat, wenn man eben *doch* weitermacht und nicht sie. Jedenfalls höre ich immer auf. Das Blöde ist, sie tun mir auch noch Leid. Also, die meisten Mädchen sind ja reichlich dumm und so. Wenn man eine Weile mit ihnen geknutscht hat, kann man richtiggehend *zusehen*, wie sie die Nerven verlieren. Wenn Mädchen mal so richtig leidenschaftlich werden, dann setzt ihr Gehirn aus. Ich weiß auch nicht. Sie sagen, ich soll aufhören, also höre ich auf.

Wenn ich sie dann nach Hause gebracht habe, wünsche ich mir immer, ich hätte *nicht* aufgehört, aber trotzdem mache ich es immer wieder.

Während ich jedenfalls ein frisches Hemd anzog, glaubte ich irgendwie, dass das nun eigentlich *die* Gelegenheit war. Ich glaubte, da sie ja Prostituierte und so war, könnte ich bei ihr schon mal ein bisschen üben, falls ich jemals heirate oder was. Das macht mir manchmal schon Sorgen. An der Whooton School las ich mal ein Buch, das von einem ungeheuer weltklugen, weltmännischen heißen Typen handelte. Monsieur Blanchard hieß der, das weiß ich noch. Es war ein mieses Buch, aber dieser Blanchard war ziemlich gut. Er hatte ein riesiges Château und so an der Riviera, in Europa, und in seiner Freizeit machte er nichts anderes, als Frauen mit einem Stock zu verprügeln. Er war ein echter Lebemann und so, aber die Frauen waren hin und weg von ihm. An einer Stelle sagte er, ein Frauenkörper ist wie eine Geige und so, und dass es einen irrsinnigen Musiker braucht, um sie richtig zu spielen. Es war ein sehr piefiges Buch – das ist mir schon klar –, aber die Sache mit der Geige ist mir nie richtig aus dem Kopf gegangen. Deshalb wollte ich so irgendwie ein bisschen üben, falls ich jemals heirate. Caulfield und seine Zaubergeige, Mann. Das ist piefig, schon klar, aber auch nicht *zu* piefig. Ich hätte nichts dagegen, den Kram zu beherrschen. Wenn ihr's wirklich genau wissen wollt, habe ich die Hälfte der Zeit, wenn ich mit einem Mädchen rumalbere, ungeheure Schwierigkeiten, das, wonach ich suche, überhaupt erst zu *finden*, Herrgott noch mal, wenn ihr wisst, was ich meine. Zum Beispiel das Mädchen, von dem ich euch erzählt habe, bei dem ich den Geschlechtsverkehr verpasste. Ich brauchte ungefähr eine *Stunde*, um überhaupt erst ihren verfluchten Büstenhalter abzukriegen. Als ich ihn dann endlich runter hatte, war sie schon drauf und dran, mir ins Gesicht zu spucken.

Jedenfalls lief ich im Zimmer rum und wartete, dass die Prostituierte auftauchte. Ich hoffte die ganze Zeit, dass sie gut aussah. Aber besonders wichtig war mir das auch nicht. Ich wollte es einfach hinter mich bringen. Schließlich klopfte es an die Tür, und als ich hinging, um sie zu öffnen, lag mir mein Koffer im Weg, ich stolperte drüber und brach mir fast das Knie. Ich such mir immer einen großartigen Moment aus, um über einen Koffer oder was weiß ich zu stolpern.

Als ich die Tür aufmachte, stand da die Prostituierte. Sie hatte einen Kamelhaarmantel an und keinen Hut auf. Sie war irgendwie blond, aber man sah gleich, dass sie gefärbte Haare hatte. Trotzdem war sie keine alte Schachtel. »Guten Abend«, sagte ich. Ungeheuer weltmännisch.

»Bist du der, wo Maurice gesagt hat?«, fragte sie mich. Verflucht freundlich wirkte sie nicht gerade.

»Ist das der Fahrstuhlführer?«

»Ja«, sagte sie.

»Ja, bin ich. Möchten Sie nicht reinkommen?«, sagte ich. Ich wurde zunehmend lässiger. Wirklich.

Sie kam rein, zog gleich ihren Mantel aus und warf ihn irgendwie aufs Bett. Darunter trug sie ein grünes Kleid. Dann setzte sie sich irgendwie seitlich auf den Stuhl, der am Schreibtisch stand, und wippte mit einem Fuß. Für eine Prostituierte war sie sehr nervös. Wirklich. Ich glaube, weil sie ungeheuer jung war. Sie war ungefähr in meinem Alter. Ich setzte mich in den großen Sessel neben ihr und bot ihr eine Zigarette an. »Ich rauche nicht«, sagte sie. Sie hatte so eine kleine fipsige Stimme. Man konnte sie kaum verstehen. Danke sagte sie auch nicht, wenn man ihr was anbot. Sie wusste es wohl einfach nicht besser.

»Wenn ich mich vorstellen darf. Ich heiße Jim Steele«, sagte ich.

»Hast du 'ne Uhr?«, sagte sie. Natürlich war es ihr scheißegal, wie ich hieß. »He, wie alt bist'n du überhaupt?«

»Ich? Zweiundzwanzig.«

»Pfeifendeckel.«

Das war ein komischer Spruch. Das klang richtig wie bei einem Kind. Man sollte meinen, eine Prostituierte und so würde statt »Pfeifendeckel« eher »Von wegen« oder »Was soll der Scheiß« sagen.

»Und wie alt sind *Sie*?«, fragte ich sie.

»Alt genug, um Bescheid zu wissen«, sagte sie. Sie war wirklich witzig. »Hast du 'ne Uhr?«, fragte sie mich wieder, dann stand sie auf und zog sich das Kleid über den Kopf.

Als sie das machte, war mir schon ziemlich eigenartig zumute. Also, sie machte es so *plötzlich* und so. Ich weiß ja, man soll ziemlich heiß werden, wenn eine aufsteht und sich das Kleid über den Kopf zieht, aber ich wurde nicht heiß. Heiß war so ungefähr das *Letzte*, wie ich mich fühlte. Ich war viel eher deprimiert als heiß.

»Hast du 'ne Uhr, he?«

»Nein. Nein, ich hab keine«, sagte ich. *Mann*, war mir eigenartig zumute. »Wie heißen Sie?«, fragte ich sie. Sie hatte nur einen rosa Unterrock an. Es war wirklich sehr peinlich. Wirklich.

»Sunny«, sagte sie. »Dann mal los, he.«

»Sollen wir uns nicht noch ein bisschen unterhalten?«, fragte ich sie. Das war vielleicht eine kindische Frage, aber mir war so verdammt eigenartig zumute. »Haben Sie's denn sehr eilig?«

Sie sah mich an, als hätte ich sie nicht mehr alle. »Über was willst'n reden, he?«, sagte sie.

»Ich weiß nicht. Nichts Besonderes. Ich hab einfach gedacht, vielleicht haben Sie Lust, ein bisschen zu plaudern.«

Sie setzte sich wieder auf den Stuhl neben dem Schreibtisch. Aber es passte ihr nicht, das sah man gleich. Sie wippte wieder mit dem Fuß – Mann, war die vielleicht nervös.

»Möchten Sie jetzt vielleicht eine Zigarette?«, sagte ich. Ich hatte vergessen, dass sie nicht rauchte.

»Ich rauche nicht. Hör mal, wenn du reden willst, nur *zu*. Ich hab zu tun.«

Mir fiel aber nichts ein, worüber ich reden wollte. Ich überlegte, ob ich sie fragen wollte, wie sie Prostituierte geworden war und so, traute mich aber nicht. Wahrscheinlich hätte sie es mir sowieso nicht gesagt.

»Sie kommen wohl nicht aus New York?«, sagte ich schließlich. Was anderes fiel mir nicht ein.

»Hollywood«, sagte sie. Dann stand sie auf und ging dahin, wo sie ihr Kleid hingelegt hatte, zum Bett. »Hast du 'n Bügel? Ich möchte nicht, dass mein Kleid verknittert. Ist frisch aus der Reinigung.«

»Klar«, sagte ich sofort. Ich war richtig froh, dass ich aufstehen und was tun konnte. Ich ging mit ihrem Kleid zum Schrank und hängte es für sie auf. Komisch war das. Es machte mich irgendwie traurig, als ich das Kleid aufhängte. Ich stellte mir vor, wie sie in ein Geschäft ging und es kaufte, und keiner in dem Geschäft wusste, dass sie Prostituierte war und so. Der Verkäufer hielt sie wahrscheinlich für ein ganz normales Mädchen, als sie das Kleid kaufte. Das machte mich ungeheuer traurig – warum, weiß ich nicht genau.

Ich setzte mich wieder hin und versuchte, das Gespräch am Laufen zu halten. Sie war eine miese Gesprächspartnerin. »Arbeiten Sie jede Nacht?«, fragte ich sie – das klang irgendwie schrecklich, nachdem ich es gesagt hatte.

»Ja.« Sie lief im Zimmer rum. Sie nahm die Speisekarte vom Schreibtisch und las sie.

»Was machen Sie tagsüber?«

Sie zuckte irgendwie mit den Achseln. Sie war ziemlich dünn. »Schlafen. Ins Kino gehen.« Sie legte die Speisekarte hin und sah mich an. »Dann mal los, he. Ich hab nicht die ganze ...«

»Schau'n Sie«, sagte ich. »Ich bin heute Abend nicht ganz so wie sonst. Ich hatte einen anstrengenden Abend. Ganz ehrlich. Ich bezahl Sie auch und so, aber würde es Sie sehr stören, wenn wir es nicht täten? Würde es Sie sehr stören?« Das Dumme war, ich wollte es eben einfach nicht machen. Ich war eher deprimiert als heiß, wenn ihr's genau wissen wollt. *Sie* war deprimierend. Ihr grünes Kleid, das da im Schrank hing und so. Und außerdem glaube ich, ich könnte es *nie* mit einer machen, die den ganzen Tag in einem blöden Kino sitzt. Das könnte ich einfach nicht.

Sie kam zu mir, so einen komischen Blick im Gesicht, als würde sie mir nicht glauben. »Wassis los?«, sagte sie.

»Nichts ist los.« Mann, wurde ich jetzt nervös. »Es ist nämlich so, ich hatte erst kürzlich eine Operation.«

»Ach ja? Wo denn?«

»An meinem Wieheißtdasnoch – meinem Klavichord.«

»Ja? Wo's das denn?«

»Das Klavichord?«, sagte ich. »Also, na ja, das ist im Wirbelkanal. Also, das ist ziemlich weit unten im Wirbelkanal.«

»Ja?«, sagte sie. »Das ist bitter.« Dann setzte sie sich mir auf den Schoß. »Du bist süß.«

Sie machte mich so nervös, dass ich einfach nach Strich und Faden weiterlog. »Ich bin noch dabei, mich zu erholen«, sagte ich zu ihr.

»Du siehst aus wie einer vom Film. Weißt schon. Der Dingsda. *Weißt* schon, wen ich meine. Wie heißt er denn noch gleich?«

»Weiß ich nicht«, sagte ich. Sie wollte nicht von meinem Schoß.

»Na klar. Der war doch in dem Film mit Mel-vine Douglas? Der, wo Mel-vine Douglas' kleiner Bruder war? Der da aus'm Boot fällt? *Weißt* schon, wen ich mein.«

»Nein, keine Ahnung. Ich gehe möglichst wenig ins Kino.«

Da wurde sie dann ganz komisch. Grob und so.

»Würden Sie das wohl bitte lassen?«, sagte ich. »Ich bin jetzt nicht in Stimmung, ich hab's Ihnen doch gesagt. Ich bin gerade erst operiert worden.«

Sie ging nicht von meinem Schoß runter oder was, sondern sah mich irrsinnig dreckig an. »Hör mal zu«, sagte sie. »Ich hab ge*schlafen*, als Maurice, dieser Irre, mich geweckt hat. Wenn du glaubst, ich ...«

»Ich hab doch ge*sagt*, dass ich Sie fürs Kommen und so bezahle. Wirklich. Ich hab jede Menge Kohle. Bloß erhole ich mich praktisch immer noch von einer sehr schweren ...«

»Was hast du denn dann Maurice, diesem Irren, erzählt, wofür du ein *Mädchen* willst, hm? Wenn du grade erst an deinem verfluchten Wieheißtdasnochgleich operiert worden bist. *Hm?*«

»Ich hab gedacht, mir geht's viel besser. Ich war in meinen Berechnungen ein wenig vorschnell. Im Ernst. Tut mir Leid. Wenn Sie nur mal kurz aufstehen würden, dann hole ich meine Brieftasche. Ganz bestimmt.«

Sie war ungeheuer sauer, aber sie stand von meinem

Schoß auf, so dass ich meine Brieftasche von der Spiegel-
kommode holen konnte. Ich nahm einen Fünfdollar-
schein raus und reichte ihn ihr. »Vielen Dank«, sagte ich.
»Tausend Dank.«

»Das ist ein Fünfer. Es kostet aber zehn.«

Jetzt wurde sie komisch, das sah man gleich. Ich hatte
befürchtet, dass so etwas passieren würde – wirklich.

»Maurice hat fünf gesagt«, sagte ich zu ihr. »Er hat
gesagt, fünfzehn bis Mittag und nur fünf für eine Nummer.«

»Zehn für eine Nummer.«

»Er hat fünf gesagt. Tut mir Leid – wirklich –, aber mehr
gibt's nicht.«

Sie zuckte irgendwie mit den Achseln, wie sie es schon
vorher getan hatte, und sagte dann sehr kalt: »Macht's
dir was aus, mir mein Kleid zu holen? Oder wär das zu
viel verlangt?« Sie war ein ziemlich gruseliges Mädchen.
Sogar mit ihrer kleinen fipsigen Stimme konnte sie
einem irgendwie Angst einjagen. Wenn sie eine große
alte Prostituierte gewesen wäre, mit dick Schminke im
Gesicht und so, wäre sie viel weniger gruselig gewesen.

Ich holte ihr das Kleid. Sie zog es an und so, dann nahm
sie ihren Kamelhaarmantel vom Bett. »Bis dann, du
Arschgeige«, sagte sie.

»Bis dann«, sagte ich. Ich dankte ihr nicht oder was.
Darüber bin ich froh.

# 14

Nachdem die gute Sunny weg war, saß ich eine Weile im Sessel und rauchte ein paar Zigaretten. Allmählich wurde es draußen Tag. Mann, war mir elend. Ich war so deprimiert, das könnt ihr euch gar nicht vorstellen. Da fing ich an zu reden, irgendwie laut, mit Allie. Das mache ich manchmal, wenn ich sehr deprimiert bin. Immerzu sage ich ihm dann, er soll nach Hause gehen, sein Fahrrad holen und sich mit mir vor Bobby Fallons Haus treffen. Bobby wohnte mal ganz in unserer Nähe in Maine – das heißt, vor Jahren. Jedenfalls ist Folgendes passiert, Bobby und ich fuhren eines Tages mit dem Rad zum Sedebego-See. Wir wollten was zum Essen mitnehmen und so und auch unsere Luftgewehre – wir waren ja Kinder und so, und wir dachten, wir könnten was mit unseren Luftgewehren schießen. Jedenfalls hörte Allie, wie wir darüber redeten, und da wollte er mitkommen, aber ich wollte es nicht. Ich sagte zu ihm, dass er ja noch ein Kind ist. Und jetzt sage ich zu ihm hin und wieder, wenn ich sehr deprimiert bin: »Okay. Geh nach Hause, hol dein Fahrrad, und wir treffen uns vor Bobbys Haus. Beeil dich.« Nicht, dass ich ihn nie mitgenommen hätte, wenn ich irgendwo hinging. Das tat ich schon. Aber an dem einen Tag eben nicht. Er war deshalb nicht sauer – er wurde nie sauer –, jedenfalls denke ich immer daran, wenn ich sehr deprimiert bin.

Schließlich zog ich mich dann aber doch aus und ging ins Bett. Mir war nach Beten oder was weiß ich, als ich im Bett lag, aber ich konnte es nicht. Ich kann nicht immer beten, wenn mir danach ist. Überhaupt bin ich irgendwie Atheist. Ich mag Jesus und so, aber der meiste andere

Kram in der Bibel interessiert mich nicht besonders. Die Jünger beispielsweise. Die gehen mir immer ungeheuer auf den Wecker, wenn ihr's genau wissen wollt. Nachdem Jesus tot war und so, waren sie ganz in Ordnung, aber während Er noch lebte, nützten sie Ihm ungefähr so viel wie ein Loch im Kopf. Ständig ließen sie Ihn im Stich. Fast jeden in der Bibel mag ich lieber als die Jünger. Wenn ihr's genau wissen wollt, der Typ, den ich außer Jesus am liebsten in der Bibel mag, ist dieser Besessene und so, der in den Gräbern wohnte und sich mit Steinen schlug. Das arme Schwein mochte ich zehnmal lieber als die Jünger. Darüber hab ich mich, als ich an der Whooton School war, öfters mal mit einem Jungen gestritten, Arthur Childs. Der gute Childs war Quäker und so und las ständig in der Bibel. Er war ein sehr netter Junge, und ich mochte ihn auch, aber bei vielem in der Bibel, besonders bei den Jüngern, war ich nie auf einer Linie mit ihm. Immerzu sagte er zu mir, wenn ich die Jünger nicht mag, dann mag ich auch Jesus nicht und so. Er sagte, weil Jesus die Jünger *ausgesucht* hat, muss man sie auch mögen. Ich sagte, ich weiß, dass Er sie ausgesucht hat, aber dass er sie auch *aufs Geratewohl* ausgesucht hat. Ich sagte, Er hätte nicht die Zeit gehabt, jeden erst mal zu analysieren. Ich sagte, dass ich Jesus nicht die Schuld gebe oder was. Dass es nicht an Ihm liegt, dass er keine Zeit gehabt hat. Ich weiß noch, wie ich den guten Childs mal fragte, ob er glaubt, dass Judas, der, der Jesus verraten hatte und so, in die Hölle gekommen ist, nachdem er Selbstmord begangen hat. Childs sagte, natürlich. Und genau da war ich anderer Meinung als er. Ich sagte, ich wette tausend Mäuse, dass Jesus den guten Judas nicht in die Hölle geschickt hat. Ich glaube, jeder der Jünger hätte ihn in die Hölle geschickt und so – und zwar schleunigst –, aber ich würde alles wetten, dass Jesus das nicht getan hat. Der gute Childs sagte, das Dumme mit mir ist, dass ich nicht in die Kirche gehe oder was. Damit hatte er gewissermaßen Recht. Ich gehe nicht in die Kirche. Überhaupt sind meine Eltern auch verschieden religiös, und alle Kinder in unserer Familie sind Atheisten. Wenn ihr's genau wissen wollt, ich kann nicht mal Pfarrer leiden. An jeder Schule, an der ich war, hatten die alle eine furchtbar heilige Stimme, wenn sie mit ihrer Predigt anfingen. Gott, wie ich das hasse. Ich begreife nicht, warum sie nicht mit ihrer natürlichen Stimme sprechen können, verdammt. Die klingen so verlogen, wenn sie sprechen.

Jedenfalls konnte ich nicht das kleinste Bisschen beten, als ich im Bett war. Jedes Mal, wenn ich anfing, stellte ich mir die gute Sunny vor, wie sie mich eine Arschgeige nannte. Schließlich setzte ich mich im Bett auf und rauchte noch eine Zigarette. Sie schmeckte mies. Seit ich von der Pencey weg war, hatte ich wohl an die zwei Schachteln geraucht.

Wie ich so dalag und rauchte, klopfte es auf einmal an die Tür. Ich hoffte erst mal, dass nicht an *meine* Tür geklopft wurde, aber ich wusste verdammt genau, dass es meine war. Ich wusste auch, *wer* es war. Ich kann nämlich hellsehen.

»Wer ist da?«, sagte ich. Ich hatte ziemlich Angst. Bei solchen Sachen bin ich sehr feige.

Aber sie klopften einfach bloß weiter. Lauter.

Schließlich stand ich auf, bloß im Schlafanzug, und öffnete die Tür. Ich brauchte gar nicht erst Licht zu machen, weil es ja schon Tag war. Die gute Sunny und Maurice, der Fahrstuhllude, standen da.

»Was ist los? Was wollen Sie?«, sagte ich. Mann, meine Stimme zitterte ungeheuer.

»Nicht viel«, sagte der gute Maurice. »Nur fünf Mäuse.« Er redete als Einziger von den beiden. Die gute Sunny stand bloß mit offenem Mund und so neben ihm.

»Ich habe sie schon bezahlt. Ich habe ihr fünf Mäuse gegeben. Fragen Sie sie«, sagte ich. Aber meine Stimme zitterte.

»Es waren zehn Mäuse, Chef. Hab ich Ihnen doch gesagt. Zehn Mäuse für eine Nummer, fünfzehn Mäuse bis Mittag. Hab ich Ihnen gesagt.«

»Das haben Sie mir nicht gesagt. Sie haben *fünf* Mäuse die Nummer gesagt. Sie haben wohl fünfzehn Mäuse bis Mittag gesagt, aber ich habe genau gehört, wie Sie ...«

»Machen Sie auf, Chef.«

»Wo*zu* denn?«, sagte ich. Gott, mein gutes Herz hämmerte mich beinahe aus dem Zimmer. Wäre ich doch wenigstens *angezogen* gewesen. Es ist schrecklich, bloß im Schlafanzug zu sein, wenn so was passiert.

»Nu los, Chef«, sagte der gute Maurice. Dann gab er mir mit seiner schmierigen Hand einen kräftigen Schubs. Fast hätte ich mich auf den Hintern gesetzt – er war ein riesiger Scheißkerl. Im nächsten Moment waren er und die gute Sunny schon im Zimmer. Sie benahmen sich, als gehörte ihnen alles. Die gute Sunny setzte sich aufs Fensterbrett. Der gute Maurice setzte sich in den großen Sessel und lockerte den Kragen und so – er trug seine Aufzugführer-Uniform. *Mann*, war ich nervös.

»Also schön, Chef, dann mal her damit. Ich muss wieder an die Arbeit.«

»Ich hab's Ihnen ungefähr zehnmal gesagt, ich schulde Ihnen keinen Cent. Ich habe ihr schon fünf ...«

»Jetzt aber Schluss mit dem Mist. Her damit.«

»Warum sollte ich ihr noch mal fünf Mäuse geben?«, sagte ich. Meine Stimme schnappte über wie wild. »Sie wollen mich doch bloß reinlegen.«

Der gute Maurice knöpfte sich die Uniformjacke ganz auf. Darunter hatte er bloß so einen verlogenen Hemdkragen, kein Hemd oder so was. Er hatte einen dicken, fetten behaarten Bauch. »Hier legt keiner niemand rein«, sagte er. »Her damit, Chef.«

»*Nein.*«

Als ich das sagte, stand er von seinem Sessel auf und kam auf mich zu und so. Er machte ein Gesicht, als sei er sehr, sehr müde oder sehr, sehr gelangweilt. Gott, hatte ich Angst. Ich weiß noch, ich hatte die Arme irgendwie verschränkt. Es wäre nicht so schlimm gewesen, glaube ich, wenn ich bloß nicht diesen verfluchten *Schlafanzug* angehabt hätte.

»Her damit, Chef.« Er trat direkt vor mich. Was anderes konnte er nicht sagen. »Her damit, Chef.« Er war ein richtiger Idiot.

»*Nein.*«

»Chef, Sie zwingen mich dazu, Sie 'n bisschen härter anzufassen. Ich tu's nicht gern, aber so sieht's jetzt leider aus«, sagte er. »Sie schulden uns fünf Mäuse.«

»Ich schulde Ihnen *nicht* fünf Mäuse«, sagte ich. »Wenn Sie mich härter anfassen, schrei ich. Dann wecke ich das ganze Hotel. Die Polizei und so.« Meine Stimme zitterte wie blöd.

»Na los. Schreien Sie, so viel Sie wollen. Schön«, sagte der gute Maurice. »Sollen Ihre Eltern erfahren, dass Sie die Nacht mit 'ner Hure verbracht haben? So 'n geleckter Pinkel wie Sie?« Auf seine schmierige Art war er ziemlich schlau. Wirklich.

»Lassen Sie mich in Ruhe. Wenn Sie *zehn* gesagt hätten, wäre es was anderes. Aber Sie haben klar und deutlich . . .«

»Kriegen wir's?« Er hatte mich ganz an die verdammte Tür gedrängt. Er stand fast schon über mir mit seinem schmierigen dummen behaarten Bauch und so.

»Lassen Sie mich in Ruhe. Verschwinden Sie aus meinem Zimmer«, sagte ich. Ich hielt die Arme noch immer verschränkt. Gott, was war ich doch für ein Depp.

Dann sagte Sunny zum ersten Mal was. »He, Maurice. Soll ich seine Brieftasche holen?«, sagte sie. »Die ist in dem Wieheißtdasnochgleich.«

»Ja, hol sie.«

»Lassen Sie die Finger von meiner Brieftasche!«

»Hab sie schon«, sagte Sunny. Sie wedelte mit fünf Scheinen zu mir her. »Siehste? Ich nehm bloß die fünf, die du mir schuldest. Ich bin kein Gauner.«

Auf einmal fing ich an zu weinen. Ich hätte alles dafür gegeben, wenn es nicht passiert wäre, aber es passierte eben. »Nein, Sie sind keine Gauner«, sagte ich. »Sie stehlen mir bloß fünf ...«

»Schnauze«, sagte der gute Maurice und knuffte mich.

»Lass ihn doch, he«, sagte Sunny. »Komm jetzt, he. Wir haben die Kohle, die er uns geschuldet hat. Gehn wir. Komm, he.«

»Komm ja schon«, sagte der gute Maurice. Doch er rührte sich nicht.

»Na los, Maurice, he. Lass ihn.«

»Dem tut doch keiner was«, sagte er ungeheuer unschuldig. Aber dann schnippte er mit den Fingern sehr hart gegen meinen Schlafanzug. Ich sage euch nicht, *wohin* er geschnippt hat, aber es tat ungeheuer weh. Ich sagte zu ihm, dass er ein verfluchter dreckiger Idiot ist. »Wie war das?«, sagte er. Er wölbte die Hand hinterm Ohr, als wäre er taub. »Wie war das? Was bin ich?«

Ich weinte noch immer irgendwie. Ich war dermaßen verdammt wütend und nervös und so. »Sie sind ein dreckiger Idiot«, sagte ich. »Sie sind ein dummer, linker Idiot, und in ungefähr zwei Jahren sind Sie einer von diesen abgerissenen Typen, die einen auf der Straße anquatschen und um Kleingeld für einen Kaffee anhauen. Und

Sie haben Rotz auf Ihrem ganzen verdreckten Mantel, und Sie ...«

Da schlug er zu. Ich versuchte gar nicht erst, ihm auszuweichen oder mich zu ducken oder was. Ich spürte bloß einen Wahnsinnsschlag im Bauch.

Aber ich war nicht bewusstlos oder was, denn ich erinnere mich noch, dass ich vom Fußboden aus sah, wie die beiden zur Tür rausgingen und sie schlossen. Dann blieb ich noch ziemlich lange auf dem Boden liegen, irgendwie ähnlich wie vorher bei Stradlater. Bloß diesmal dachte ich, ich sterbe. Wirklich. Das Dumme war, ich kriegte kaum Luft. Als ich schließlich doch aufstand, musste ich ganz gekrümmt ins Bad gehen und mir dabei den Bauch halten und so.

Aber ich bin ja verrückt. Das schwöre ich bei Gott. Ungefähr auf halbem Weg zum Bad tat ich irgendwie, als hätte ich eine Kugel im Gedärm. Der gute Maurice hatte mich abgeknallt. Jetzt war ich auf dem Weg ins Bad, um einen ordentlichen Schluck Bourbon oder was weiß ich zu nehmen, um meine Nerven zu beruhigen und dann *richtig* loszulegen. Ich stellte mir vor, wie ich aus dem verfluchten Bad kam, ganz angezogen, meine Automatic in der Tasche, ein bisschen schwankend. Dann ging ich die Treppe runter, nahm nicht den Fahrstuhl. Ich hielt mich am Geländer fest und so, und mir sickerte immerzu ein bisschen Blut aus dem Mundwinkel. Ich ging also ein paar Stockwerke runter – hielt mir den Bauch, überall tropfte Blut raus –, und dann drückte ich auf den Aufzugknopf. Kaum hatte der gute Maurice die Tür geöffnet, sah er mich mit der Automatic in der Hand und schrie mich mit einer ganz hohen, hasenfüßigen Stimme an, ich soll ihn in Ruhe lassen. Aber ich knallte ihn trotzdem ab. Sechs Schüsse in seinen fetten behaarten Bauch. Dann warf ich meine Automatic in den Fahrstuhlschacht – nachdem ich alle Fingerabdrücke abgewischt hatte und so. Dann schleppte ich mich zurück auf mein Zimmer und rief Jane an, sie soll kommen und mir den Bauch verbinden. Ich stellte mir vor, wie sie mir eine Zigarette zum Rauchen hinhielt, während ich blutete und so.

Diese verfluchten Filme. Die können einen ruinieren. Ganz ehrlich.

Ich blieb ungefähr eine Stunde im Badezimmer, nahm ein Bad und so. Dann ging ich wieder ins Bett. Es dauerte eine ganze Weile, bis ich einschlief – ich war gar nicht mal müde –, aber schließlich schaffte ich es doch. Aber eigentlich war mir eher danach, mich umzubringen. Mir war danach, aus dem Fenster zu springen. Wahrscheinlich hätte ich es sogar getan, wenn ich sicher gewesen wäre, dass mich jemand gleich nach dem Aufprall zugedeckt hätte. Ich wollte nicht, dass mich ein Haufen Gaffer anglotzte, wenn ich ein einziger Blutklumpen war.

# 15

Ich schlief nicht besonders lange; als ich aufwachte, war es, glaube ich, erst gegen zehn Uhr. Nach meiner ersten Zigarette bekam ich ziemlichen Hunger. Das Letzte, was ich gegessen hatte, waren die beiden Hamburger mit Brossard und Ackley, als wir nach Agerstown ins Kino gingen. Das war lange her. Wie fünfzig Jahre. Das Telefon stand direkt neben mir, und ich wollte schon unten anrufen und mir ein Frühstück raufbringen lassen, aber dann hatte ich irgendwie Angst, dass sie es von dem guten Maurice raufbringen lassen könnten. Wenn ihr glaubt, ich hätte Sehnsucht nach ihm gehabt, spinnt ihr. Also lag ich noch eine Weile im Bett rum und rauchte noch eine. Ich überlegte, ob ich die gute Jane anklingeln sollte, um zu sehen, ob sie schon zu Hause war und so, aber ich hatte keine rechte Lust.

Allerdings klingelte ich dann die gute Sally Hayes an. Sie ging auf die Mary A. Woodruff, und ich wusste, dass sie zu Hause war, weil ich zwei Wochen zuvor einen Brief von ihr gekriegt hatte. Ich war nicht besonders scharf auf sie, aber ich kannte sie schon ewig. Dumm, wie ich war, hatte ich sie immer für ziemlich intelligent gehalten. Weil sie nämlich eine ganze Menge über Theater und Stücke und Literatur und den ganzen Kram wusste. Wenn jemand eine ganze Menge über solche Sachen weiß, dauert es eine Weile, bis man raus hat, ob er tatsächlich dumm ist oder nicht. Bei der guten Sally brauchte ich *Jahre*, bis ich es raus hatte. Ich glaube, ich hätte es um einiges früher raus gehabt, wenn wir nicht so verdammt viel geknutscht hätten. Mein großes Problem ist, ich glaube immer irgendwie, dass die, mit der ich knutsche, ziemlich intelligent ist. Das hat überhaupt nichts miteinander zu tun, aber ich glaube es trotzdem immer.

Jedenfalls klingelte ich sie an. Erst meldete sich das Hausmädchen. Dann ihr Vater. Dann kam sie. »Sally?«, sagte ich.

»Ja – wer ist da?«, sagte sie. Sie war doch ein bisschen verlogen. Ich hatte schon ihrem Vater gesagt, wer da ist.

»Holden Caulfield. Wie geht's dir?«

»Holden! Mir geht's gut! Wie geht's dir?«

»Klasse. Hör mal. Wie geht's denn immer? Also, wie läuft's mit der Schule?«

»Gut«, sagte sie. »Also – du weißt schon.«

»Klasse. Hör mal, ich hab mir überlegt, ob du heute wohl schon was vorhast. Ist ja Sonntag, aber sonntags läuft ja immer die eine oder andere Matinee. Benefizkram und so Zeug. Hättest du Lust mitzukommen?«

»Sehr gern. Grandios.«

*Grandios.* Wenn ich ein Wort hasse, dann grandios. Das ist so verlogen. Einen Moment lang war ich versucht, ihr zu sagen, sie soll das mit der Matinee vergessen. Aber dann quatschten wir noch eine Weile. Das heißt, sie quatschte. Erst erzählte sie mir von einem Typen aus Harvard – wahrscheinlich ein Erstsemester, aber das sagte sie natürlich nicht –, der sich ungeheuer an sie ranschmiss. Sie *Nacht und Tag* anrief. Nacht und Tag – das machte mich fertig. Dann erzählte sie mir von einem anderen Typen, einem West-Point-Kadetten, der sich wegen ihr auch Arme und Beine ausriss. Na, Wahnsinn. Ich sagte ihr, sie soll um zwei Uhr unter der Uhr vom Biltmore sein und nicht zu spät kommen, weil die Vorstellung wahrscheinlich um halb drei anfängt. Sie kam immer zu spät. Dann legte ich auf. Sie ging mir auf die Nerven, aber sie sah sehr gut aus.

Nachdem ich mich mit der guten Sally verabredet hatte, stand ich auf, zog mich an und packte meine Tasche. Bevor ich das Zimmer verließ, warf ich aber noch einen Blick durchs Fenster, um zu sehen, was die ganzen Perversen trieben, aber die hatten alle die Rollos unten. Morgens waren sie der Gipfel an Sittsamkeit. Dann fuhr ich mit dem Fahrstuhl runter, bezahlte und ging. Den guten Maurice sah ich nirgendwo. Natürlich riss ich mir kein Bein aus, um nach diesem Arsch zu suchen.

Vor dem Hotel winkte ich mir ein Taxi heran, aber ich hatte verdammt nicht die leiseste Ahnung, wohin ich wollte. Ich wusste nicht, wohin. Es war erst Sonntag, und vor Mittwoch konnte ich nicht nach Hause – *aller*frühestens Dienstag. Und schon gar nicht war mir danach, noch mal in ein Hotel zu gehen und mir den Schädel einschlagen zu lassen. Also sagte ich dem Fahrer, er soll mich zur Grand Central Station bringen. Die war gleich neben dem Biltmore, wo ich mich später mit Sally treffen wollte, und ich dachte, ich geb mein Gepäck in so einem Fach auf, wofür sie einem einen Schlüssel geben, und geh dann frühstücken. Ich hatte irgendwie Hunger. Im Taxi holte ich meine Brieftasche raus und zählte irgendwie mein Geld. Ich weiß nicht mehr genau, wie viel ich übrig hatte, aber ein Vermögen oder was war's nicht gerade. In ungefähr zwei miesen Wochen hatte ich ein Heidengeld ausgegeben. Wirklich. Im Grunde bin ich ein verfluchter Verschwender. Was ich nicht ausgebe, verliere ich. Die Hälfte der Zeit vergesse ich sogar, mein Wechselgeld einzustecken, in Restaurants und Nachtclubs und so. Das macht meine Eltern wahnsinnig. Kann man ihnen nicht verübeln. Mein Vater ist allerdings ziemlich reich. Ich weiß nicht, wie viel er verdient – über solchen Kram hat er nie mit mir gesprochen –, aber ich glaube, eine ganze Menge. Er ist Firmenanwalt. Die Jungs scheffeln so richtig. Noch ein Grund, warum ich weiß, dass er betucht ist, er investiert immer Geld in Broadway-Shows. Aber die fallen immer durch, und es macht meine Mutter wahnsinnig, wenn er das tut. Seit dem Tod von meinem Bruder Allie ist sie nicht mehr so richtig gesund. Sie ist sehr nervös. Auch deshalb fand ich es ganz furchtbar, dass sie erfahren musste, dass ich wieder geflogen war.

Nachdem ich meine Taschen in ein Fach am Bahnhof gestellt hatte, ging ich in eine kleine Sandwichbar und frühstückte. Ich bestellte mir ein für meine Verhältnisse großes Frühstück – Orangensaft, Eier mit Speck, Toast und Kaffee. Meistens trinke ich bloß Orangensaft. Ich bin ein sehr schlechter Esser. Wirklich. Deshalb bin ich auch so verdammt dünn. Ich sollte eigentlich möglichst viel Stärke und solchen Mist essen, damit ich zunehme und so, aber das tat ich eben nicht. Wenn ich irgendwo unterwegs bin, esse ich meistens bloß ein Sandwich mit Schweizer Käse und trinke dazu Malzmilch. Das ist nicht viel, aber mit der Malzmilch kriegt man ziemlich viele Vitamine. H. V. Caulfield. Holden Vitamin Caulfield.

Während ich meine Eier aß, kamen zwei Nonnen rein mit Koffern und so – wahrscheinlich zogen sie in ein anderes Kloster oder was weiß ich und warteten jetzt auf einen Zug – und setzten sich neben mich an den Tresen. Anscheinend wussten sie nicht, was sie mit ihren blöden Koffern anfangen sollten, also packte ich mit an. Es waren so ganz billige Koffer – welche, die nicht echtes Leder sind oder was. Ich weiß, das ist nicht wichtig, aber ich finde es blöd, wenn jemand billige Koffer hat. Es klingt schrecklich, aber ich kann einen sogar hassen, wenn er billige Koffer hat, da brauch ich ihn bloß *anz*usehen. Einmal ist was passiert. Als ich an der Elkton Hills war, teilte ich eine Zeit lang mit einem Jungen das Zimmer, Dick Slagle hieß der, und er hatte so ganz billige Koffer. Die hatte er immer unterm Bett statt auf dem Gestell, damit niemand sie neben meinen stehen sah. Ich fand das ungeheuer deprimierend, und ich wollte ständig meine rausschmeißen oder was weiß ich, oder sie sogar mit ihm *tauschen*. Meine waren von Mark Cross, die waren echtes Rindsleder und so Mist, und ich glaube, die haben eine ziemliche Stange gekostet. Aber komisch war das schon. Folgendes ist nämlich passiert. Irgendwann schob ich nämlich *meine* Koffer unter *mein* Bett, damit der gute Slagle keinen verfluchten Minderwertigkeitskomplex kriegte. Aber er, was tat er? Einen Tag nachdem ich meine unter mein Bett geschoben hatte, holte er seine raus und legte sie wieder auf das Gestell. Das tat er deshalb, und es dauerte eine ganze Weile, bis ich das geschnallt hatte, weil er wollte, dass die Leute dachten, seine Koffer wären meine. Wirklich. In der Hinsicht war er sehr komisch. Beispielsweise sagte er immer zickige Sachen darüber, über meine Koffer. Ständig sagte er, sie sind zu neu und bürgerlich. Das war sein verfluchtes Lieblingswort. Das hatte er irgendwo gehört oder irgendwo gelesen. Alles, was ich hatte, war ungeheuer bürgerlich. Sogar mein Füller war bürgerlich. Ständig lieh er ihn sich aus, aber trotzdem war der Füller bürgerlich. Wir teilten das Zimmer bloß zwei Monate. Dann baten wir beide darum, verlegt zu werden. Und das Komische war, nachdem wir verlegt waren, vermisste ich ihn irgendwie, weil er einen wahnsinnigen Humor hatte und es mit ihm manchmal sehr lustig war. Würde mich nicht überraschen, wenn er mich auch vermisste. Erst nannte er meinen Kram bloß aus Spaß bürgerlich, und das hat mich nicht gejuckt – es *war* ja auch irgendwie komisch. Aber dann, nach einer Weile, sah man, dass es kein Spaß mehr war. Die Sache ist eben die, dass es wirklich schwierig ist, ein Zimmer mit einem zu teilen, wenn die eigenen Koffer viel besser als seine sind – wenn die eigenen Koffer richtig *gute* sind und seine nicht. Man meint, wenn der intelligent ist und so, der andere, und einen guten Humor hat, dass es ihn dann eben nicht juckt, wessen Koffer besser sind, aber es juckt ihn eben doch. Wirklich. Das ist einer der Gründe, weswegen ich mit einem dummen Arsch wie Stradlater das Zimmer teilte. Wenigstens hatte er genauso gute Koffer wie ich.

Jedenfalls saßen die beiden Nonnen neben mir, und wir kamen irgendwie ins Gespräch. Die direkt neben mir hatte so einen Strohkorb, mit denen man Nonnen und Heilsarmeepuppen um Weihnachten rum Kohle sammeln sieht. Man sieht sie an den Ecken stehen, besonders an der Fifth Avenue, vor den großen Warenhäusern und so. Jedenfalls ließ die neben mir ihren auf den Boden fallen, und ich bückte mich und hob ihn ihr auf. Ich fragte sie, ob sie gerade Geld für die Wohlfahrt und so sammelten. Sie sagte Nein. Sie sagte, sie hat ihn beim Packen nicht mehr in den Koffer gekriegt und trägt ihn daher extra. Sie hatte ein ziemlich hübsches Lächeln, wenn sie einen so ansah. Sie hatte eine große Nase und eine Brille, die nicht besonders doll aussah, mit irgend so einem Eisengestell, aber sie hatte ein irrsinnig freundliches Gesicht. »Ich dachte, wenn Sie gerade sammeln würden«, sagte ich zu ihr, »dann könnte ich ja ein bisschen was spenden. Sie können das Geld ja aufheben, bis Sie dann wirklich sammeln gehen.«

»Ach, das ist aber sehr nett von Ihnen«, sagte sie, und die andere, ihre Freundin, sah zu mir her. Die andere las beim Kaffeetrinken in einem kleinen schwarzen Buch. Es sah aus wie eine Bibel, aber es war zu dünn. Aber es war ein bibelartiges Buch. Die beiden frühstückten nur Toast und Kaffee. Das deprimierte mich. Ich finde es schlimm, wenn ich Eier mit Speck oder was weiß ich esse, und jemand anderes isst bloß Toast mit Kaffee.

Ich durfte ihnen zehn Mäuse spenden. Sie fragten mich immerzu, ob ich mir das auch leisten kann und so. Ich sagte ihnen, ich hätte schon einiges an Geld dabei, aber anscheinend glaubten sie mir nicht. Aber schließlich nahmen sie es doch. Beide bedankten sich so überschwänglich, es war schon peinlich. Ich lenkte das Gespräch auf allgemeine Themen und fragte sie, wohin sie gingen. Sie sagten, sie sind Lehrerinnen und kommen gerade aus Chicago und unterrichten nun in einem Kloster in der 168th oder 186th Street oder einer der Straßen weit oben im Norden. Die neben mir, die mit der eisernen Brille, sagte, sie unterrichtet Englisch und ihre Freundin Geschichte und amerikanische Politik. Dann fragte ich mich wie blöd, wie die, die neben mir saß, die Englisch unterrichtete, wie die es wohl fand, wo sie ja Nonne war und so, wenn sie für Englisch bestimmte Bücher las. Bücher nicht unbedingt mit viel Sexkram drin, aber Bücher mit Liebenden und so. Wie zum Beispiel die gute Eustacia Vye in *Die Rückkehr* von Thomas Hardy. Die war nicht besonders heiß oder was, aber trotzdem fragte man sich doch, was eine Nonne vielleicht denkt, wenn sie über die gute Eustacia liest. Aber natürlich sagte ich nichts. Ich sagte bloß, Englisch ist mein bestes Fach.

»Ach, wirklich? Das freut mich aber!«, sagte die mit der Brille, die Englisch unterrichtete. »Was haben Sie denn dieses Jahr gelesen? Das würde mich doch sehr interessieren.« Sie war wirklich nett.

»Also, die meiste Zeit waren wir bei den Angelsachsen. Beowulf, und der gute Grendel und Lord Randal My Son und solche Sachen. Aber hin und wieder mussten wir auch zusätzlich Sachen lesen, wenn wir einen extra Punkt haben wollten. Ich habe *Die Rückkehr* von Thomas Hardy gelesen und *Romeo und Julia* und *Julius* –«

»Ach, *Romeo und Julia*! Wundervoll! Hat Ihnen das nicht sehr gefallen?« Wie eine Nonne klang sie nun wirklich nicht.

»Ja. Doch. Das hat mir ziemlich gut gefallen. Ein paar Sachen haben mir daraus nicht gefallen, aber im Ganzen war es ziemlich bewegend.«

»Was hat Ihnen denn nicht gefallen? Wissen Sie das noch?«

Um euch die Wahrheit zu sagen, war es irgendwie peinlich, mich mit ihr über *Romeo und Julia* zu unterhalten. Also, das Stück wird an manchen Stellen ganz schön heiß, und sie war ja nun Nonne und so, aber sie hatte mich doch *gefragt*, also diskutierte ich eine Weile mit ihr darüber. »Also, ich bin nicht allzu scharf auf Romeo und Julia«, sagte ich. »Also, ich mag sie schon gern, aber – ich weiß auch nicht. Manchmal gehen sie einem ziemlich auf die Nerven. Also, der Tod des guten Mercutio tat mir viel mehr Leid als der von Romeo und Julia. Die Sache ist die, ich mochte Romeo nicht mehr besonders, nachdem Mercutio von dem andern Mann erstochen worden ist – Julias Vetter –, wie heißt er noch gleich?«

»Tybalt.«

»Genau. Tybalt«, sagte ich – immer vergesse ich, wie der Typ heißt. »Das war Romeos Schuld. Also, der gute Mercutio, der hat mir in dem Stück am besten gefallen, ich weiß auch nicht. Diese ganzen Montagues und Capulets, die sind schon in Ordnung – besonders Julia –, aber Mercutio, der war – das ist schwer zu erklären. Er war sehr klug und unterhaltsam und so. Die Sache ist bloß die, es macht mich wahnsinnig, wenn jemand umgebracht wird – besonders jemand sehr Kluges und Unterhaltsames und so – und dann jemand anders schuld daran ist. Romeo und Julia, die hatten wenigstens selbst Schuld.«

»Auf welche Schule gehen Sie?«, fragte sie mich. Wahrscheinlich wollte sie von dem Thema Romeo und Julia weg.

Ich sagte, Pencey, und sie hatte davon gehört. Sie sagte, es ist eine sehr gute Schule. Das überging ich allerdings. Dann sagte die andere, die, die Geschichte und Politik unterrichtete, jetzt müssten sie aber los. Ich nahm mir ihre Rechnung, aber sie ließen sie mich nicht bezahlen. Die mit der Brille nahm sie mir wieder weg.

»Sie waren schon mehr als großzügig«, sagte sie. »Sie sind ein ganz reizender Junge.« Sie war wirklich nett. Sie erinnerte mich ein wenig an die Mutter von dem guten Ernest Morrow, also die, der ich im Zug begegnet war. Vor allem, wenn sie lächelte. »Es war *sehr* schön, dass wir uns mit Ihnen unterhalten konnten«, sagte sie.

Ich sagte, auch ich hätte es sehr schön gefunden, mit ihnen zu sprechen. Und das meinte ich auch so. Ich hätte es sogar noch schöner gefunden, glaube ich, wenn ich nicht die ganze Zeit, die ich mit ihnen redete, irgendwie Angst gehabt hätte, dass sie auf einmal rausfinden wollten, ob ich katholisch bin. Katholiken wollen immer rausfinden, ob man auch katholisch ist. Das passiert mir öfter, das weiß ich, zum Teil, weil ich einen irischen Nachnamen habe, und die meisten Leute irischer Abstammung sind katholisch. Und mein Vater war *tatsächlich* auch mal katholisch. Aber als er meine Mutter heiratete, trat er aus. Jedenfalls wollen Katholiken immer rausfinden, ob man auch katholisch ist, auch wenn sie den Nachnamen gar nicht kennen. An der Whooton School kannte ich mal einen katholischen Jungen, Louis Shaney. Er war der erste Junge, der mir da überhaupt begegnet ist. Er und ich, wir saßen am ersten Schultag auf den ersten beiden Stühlen vor der verfluchten Krankenstube und warteten darauf, untersucht zu werden, und da fingen wir irgendwie an, uns über Tennis zu unterhalten. Er interessierte sich ziemlich für Tennis, und ich auch. Er erzählte mir, er geht jeden Sommer zu den Meisterschaften in Forest Hills, und ich erzählte ihm, ich auch, und dann redeten wir eine ganze Weile über bestimmte Tenniskanonen. Für ein Kind seines Alters wusste er eine ganze Menge über Tennis. Wirklich. Nach einer Weile, mitten in unserem verfluchten Gespräch, fragte er mich dann: »Hast du rein zufällig gesehen, wo die katholische Kirche im Ort ist?« Die Sache war nämlich die, an der Art, wie er mich fragte, merkte man, das er rausfinden wollte, ob auch ich katholisch war. Wirklich. Nicht, dass er Vorurteile hatte oder was, er wollte es einfach bloß wissen. Ihm gefiel unsere Unterhaltung über Tennis und so, aber man merkte, sie hätte ihm *noch* besser gefallen, wenn ich katholisch gewesen wäre und so. Solche Sachen machen mich wahnsinnig. Ich will nicht sagen, dass er unsere Unterhaltung damit kaputtgemacht hat oder was – überhaupt nicht –, aber garantiert hat ihr das auch nicht gut getan. Deshalb war ich froh, dass die beiden Nonnen mich nicht fragten, ob ich katholisch bin. Wenn sie es getan hätten, hätte es die Unterhaltung nicht *kaputt*gemacht, aber sie wäre wahrscheinlich doch anders verlaufen. Ich sage ja nicht, dass ich den Katholiken das *vorwerfe*. Bestimmt nicht. Wenn ich katholisch wäre, wäre ich wahrscheinlich genauso. Das ist gewissermaßen wie mit diesen Koffern, von denen ich euch erzählt habe. Ich sage nur, dass es für eine nette Unterhaltung nicht gut ist. Mehr sage ich ja gar nicht.

Als sie aufstanden, um zu gehen, die zwei Nonnen, machte ich etwas sehr Dummes und Peinliches. Ich rauchte gerade eine Zigarette, und als ich aufstand, um mich von ihnen zu verabschieden, blies ich ihnen aus Versehen Rauch ins Gesicht. Ich wollte es nicht, aber ich tat es. Ich entschuldigte mich wie ein Blöder, und sie gingen sehr höflich und nett damit um, aber es war trotzdem sehr peinlich.

Als sie weg waren, tat es mir zunehmend Leid, dass ich ihnen nur zehn Mäuse für ihre Kollekte gegeben hatte. Die Sache war aber die, ich hatte mich doch mit der guten Sally Hayes für die Matinee verabredet, und ich brauchte noch Kohle für die Karten und anderes Zeug. Aber trotzdem tat es mir Leid. Verfluchtes Geld. Letztlich macht es einen immer ungeheuer traurig.

# 16

Als ich mit dem Frühstück fertig war, war es mal grade Mittag, und ich traf mich mit der guten Sally erst um zwei, also machte ich einen langen Spaziergang. Die zwei Nonnen gingen mir nicht aus dem Kopf. Immerzu musste ich an den ramponierten alten Strohkorb denken, mit dem sie rumliefen und Geld sammelten, wenn sie gerade nicht unterrichteten. Immerzu versuchte ich mir vorzustellen, wie meine Mutter oder so jemand oder meine Tante oder Sally Hayes' verrückte Mutter, wie die vor einem Warenhaus standen und mit einem ramponierten alten Strohkorb Kohle für die Armen sammelten. Das war schwer vorstellbar. Weniger meine Mutter, aber die beiden andern. Meine Tante ist ziemlich mildtätig – sie macht eine Menge fürs Rote Kreuz und so –, aber sie ist sehr gut gekleidet und so, und wenn sie was Mildtätiges macht, ist sie immer sehr gut gekleidet und hat Lippenstift drauf und den ganzen Mist. Ich konnte mir nicht vorstellen, dass sie was für die Wohlfahrt tat, wenn sie dabei schwarze Sachen tragen müsste und sich die Lippen nicht anmalen durfte. Und die Mutter von der guten Sally Hayes. Meine Güte. *Die* könnte mit einem Korb doch bloß dann rumgehen und Geld sammeln, wenn die Leute ihr dabei in den Arsch kriechen. Wenn sie ihr einfach bloß das Geld in den Korb legen und wieder gehen würden, ohne was zu ihr zu sagen, sie ignorieren und so, würde die doch nach ungefähr einer Stunde aufhören. Es würde sie langweilen. Die würde ihren Korb abgeben und in irgendwas Todschickes zum Lunch gehen. Das gefiel mir an den beiden Nonnen. Eines sah man jedenfalls gleich, dass die nie in was Todschickem zum Lunch gingen. Es machte mich so verdammt traurig, wenn ich darüber nachdachte, dass die nie in was Todschickem zum Lunch gingen oder was. Ich wusste, das war nicht so wichtig, aber es machte mich trotzdem traurig.

Ich ging in Richtung Broadway, einfach bloß so aus Jux, weil ich da schon jahrelang nicht mehr gewesen war. Außerdem wollte ich einen Plattenladen suchen, der sonntags offen hatte. Ich wollte eine Platte für Phoebe kaufen, »Little Shirley Beans« hieß die. Die Platte war sehr schwer zu kriegen. Sie handelte von einem kleinen Mädchen, das nicht aus dem Haus wollte, weil ihm zwei Vorderzähne ausgefallen waren und es sich deswegen schämte. Ich hatte die Platte an der Pencey gehört. Ein Junge, der einen Stock höher wohnte, hatte sie, und ich hatte versucht, sie ihm abzukaufen, weil ich wusste, dass sie die gute Phoebe umhauen würde, aber er wollte sie mir nicht verkaufen. Es war eine ganz alte, irrsinnige Platte, die eine farbige Sängerin, Estelle Fletcher, vor ungefähr zwanzig Jahren gemacht hatte. Sie singt sehr dixiemäßig und bordellig, und es klingt überhaupt nicht schnulzig. Wenn eine Weiße das singen würde, würde die das ungeheuer *süß* machen, aber die gute Estelle Fletcher wusste genau, was sie da tat, und es war eine der besten Platten, die ich je gehört hatte. Ich dachte, ich würde sie in einem Laden kaufen, der sonntags offen hat, und dann würde ich damit in den Park gehen. Es war Sonntag, und Phoebe geht sonntags ziemlich häufig Rollschuh laufen. Ich wusste, wo sie meistens rumfuhr.

Es war nicht so kalt wie am Tag zuvor, aber die Sonne war noch immer nicht da, und für einen Spaziergang war es nicht besonders schön. Aber etwas Schönes gab es. Nämlich eine Familie, die direkt vor mir ging und bei der man gleich sah, dass sie irgendwo aus der Kirche kam –

ein Vater, eine Mutter und ein kleiner, ungefähr sechsjähriger Junge. Sie sahen irgendwie arm aus. Der Vater trug einen dieser perlgrauen Hüte, die Arme häufig tragen, wenn sie flott aussehen wollen. Er und seine Frau gingen einfach so dahin, unterhielten sich und achteten gar nicht auf den Kleinen. Der Kleine war klasse. Er ging auf der Fahrbahn, nicht auf dem Gehweg, aber dicht am Bordstein. Er tat, als ginge er auf einer ganz schnurgeraden Linie, so wie Kinder das tun, und die ganze Zeit sang und summte er. Ich schloss ein bisschen auf, damit ich hören konnte, was er sang. Er sang das Lied »Wenn einer einen fängt, der durch den Roggen kommt«. Er hatte auch eine hübsche kleine Stimme. Er sang einfach so vor sich hin, das sah man gleich. Die Autos schossen vorbei, Bremsen quietschten wie wild, aber seine Eltern beachteten ihn gar nicht, und er ging einfach am Bordstein entlang und sang »Wenn einer einen fängt, der durch den Roggen kommt«. Da ging's mir gleich besser. Da war ich nicht mehr so deprimiert.

Der Broadway war ein einziges Gewimmel und Gewusel. Es war Sonntag und erst ungefähr zwölf Uhr, aber trotzdem wimmelte es von Leuten. Alle strömten sie ins Kino – ins Paramount oder ins Astor oder ins Strand oder ins Capitol oder in einen dieser verrückten Paläste. Alle waren herausgeputzt, weil Sonntag war, und das machte es noch schlimmer. Das Schlimmste aber war, man sah gleich, dass sie alle ins Kino *wollten*. Diesen Anblick ertrug ich nicht. Ich kann ja verstehen, dass man ins Kino geht, weil man sonst nichts zu tun hat, aber wenn einer da richtig hin *will* und sogar noch schnell geht, um schneller da zu sein, dann deprimiert mich das ungeheuer. Besonders, wenn ich Millionen Leute in einer langen, schrecklichen Schlange stehen sehe, den ganzen Block entlang, und sie mit einer irrsinnigen Geduld auf eine Karte warten und so. Mann, ich konnte gar nicht schnell genug von diesem verfluchten Broadway weg. Ich hatte Glück. Der erste Plattenladen, in den ich ging, hatte »Little Shirley Beans«. Ich musste fünf Mäuse dafür berappen, weil die Platte so schwer zu kriegen war, aber das war mir schnurz. Mann, das machte mich auf einmal ganz glücklich. Ich konnte es kaum erwarten, in den Park zu kommen, um zu sehen, ob die gute Phoebe da war, damit ich ihr die Platte geben konnte.

Als ich aus dem Plattenladen kam, sah ich einen Drugstore. Ich ging hinein. Ich dachte, vielleicht klingle ich mal die gute Jane an, um zu hören, ob sie schon Ferien hat und zu Hause ist. Also ging ich in eine Telefonzelle und rief sie an. Das Blöde war nur, dass ihre Mutter abnahm, also legte ich wieder auf. Mir war nicht danach, mich in ein langes Gespräch mit ihr verwickeln zu lassen und so. Ich bin sowieso nicht besonders scharf darauf, mit den Müttern von Mädchen zu telefonieren. Allerdings hätte ich sie *wenigstens* fragen sollen, ob Jane schon zu Hause war. Das hätte mich nicht umgebracht. Aber mir war nicht danach. Für so Kram muss man wirklich in Stimmung sein.

Ich musste immer noch diese verdammten Theaterkarten holen, also kaufte ich eine Zeitung und sah nach, was es alles gab. Weil Sonntag war, gab es bloß drei Shows. Also ging ich los und kaufte zwei Orchesterplätze für *I Know My Love*. Das war eine Benefizvorstellung oder was weiß ich. Die musste ich nicht unbedingt sehen, aber ich wusste, dass die gute Sally, die Königin der Verlogenen, total aus dem Häuschen sein würde, wenn ich ihr sagte, ich hätte dafür Karten, weil es mit den Lunts war und so. Sie mochte Shows, die angeblich sehr kultiviert und harmlos und so sind, mit den Lunts und so. Ich mag eigentlich überhaupt keine Shows, wenn ihr's genau wissen wollt. Sie sind nicht so schlimm wie Filme, aber man muss sich auch nicht gerade vor Begeisterung überschlagen. Vor allem hasse ich Schauspieler. Die spielen nie wie Menschen. Das glauben sie nur. Ein paar von den guten spielen so, wenigstens ein bisschen, aber es macht trotzdem keinen Spaß, ihnen zuzusehen. Und wenn ein Schauspieler mal richtig gut ist, dann sieht man gleich, dass er *weiß*, er ist gut, und das verdirbt wieder alles. Beispielsweise Sir Laurence Olivier. Den habe ich in *Hamlet* gesehen. D. B. ging letztes Jahr mit Phoebe und mir hin. Er lud uns erst zum Lunch ein, und dann gingen wir hin. Er hatte das Stück schon gesehen, und so wie er beim Essen davon sprach, wollte ich es auch unbedingt sehen. Aber es hat mir nicht besonders gefallen. Ich kann einfach nicht richtig begreifen, was an Sir Laurence Olivier denn nun so wunderbar ist. Er hat eine irrsinnige Stimme, und er sieht auch ungeheuer gut aus, und er ist auch richtig schön anzusehen, wenn er geht oder sich duelliert oder was weiß ich, aber er war ganz anders, als D. B. Hamlet beschrieben hatte. Er war zu sehr wie ein verfluchter General statt wie ein trauriger, verkorkster Typ. Das Beste an dem ganzen Film war, als der Bruder der guten Ophelia – der, der sich ganz am Schluss mit Hamlet duelliert – wegging und sein Vater ihm jede Menge Ratschläge gab. Während der Vater ihm jede Menge Ratschläge gab, alberte die gute Ophelia irgendwie mit ihrem Bruder rum, nahm ihm seinen Dolch aus dem Halfter, zog ihn auf und so, während er versuchte, bei den Sprüchen seines Vaters ein interessiertes Gesicht zu machen. Das war schön. Das hat mir einen Heidenspaß gemacht. Aber solche Sachen sieht man nicht sehr oft. Phoebe hat als Einziges gefallen, wie Hamlet dem Hund den Kopf tätschelt. Das fand sie lustig und schön, und das war es auch. Ich muss eines tun, ich muss das Stück lesen. Das Dumme bei mir ist, ich muss das

Zeug immer selber lesen. Wenn ein Schauspieler es spielt, höre ich kaum zu. Ständig passe ich auf, ob er nicht gleich was Verlogenes macht.

Als ich die Karten für die Show mit den Lunts hatte, nahm ich ein Taxi in den Park. Ich hätte die U-Bahn oder was weiß ich nehmen sollen, weil die Kohle allmählich zur Neige ging, aber ich wollte möglichst schnell von diesem verdammten Broadway weg.

Im Park war's scheußlich. Es war nicht besonders kalt, aber die Sonne schien noch immer nicht, und es sah aus, als gäb's in dem Park nichts als Hundescheiße und Spuckeklumpen und Zigarrenkippen von alten Männern, und die Bänke sahen alle, als wären sie nass, wenn man sich draufsetzte. Das war deprimierend, und alle paar Schritte kriegte man ohne besonderen Grund eine Gänsehaut. Es sah überhaupt nicht danach aus, als wäre bald Weihnachten. Es sah auch nicht danach aus, als wäre bald *überhaupt etwas*. Aber trotzdem ging ich weiter Richtung Mall, weil Phoebe meistens dahin geht, wenn sie im Park ist. Sie läuft gern beim Musikpavillon. Komisch. Genau da bin ich auch immer gern Rollschuh gelaufen, als ich noch klein war.

Aber als ich hinkam, sah ich sie nirgends. Ein paar Kleine waren da, liefen Rollschuh und so, und zwei Jungen spielten mit einem Softball Flys Up, nur keine Phoebe. Aber dann sah ich ein Mädchen in ihrem Alter, sie saß ganz allein auf einer Bank und zog einen Rollschuh fest. Ich dachte, vielleicht kennt die Phoebe ja und kann mir sagen, wo sie ist oder was weiß ich, also ging ich zu ihr, setzte mich neben sie und fragte sie: »Kennst du zufällig Phoebe Caulfield?«

»Wen?«, sagte sie. Sie hatte bloß Jeans an und ungefähr zwanzig Pullover. Man sah gleich, dass ihre Mutter sie ihr gestrickt hatte, weil sie ungeheuer knubbelig waren.

»Phoebe Caulfield. Sie wohnt in der 71sten Straße. Sie ist in der vierten Klasse, in der ...«

»Kennst du Phoebe?«

»Ja, ich bin ihr Bruder. Weißt du, wo sie ist?«

»Die ist doch in Miss Callons Klasse, oder?«, sagte das Mädchen.

»Das weiß ich nicht. Ja, ich glaub schon.«

»Dann ist sie wahrscheinlich im Museum. Da waren *wir* letzten Samstag«, sagte das Mädchen.

»Welches Museum?«, fragte ich sie.

Sie zuckte irgendwie mit den Schultern. »Weiß ich nicht«, sagte sie. »Im Museum.«

»Ich weiß, aber das mit den Bildern oder das mit den Indianern?«

»Das mit den Indianern.«

»Vielen Dank«, sagte ich. Ich stand auf und wollte schon los, aber dann fiel mir auf einmal ein, dass ja Sonntag war. »Heute ist aber *Sonn*tag«, sagte ich zu dem Mädchen.

Sie sah zu mir hoch. »Ach. Dann ist sie nicht da.«

Sie hatte ungeheure Schwierigkeiten, den Rollschuh festzuziehen. Sie hatte keine Handschuhe oder was an, und ihre Hände waren ganz rot und kalt. Ich half ihr. Mann, ich hatte seit Jahren keinen Rollschuhschlüssel mehr in der Hand gehabt. Aber komisch war es nicht. Noch in fünfzig Jahren könntet ihr mir einen Rollschuhschlüssel in die Hand drücken, wenn es stockdunkel ist, und ich wüsste immer noch, was das ist. Als ich den Rollschuh festgezogen hatte, dankte sie mir und so. Sie war ein sehr nettes, höfliches kleines Mädchen. Gott, ich mag das, wenn ein Kind nett und höflich ist, wenn man ihm den Rollschuh festgezogen hat oder was weiß ich. Die meisten Kinder sind so. Wirklich. Ich fragte sie, ob sie Lust hätte, eine heiße Schokolade oder was weiß ich mit mir zu trinken, aber sie sagte, nein danke. Sie sagte, sie muss sich mit ihrer Freundin treffen. Kinder müssen sich immer mit einem Freund treffen. Das macht mich fertig.

Obwohl Sonntag war und Phoebe nicht mit ihrer Klasse dort sein würde oder so, und obwohl es so feucht und scheußlich war, ging ich den ganzen Weg durch den Park zum Naturkundemuseum. Ich wusste, dass das Mädchen mit den Rollschuhen dieses Museum gemeint hatte. Ich kannte die ganze Museumstour in- und auswendig. Phoebe ging an dieselbe Schule, an der ich als Kind war, und wir gingen damals ständig hin. Wir hatten eine Lehrerin, Miss Aigletinger, die fast jeden verdammten Samstag mit uns dort hinging. Manchmal sahen wir uns die Tiere an, und manchmal sahen wir uns den Kram an, den die Indianer in früheren Zeiten gemacht hatten. Keramik und Strohkörbe und solchen Kram. Ich werde sehr glücklich, wenn ich daran denke. Noch heute. Ich erinnere mich, dass wir meistens, wenn wir uns den ganzen Indianerkram angeguckt hatten, anschließend einen Film in dem großen Auditorium sahen. Kolumbus. Immer zeigten sie Kolumbus, wie er Amerika entdeckt, und die Riesenschwierigkeiten, die er hatte, um Ferdinand und Isabella, die Guten, rumzukriegen, ihm die Kohle zum Schiffekaufen zu leihen, und wie dann die Matrosen meuterten und so. Alle scherten sich den Teufel um den guten Kolumbus, aber man hatte immer jede Menge Bonbons und Kaugummi und so Kram dabei, und in dem Auditorium roch es auch ziemlich gut. Es roch immer so, als würde es draußen regnen, auch wenn es nicht regnete, und man war in dem einzigen schönen, trockenen, behaglichen Raum auf der Welt. Ich mochte dieses verdammte Museum. Ich erinnere mich, dass man durch den Indianerraum musste, um ins Auditorium zu kommen. Es war ein ganz langer Raum, und man durfte nur flüstern. Erst ging die Lehrerin rein, dann die Klasse, und zwar in

Zweierreihen, und jeder ging mit einem zusammen. Ich meistens mit einem Mädchen namens Gertrude Levine. Sie wollte immer Händchen halten, und ihre Hand war immer klebrig oder verschwitzt oder was weiß ich. Der Fußboden war durchgehend aus Stein, und wenn man Murmeln in der Hand hatte und sie fallen ließ, sprangen sie wie verrückt über den ganzen Fußboden und machten einen Heidenlärm, und dann ließ die Lehrerin die Klasse anhalten und ging zurück, um zu sehen, was denn los war. Aber Miss Aigletinger, die wurde nie sauer. Dann kam man an einem ganz langen indianischen Kriegskanu vorbei, das ungefähr so lang war wie drei verfluchte Cadillacs hintereinander, mit ungefähr zwanzig Indianern drin, manche paddelten, manche standen aber auch bloß da und machten einen auf hart, und alle hatten sie Kriegsbemalung im ganzen Gesicht. Hinten im Kanu saß ein sehr gruseliger Typ, der hatte eine Maske auf. Das war der Medizinmann. Bei dem lief's mir kalt den Rücken runter, aber ich mochte ihn trotzdem. Noch was, wenn man im Vorbeigehen eins der Paddel oder was anfasste, sagte einer der Wächter zu einem: »Fasst bitte nichts an, Kinder«, aber das sagte er immer mit einer netten Stimme, nicht wie ein verfluchter Polizist oder was. Dann kam man an einem großen Glaskasten vorbei, da waren Indianer drin, die zum Feuermachen Stöcke aneinander rieben, und eine Squaw, die eine Decke webte. Die Squaw, die die Decke webte, lehnte sich irgendwie vor, so dass man ihren Busen und so sehen konnte. Wir linsten alle ordentlich hin, auch die Mädchen, weil die nicht mehr Busen hatten als *wir*. Kurz bevor man dann ins Auditorium reinging, kam man an einem Eskimo vorbei. Er saß über ein Loch in einem eisigen See gebeugt, und durch das angelte er. Gleich neben dem Loch hatte er ungefähr zwei Fische, die er schon gefangen hatte. Mann, das Museum war voller Glaskästen. Oben waren sogar noch mehr, in denen tranken Rehe an Wasserlöchern, und Vögel flogen wegen des Winters nach Süden. Die Vögel, die ganz vorn waren, waren alle ausgestopft und hingen an Drähten, und die dahinter waren bloß an die Wand gemalt, aber sie sahen alle aus, als würden sie wirklich nach Süden fliegen, und wenn man mit dem Kopf tiefer ging und sie irgendwie von unten her ansah, hatten sie es noch eiliger, nach Süden zu fliegen. Aber das Beste in dem Museum war, dass alles immer genau da blieb, wo es war. Keiner rührte sich vom Fleck. Man konnte hunderttausendmal hingehen, und der Eskimo hätte noch immer gerade die beiden Fische gefangen, die Vögel wären noch immer auf dem Weg nach Süden, die Rehe mit ihren hübschen Geweihen und ihren hübschen dünnen Beinen würden noch immer aus dem Wasserloch trinken und die Squaw mit dem nackten Busen noch immer an derselben Decke weben. Niemand wäre anders. Anders wäre nur man *selbst*. Nicht, dass man so viel älter wäre oder was. Das wohl eher nicht. Man wäre eben einfach anders. Man hätte einen Mantel an. Oder das Kind, mit dem man beim letzten Mal zusammen in der Schlange stand, hätte Scharlach, und man würde mit einem anderen da stehen. Oder statt Miss Aigletinger würde ein Aushilfslehrer mit der Klasse hingehen. Oder man hätte Mutter und Vater im Badezimmer schrecklich streiten hören. Oder man wäre gerade an einer Pfütze auf der Straße mit einem Benzinregenbogen darauf vorbeigekommen. Also, man wäre in irgendeiner Weise *an*ders – ich kann nicht erklären, was ich meine. Und selbst wenn ich's könnte, wüsste ich nicht, ob mir danach wäre.

Beim Gehen zog ich meine gute Jägermütze aus der Tasche und setzte sie auf. Ich wusste, ich würde keinem begegnen, der mich kannte, und es war ziemlich feucht.

Ich lief und lief und dachte dabei immer an die gute Phoebe, dass sie samstags immer in das Museum ging wie ich damals. Ich dachte, dass sie denselben Kram sah, den ich immer gesehen hatte, und wie *sie* nun jedes Mal, wenn sie ihn sah, anders war. Es deprimierte mich eigentlich nicht, wenn ich daran dachte, aber ungeheuer fröhlich machte es mich auch nicht. Manche Sachen, die sollten bleiben, wie sie sind. Man sollte sie in einen großen Glaskasten stecken können und sie einfach so lassen. Ich weiß, das ist unmöglich, aber schade ist es jedenfalls. Jedenfalls dachte ich beim Gehen an das alles.

Ich kam an einem Spielplatz vorbei, blieb stehen und sah zwei sehr kleinen Kindern beim Schaukeln zu. Eins war irgendwie dick, und ich drückte mit der Hand auf das Ende mit dem dünnen Kind, um irgendwie das Gewicht auszugleichen, aber man sah gleich, dass sie mich nicht dabeihaben wollten, also ließ ich sie in Ruhe.

Dann passierte was Komisches. Als ich zum Museum kam, wäre ich auf einmal nicht für eine Million Mäuse reingegangen. Es sprach mich einfach nicht an – und da war ich nun quer durch den ganzen verdammten Park gelaufen und hatte mich darauf gefreut und so. Wenn Phoebe da gewesen wäre, wäre ich wahrscheinlich reingegangen, aber sie war nicht da. Also nahm ich mir vor dem Museum ein Taxi und fuhr zum Biltmore. Mir war nicht besonders danach. Aber ich hatte mich ja mit dieser blöden Sally verabredet.

## 17

Ich kam viel zu früh dort an, also setzte ich mich auf eins der Ledersofas gleich neben der Uhr in der Eingangshalle und beobachtete die Mädchen. Viele Schulen hatten schon Ferien, und hier saßen oder standen ungefähr eine Million Mädchen rum und warteten, dass ihre Verabredung auftauchte. Mädchen mit übereinander geschlagenen Beinen, Mädchen mit nicht übereinander geschlagenen Beinen, Mädchen mit irrsinnigen Beinen, Mädchen mit miesen Beinen, Mädchen, die wie klasse Mädchen aussahen, Mädchen, die aussahen, als wären sie Zicken, wenn man sie näher kannte. Es war wirklich ein netter Anblick, wenn ihr wisst, was ich meine. In gewisser Weise war es auch irgendwie deprimierend, weil man sich ständig fragte, was denn bloß aus allen *werden* würde. Man stellte sich vor, die meisten würden wahrscheinlich dämliche Typen heiraten. Typen, die ständig darüber reden, wie viele Liter auf hundert Kilometer ihre verfluchten Autos brauchen. Typen, die sauer und kindisch werden, wenn man sie beim Golf schlägt oder auch bloß bei so einem dummen Spiel wie Pingpong. Typen, die sehr fies sind. Typen, die nie ein Buch lesen. Typen, die sehr langweilig sind – Aber dabei muss ich vorsichtig sein. Ich meine, manche Typen langweilig zu nennen. Ich verstehe langweilige Typen nicht. Wirklich. Als ich an der Elkton Hills war, teilte ich ungefähr zwei Monate mit einem Jungen das Zimmer, Harris Macklin. Er war sehr intelligent und so, aber er war einer der größten Langweiler, die mir je begegnet sind. Er hatte eine krächzige Stimme, und er hörte praktisch nie auf zu reden. Er hörte nie auf zu reden, und schlimm war, dass er dabei nie was sagte, was man hören wollte. Aber eines konnte er. Der Scheißkerl konnte besser pfeifen als jeder andere, den ich je gehört hatte. Er machte sein Bett oder hängte Sachen in den Schrank – er hängte ständig Sachen in den Schrank – das machte mich wahnsinnig –, und dabei pfiff er, wenn er nicht gerade mit seiner krächzigen Stimme redete. Sogar klassische Sachen konnte er pfeifen, aber meistens pfiff er bloß Jazz. Was sehr Jazziges wie »Tin Roof Blues«, das konnte der so schön locker pfeifen – während er Sachen in den Schrank hängte –, das machte einen fertig. Natürlich *sagte* ich ihm nie, dass er irrsinnig gut pfeifen konnte. Also, man geht doch nicht zu einem hin und sagt: »Du kannst irrsinnig gut pfeifen.« Aber obwohl er mich langweilte, bis ich halb wahnsinnig war, teilte ich mit ihm ungefähr zwei Monate lang das Zimmer, bloß weil er so irrsinnig pfiff, besser als jeder andere, den ich je gehört hatte. Ich kenn mich bei Langweilern also nicht aus. Vielleicht sollte es einem doch nicht so Leid tun, wenn man erlebt, wie ein klasse Mädchen so einen heiratet. Sie tun keinem weh, die meisten jedenfalls, und vielleicht können sie insgeheim alle irrsinnig gut pfeifen oder was weiß ich. Wer weiß das schon? Ich nicht.

Schließlich kam die gute Sally die Treppe hoch, und ich ging runter, ihr entgegen. Sie sah irrsinnig aus. Wirklich. Sie hatte einen schwarzen Mantel an und eine Art schwarzes Barett auf. Sie trug kaum mal einen Hut, aber dieses Barett sah gut aus. Das Komische ist, dass ich sie kaum erblickt hatte, als ich schon Lust hatte, sie zu heiraten. Ich bin verrückt. Ich *mochte* sie nicht mal besonders, und doch war mir auf einmal, als wäre ich in sie verliebt und wollte sie heiraten. Ich schwöre bei Gott, ich bin verrückt. Ich geb's zu.

»Holden!«, sagte sie. »Es ist wundervoll, dich zu sehen! Das ist ja schon *ewig* her.« Sie hatte eine sehr laute, peinliche Stimme, wenn man sie irgendwo traf. Sie kam damit durch, weil sie so verdammt gut aussah, aber sie ging mir immer damit auf die Nerven.

»Klasse, *dich* zu sehen«, sagte ich. Und das meinte ich auch so. »Wie geht's dir denn so?«

»Absolut wundervoll. Komm ich zu spät?«

Ich sagte Nein, aber eigentlich war sie ungefähr zehn Minuten zu spät gekommen. Aber das juckte mich nicht. Der ganze Mist in den Karikaturen in der *Saturday Evening Post* und so mit den Typen, die an der Straßenecke stehen und stinksauer sind, weil ihre Schnecke zu spät kommt – das ist Quatsch. Wenn ein Mädchen klasse aussieht, wenn sie kommt, wen juckt's dann, ob sie zu spät kommt? Keinen. »Wir beeilen uns mal lieber«, sagte ich. »Die Vorstellung fängt um zwanzig vor drei an.« Wir gingen die Treppe runter zu den Taxen.

»Was sehen wir?«, sagte sie.

»Weiß nicht. Die Lunts. Für was andres hab ich keine Karten gekriegt.«

»Die Lunts! Oh, wundervoll!«

Ich hab's euch gesagt, sie dreht durch, wenn sie hört, dass wir die Lunts sehen.

Auf dem Weg zum Theater alberten wir ein bisschen im Taxi rum. Erst wollte sie nicht, weil sie sich die Lippen angemalt hatte und so, aber ich war ungeheuer verführerisch, und ihr blieb keine Wahl. Zweimal, als das verfluchte Taxi im Verkehr abrupt bremste, wäre ich beinahe vom Sitz gefallen. Diese verdammten Fahrer gucken gar nicht richtig hin, wo sie hinfahren, das schwöre ich. Dann, bloß damit ihr seht, wie verrückt ich bin, sagte ich ihr, als wir uns aus unserem heftigen Geklammere lösten, dass ich sie liebe und so. Das war natürlich gelogen, aber die Sache ist die, ich meinte es *ernst*, als ich es sagte. Ich bin verrückt. Das schwöre ich bei Gott.

»Ach, Schatz, ich liebe dich auch«, sagte sie. Dann sagte sie im selben verdammten Atemzug: »Versprich mir, dass du dir die Haare wachsen lässt. Bürstenschnitte werden allmählich piefig. Und du hast so hübsche Haare.«

Von wegen hübsch.

Ich hatte schon schlechtere Shows gesehen. Trotzdem war sie eher Mist. Sie handelte von fünfhunderttausend Jahren im Leben eines alten Paars. Sie fängt an, als sie jung sind und so, und die Eltern des Mädchens wollen nicht, dass sie den Jungen heiratet, aber sie heiratet ihn trotzdem. Dann werden sie immer älter. Der Mann geht in den Krieg, und die Frau hat einen Bruder, der ein Säufer ist. Das hat mich nicht sehr interessiert. Also, ich fand's nicht besonders spannend, wenn jemand in der Familie starb oder was. Die waren ja alle bloß ein Haufen Schauspieler. Der Mann und die Frau waren ein ziemlich nettes altes Paar – sehr witzig und so –, aber ich fand sie nicht besonders spannend. Vor allem tranken sie das ganze Stück hindurch ständig Tee oder irgendwas Blödes. Jedes Mal, wenn man sie sah, stellte ihnen ein Butler Tee vor die Nase, oder die Frau schenkte jemand welchen ein. Und ständig kamen Leute *rein* und gingen wieder *raus* – es wurde einem dabei ganz schwindelig, wie die Leute sich setzten und aufstanden. Alfred Lunt und Lynn Fontanne waren das alte Paar, und sie waren schon sehr gut, aber trotzdem mochte ich sie nicht besonders. Aber sie waren anders, das muss ich doch sagen. Sie spielten nicht wie Leute, und sie spielten auch nicht wie Schauspieler. Es ist schwer zu erklären. Sie spielten eher, als wüssten sie, dass sie prominent sind und so. Also, sie waren gut, aber sie waren *zu* gut. Wenn der eine mit seinem Text zu Ende war, sagte der andere ganz schnell was hinterher. Das sollte wie bei Leuten sein, die richtig reden und einander ins Wort fallen und so. Das Blöde war, es wirkte *zu* sehr wie Leute, die reden und einander ins Wort fallen. Die spielten ein bisschen, wie der gute Ernie im Village Klavier spielt. Wenn man etwas *zu* gut macht und wenn man nicht aufpasst, fängt man nach einer Weile an anzugeben. Und dann ist man nicht mehr so gut. Aber trotzdem, sie waren die Einzigen in der Show – also die Lunts –, die aussahen, als hätten sie richtig was im Kopf. Das muss ich zugeben.

Am Ende des ersten Akts gingen wir mit den andern Deppen raus, eine rauchen. War das ein Aufstand. So viel verlogenes Volk habt ihr in eurem ganzen Leben nicht gesehen, alle pafften sich die Ohren weg und redeten über das Stück, damit jeder auch hören und mitkriegen konnte, wie schlau sie waren. Neben uns stand so ein Filmschauspielerdepp und rauchte. Ich weiß nicht, wie er heißt, aber er spielt in Kriegsfilmen immer die Rolle des Typen, der Schiss hat, kurz bevor es zum Sturmangriff geht. Er war mit einer hinreißenden Blondine da, und beide versuchten, sehr blasiert zu sein und so, als wüsste er gar nicht, dass die Leute ihn ansahen. Ungeheuer bescheiden. Das hat mir einen Mordsspaß gemacht. Die gute Sally schwärmte bloß von den Lunts und redete sonst nicht viel, weil sie ja immerzu gaffen und entzückend aussehen musste. Dann entdeckte sie am andern Ende des Foyers auf einmal einen Deppen, den sie kannte. Einen Typen in einem sehr dunkelgrauen Flanellanzug und einer karierten Weste. Ausgesprochen Edel-Uni. Na, Wahnsinn. Er stand an der Wand, rauchte sich zu Tode und schaute ungeheuer gelangweilt drein. Die gute Sally sagte immerzu: »Den Jungen *kenne* ich doch von irgendwoher.« Immer *kannte* sie einen, egal, wohin man sie mitnahm, oder glaubte, einen zu kennen. Das sagte sie immer wieder, bis ich mich ungeheuer langweilte, also sagte ich zu ihr: »Dann geh doch zu ihm und gib ihm einen Zungenkuss, wenn du ihn kennst. Das findet er bestimmt toll.« Als ich das sagte, wurde sie sauer. Aber dann entdeckte der Depp sie, kam rüber und sagte Tag. Ihr hättet sehen sollen, wie die Tag sagten. Ihr hättet geglaubt, die hätten sich zwanzig Jahre nicht gesehen. Ihr hättet geglaubt, die hätten in derselben Wanne gebadet, als sie klein waren. Alte Kumpel. Es war Ekel erregend. Das Komische daran war, wahrscheinlich waren sie einander nur *einmal* begegnet, auf irgendeiner verlogenen Party. Als sie schließlich fertig waren, sich gegenseitig vollzuschleimen, stellte die gute Sally uns vor. Er hieß George noch was – ich weiß das gar nicht mal mehr – und ging an die Andover. Na, Wahn-sinn. Ihr hättet ihn sehen sollen, als die gute Sally ihn fragte, wie er das Stück fand. Er gehörte zu den verlogenen Typen, die sich *Raum* verschaffen mussten, wenn sie eine Frage beantworteten. Er trat zurück und trat einer Dame hinter ihm satt auf den Fuß. Wahrscheinlich brach er ihr jeden einzelnen Zeh im Leib. Er sagte, das Stück *selbst* sei kein Meisterwerk, aber die Lunts seien natürlich absolut göttlich. *Göttlich*. Meine Güte. *Göttlich*. Das machte mich fertig. Dann fingen er und Sally an, über eine Menge Leute zu reden, die sie beide kannten. Es war die verlogenste Unterhaltung, die ihr in eurem ganzen Leben gehört habt. Beide erinnerten sie sich an Orte, so schnell sie nur konnten, dann erinnerten sie sich an Leute, die dort wohnten, und erwähnten deren Namen. Als es Zeit wurde, wieder reinzugehen, war ich kurz davor zu kotzen. Wirklich. Und dann, als der nächste Akt vorbei war, machten sie mit ihrer verfluchten langweiligen Unterhaltung *weiter*. Sie erinnerten sich an noch mehr Orte und noch mehr Leute, die dort wohnten. Das Schlimmste war, der Depp hatte so eine verlogene Edel-Uni-Stimme, so eine ganz müde, versnobte Stimme. Er klang genau wie ein Mädchen. Und er zögerte *nicht*, sich an mich und Sally dranzuhängen, der Arsch. Ich dachte sogar kurz, der steigt mit uns in das verfluchte Taxi, als das Stück aus war, weil er ungefähr zwei Blocks mit uns ging, aber er traf sich noch mit einem Haufen Angeber auf einen Cocktail, wie er sagte. Ich sah sie schon alle vor mir an einer Bar hocken mit ihren verfluchten karierten Westen, wie sie mit ihren müden, versnobten Stimmen Shows und Bücher und Frauen kritisierten. Diese Typen, die machen mich fertig.

Als wir dann in das Taxi stiegen, hasste ich die gute Sally irgendwie, nachdem ich mir diesen verlogenen Arsch Andover ungefähr zehn Stunden lang hatte anhören müssen. Ich war schon kurz davor, sie nach Hause zu bringen und so – wirklich –, aber da sagte sie: »Ich habe eine wundervolle Idee!« Sie hatte ständig eine wundervolle Idee. »Hör mal«, sagte sie. »Wann musst du zum Abendessen zu Hause sein? Also, hast du's schrecklich eilig oder was? Musst du zu einer bestimmten Zeit zu Hause sein?«

»Ich? Nein. Zu keiner bestimmten Zeit«, sagte ich. Ein wahreres Wort ward nie gesprochen, Mann. »Warum?«

»Gehen wir doch in die Radio City Schlittschuh laufen!«

Solche Ideen hatte sie ständig.

»Schlittschuh laufen in der Radio City? Du meinst, jetzt gleich?«

»Bloß eine Stunde oder so. Willst du nicht? Wenn du nicht *willst*, dann ...«

»Ich hab nicht gesagt, ich will nicht«, sagte ich. »Klar. Wenn du willst.«

»Meinst du das wirklich? *Sag's* nicht einfach bloß, wenn du's nicht wirklich meinst. Also, *mir* ist das schnurz, egal was.«

Von wegen.

»Da kann man so süße kleine Schlittschuhröckchen mieten«, sagte die gute Sally. »Das hat Jeannette Cultz letzte Woche auch gemacht.«

Deshalb wollte sie also unbedingt da hin. Sie wollte sich in einem dieser kleinen Röckchen sehen, das ihr gerade mal über den Hintern reichte und so.

Also gingen wir hin, und nachdem sie uns die Schlittschuhe gegeben hatten, gaben sie Sally so einen kleinen blauen Arschkneifer von Kleid zum Anziehen. Aber sie sah darin wirklich verdammt gut aus. Das muss ich zugeben. Und ich glaube nicht, dass sie das nicht wusste. Sie ging immer vor mir her, damit ich sah, wie süß ihr kleiner Arsch war. Er sah aber auch ziemlich süß aus. Das muss ich zugeben.

Das Komische war dann aber, dass wir die schlechtesten Läufer auf der ganzen verfluchten Bahn waren. Also, die *schlechtesten.* Und dabei waren da schon auch einige Flaschen. Die Knöchel der guten Sally knickten immer weiter um, bis sie praktisch das Eis berührten. Das sah nicht bloß ungeheuer blöd aus, das tat wahrscheinlich auch ungeheuer weh. Meine Knöchel taten jedenfalls ungeheuer weh. Die machten mich fertig. Bestimmt sahen wir sagenhaft aus. Und was die Sache noch schlimmer machte, waren die mindestens zweihundert Gaffer, die nichts Besseres zu tun hatten, als rumzustehen und zuzusehen, wie die Leute über sich und andere stolperten.

»Sollen wir uns drin einen Tisch nehmen und was trinken oder was?«, sagte ich schließlich zu ihr.

»Das ist die wundervollste Idee, die du den ganzen Tag hattest«, sagte sie. Sie machte sich *selber* fertig. Es war brutal. Sie tat mir wirklich Leid.

Wir schnallten die verdammten Schlittschuhe ab und gingen in die Bar, wo man was zu trinken kriegte und in Strümpfen den Läufern zusehen konnte. Kaum saßen wir, zog die gute Sally die Handschuhe aus, und ich gab ihr eine Zigarette. Sie sah nicht besonders glücklich aus. Der Kellner kam, und ich bestellte für sie eine Cola – sie trank nicht – und für mich einen Scotch mit Soda, aber der Scheißkerl wollte mir keinen bringen, also nahm ich auch eine Cola. Dann fing ich irgendwie an, Streichhölzer abzubrennen. Das mache ich ziemlich häufig, wenn ich in einer bestimmten Stimmung bin. Ich lasse die Streichhölzer irgendwie so lange brennen, bis ich sie nicht mehr halten kann, dann werfe ich sie in den Aschenbecher. Ist eine nervöse Angewohnheit.

Dann sagte die gute Sally auf einmal wie aus heiterem Himmel: »Pass auf. Ich muss das wissen. Kommst du jetzt an Heiligabend rüber und hilfst mir den Baum schmücken oder nicht? Ich muss das wissen.« Sie war noch immer zickig wegen ihrer Knöchel vom Schlittschuhlaufen vorher.

»Das hab ich dir doch geschrieben. Das hast du mich schon ungefähr zwanzigmal gefragt. Klar komme ich.«

»Also, ich muss das wissen«, sagte sie. Jetzt sah sie sich in dem ganzen verfluchten Raum um.

Auf einmal hörte ich auf, Streichhölzer abzubrennen, und lehnte mich irgendwie näher zu ihr über den Tisch. Mir gingen einige Themen durch den Kopf. »He, Sally«, sagte ich.

»Was?«, sagte sie. Sie sah zu einem Mädchen am anderen Ende des Raums.

»Hast du schon mal die Nase voll gehabt?«, sagte ich. »Also, hast du schon mal Angst gehabt, dass alles scheußlich wird, wenn du nicht was tust? Also, magst du die Schule und den ganzen Kram?«

»Ich finde alles *irrsinnig* langweilig.«

»Ich meine, hasst du sie? Ich weiß, dass sie irrsinnig langweilig ist, aber *hasst* du sie richtig, das meine ich.«

»Na, so richtig *hassen* nicht. Aber immer muss man ...«

»Also, *ich* hasse sie. Mann, und wie«, sagte ich. »Aber es ist nicht nur das. Es ist alles. Ich hasse es, in New York zu leben und so. Ich hasse Taxen und Madison-Avenue-Busse, wo die Fahrer einen immer anbrüllen, man soll an der hinteren Tür aussteigen und so, und verlogenen Typen vorgestellt zu werden, die die Lunts göttlich nennen, und mit dem Aufzug rauf und runter zu fahren, wo man nur nach draußen will, und Typen, die einem bei Brooks ständig Hosen anpassen, und Leute, die immer ...«

»Bitte schrei nicht«, sagte die gute Sally. Was sehr komisch war, weil ich doch gar nicht schrie.

»Zum Beispiel Autos«, sagte ich. Ich sagte es mit sehr leiser Stimme. »Also, die meisten Leute, die sind scharf auf Autos. Die haben Angst, dass ein kleiner Kratzer dran kommt, und ständig reden sie davon, wie wenig sie auf hundert Kilometer verbrauchen, und wenn sie sich ein nagelneues Auto kaufen, überlegen sie sich schon, dass sie es für eins in Zahlung geben könnten, das noch neuer ist. Dabei mag ich *alte* Autos gar nicht. Also, die interessieren mich gar nicht. Viel lieber hätte ich ein verfluchtes Pferd. Ein Pferd ist wenigstens *menschlich*, Herrgott noch mal. Mit einem Pferd kann man wenigstens ...«

»Ich weiß überhaupt nicht, wovon du sprichst«, sagte die gute Sally. »Du springst von einem ...«

»Weißt du was?«, sagte ich. »Du bist wahrscheinlich der einzige Grund, dass ich jetzt in New York oder überhaupt wo bin. Wenn es dich nicht gäbe, wäre ich jetzt wahrscheinlich weiß der Henker wie weit weg. Im Wald oder was weiß ich. Du bist praktisch der einzige Grund, dass ich noch da bin.«

»Du bist lieb«, sagte sie. Aber man sah schon, dass sie wollte, dass ich das Thema wechselte.

»Du müsstest mal an eine Jungenschule gehen. Versuch's doch mal«, sagte ich. »Die ist voll mit verlogenen Typen, und du büffelst bloß, damit du genug lernst, damit du schlau genug bist, um dir dann irgendwann mal einen verfluchten Cadillac kaufen zu können, und du musst ständig so tun, als würde es dich nicht jucken, wenn die Football-Mannschaft verliert, und du redest den ganzen Tag bloß über Mädchen und Alkohol und Sex, und alle hängen sie in ihren dreckigen kleinen verfluchten Cliquen zusammen. Die Typen von der Basketball-Mannschaft hängen zusammen, die Katholiken hängen zusammen, die verfluchten Intellektuellen hängen zusammen, die Typen, die Bridge spielen, hängen zusammen. Sogar die Typen, die zu dem verfluchten Buch-des-*Monats*-Club gehören, hängen zusammen. Wenn du da versuchst, ein kleines intelligentes ...«

»Also, *hör* mal«, sagte die gute Sally. »Viele Jungen haben aber *mehr* als das von der Schule.«

»Einverstanden! Ja, einverstanden, manche! Aber *ich* nicht. Verstehst du? Darum geht's mir. Genau darum geht's mir, verflucht noch mal«, sagte ich. »Von kaum was hab ich mal was. Ich bin in einer schlechten Verfassung. Ich bin in einer *miesen* Verfassung.«

»Das kann man wohl sagen.«

Dann kam mir auf einmal eine Idee.

»Pass auf«, sagte ich. »Das ist meine Idee. Hättest du Lust, mit mir hier abzuhauen? Das ist meine Idee. Ich kenne so einen Typen in Greenwich Village, dessen Auto können wir für ein paar Wochen leihen. Er war mal an derselben Schule wie ich und schuldet mir noch zehn Mäuse. Wir könnten Folgendes machen, morgen früh könnten wir nach Massachusetts und Vermont fahren und in die Gegend da, ja? Da ist es ungeheuer schön. Wirklich.« Je mehr ich darüber nachdachte, desto aufgeregter wurde ich, und dann langte ich irgendwie zu der guten Sally rüber und nahm ihre verfluchte Hand. Was war ich doch für ein verfluchter *Idiot.* »Ganz ehrlich«, sagte ich. »Ich hab ungefähr hundertachtzig Mäuse auf der Bank. Die kann ich abheben, wenn sie morgen früh aufmacht, und dann könnte ich zu dem Typen gehen und das Auto holen. Ehrlich. Dann wohnen wir da in Hüttenlagern und so Kram, bis uns die Kohle ausgeht. Und dann, wenn uns die Kohle ausgeht, könnte ich irgendwo einen Job kriegen, und wir könnten irgendwo wohnen mit einem Bach und so, und später könnten wir dann heiraten oder was weiß ich. Im Winter könnte ich dann unser Holz selber hacken und so. Ganz ehrlich, das könnte schön werden! Was meinst du? Los! Was meinst du? Machst du das mit mir? Bitte!«

»So was kann man doch nicht *machen*«, sagte die gute Sally. Sie klang ungeheuer sauer.

»Warum nicht? Warum denn nicht?«

»Brüll mich bitte nicht an«, sagte sie. Was Mist war, weil ich sie ja gar nicht anbrüllte.

»Warum denn nicht? Warum nicht?«

»Weil es nicht geht, darum. Überhaupt sind wir beide praktisch noch *Kinder*. Und hast du dir schon mal überlegt, was du machen würdest, wenn du *keinen* Job kriegst, wenn dir das Geld ausgegangen ist? Wir würden ver*hungern*. Das Ganze ist so über*dreht*, das ist nicht mal ...«

»Das ist nicht überdreht. Ich würde einen Job kriegen. Mach dir da mal keine Sorgen. Darüber brauchst du dir keine Sorgen zu machen. Was ist denn los? Willst du nicht mit mir weggehen? *Sag* es, wenn du's nicht willst.«

»*Das* ist es nicht. Das ist es über*haupt* nicht«, sagte die gute Sally. Allmählich hasste ich sie irgendwie. »Dafür haben wir noch reichlich Zeit – für das alles. Also, wenn du erst mal auf dem College warst und so, und wenn wir dann heiraten sollten und so. Wir könnten massenhaft wundervolle Sachen machen. Du bist doch bloß ...«

»Nein, das könnten wir nicht. Wir könnten überhaupt nicht massenhaft Sachen machen. Es wäre alles ganz anders«, sagte ich. Ich wurde wieder ungeheuer deprimiert.

»Was?«, sagte sie. »Ich kann dich nicht hören. Einmal brüllst du mich an, und dann bist du wieder ...«

»Ich sagte, nein, wir könnten keine wundervollen Sachen machen, wenn ich auf dem College gewesen wäre und so. Mach doch die Ohren auf. Es wäre ganz anders. Wir müssten dann im Fahrstuhl mit Koffern und allem Kram runterfahren. Wir müssten alle anrufen und uns von ihnen verabschieden und ihnen aus Hotels und so Ansichtskarten schicken. Und ich würde in einem Büro arbeiten, jede Menge Kohle machen und im Taxi und in Madison-Avenue-Bussen zur Arbeit fahren und ständig Zeitung lesen und Bridge spielen und ins Kino gehen und jede Menge dumme Kurzfilme und Vorschauen und Wochenschauen sehen. Wochenschauen. Mein Gott. Da wird immer ein blödes Pferderennen gezeigt, und irgendeine Kuh zerdeppert eine Flasche an einem Schiff, und ein Schimpanse, der Hosen anhat, fährt auf einem verfluchten Fahrrad. Es wäre überhaupt nicht dasselbe. Du verstehst überhaupt nicht, was ich meine.«

»Vielleicht nicht! Du aber vielleicht *auch* nicht«, sagte die gute Sally. Inzwischen hassten wir einander wie die Pest. Man sah gleich, dass es völlig sinnlos war, sich um ein intelligentes Gespräch zu bemühen. Es tat mir ungeheuer Leid, dass ich damit angefangen hatte.

»Komm, wir hauen hier ab«, sagte ich. »Du gehst mir gewaltig auf den Sack, wenn du's genau wissen willst.«

*Mann*, ging die an die Decke, als ich das sagte. Ich weiß, ich hätte es nicht sagen sollen, und normalerweise

172

hätte ich es wahrscheinlich auch nicht gesagt, aber sie deprimierte mich einfach ungeheuer. Für gewöhnlich sage ich zu Mädchen nie solche groben Sachen. *Mann,* ging die vielleicht an die Decke. Ich entschuldigte mich wie ein Blöder, aber sie nahm meine Entschuldigung nicht an. Sie weinte sogar. Was mir ein bisschen Angst machte, weil ich ein bisschen befürchtete, dass sie nach Hause ging und ihrem Vater erzählte, ich hätte gesagt, dass sie mir auf den Sack geht. Ihr Vater war so ein großer schweigsamer Arsch, und er war jedenfalls nicht sonderlich scharf auf mich. Einmal sagte er zu Sally, ich bin zu verflucht laut.

»Ehrlich. Es tut mir Leid«, sagte ich unablässig.

»Es tut dir Leid. Es tut dir Leid. Das ist aber sehr komisch«, sagte sie. Sie weinte irgendwie noch immer, und auf einmal tat es mir *tatsächlich* irgendwie Leid, dass ich es gesagt hatte.

»Komm schon. Ich bring dich nach Hause. Ehrlich.«

»Ich kann auch allein nach Hause gehen, vielen Dank. Wenn du glaubst, ich würde mich von *dir* nach Hause bringen lassen, bist du wahnsinnig. In meinem ganzen Leben hat das noch kein Junge zu mir gesagt.«

Die ganze Sache war irgendwie komisch, wenn man sich's überlegte, und auf einmal tat ich was, was ich nicht hätte tun sollen. Ich lachte. Und ich habe so eine sehr laute, dumme Lache. Also, wenn ich mal im Kino oder was weiß ich hinter mir säße, würde ich mich wahrscheinlich umdrehen und zu mir sagen, ich soll doch bitte still sein. Das machte die gute Sally noch wütender.

Ich blieb noch eine Weile, bat sie um Verzeihung und versuchte, sie dazu zu bringen, mir zu verzeihen, aber sie wollte nicht. Sie sagte immerzu, ich soll gehen und sie in Ruhe lassen. Also tat ich's dann auch. Ich ging rein, holte meine Schuhe und meinen Kram und ging ohne sie. Das hätte ich nicht tun sollen, aber ich hatte inzwischen ganz schön die Nase voll.

Wenn ihr's genau wissen wollt, ich weiß gar nicht mal, warum ich bei ihr mit diesem Kram angefangen habe. Das mit dem Weggehen, irgendwohin, nach Massachusetts und Vermont und so. Wahrscheinlich hätte ich sie gar nicht mitgenommen, selbst wenn sie mit mir weggewollt hätte. Mit einer wie ihr wäre man nicht weggegangen. Aber das Schreckliche dabei ist, dass ich es *ernst* meinte, als ich sie fragte. Das ist das Schreckliche dabei. Ich schwöre bei Gott, ich bin wahnsinnig.

# 18

Als ich aus der Eisbahn kam, hatte ich irgendwie Hunger, also ging ich in einen Drugstore, aß ein Sandwich mit Schweizer Käse und trank dazu eine Malzmilch, dann ging ich in eine Telefonzelle. Ich dachte, ich klingle vielleicht noch mal die gute Jane an, um zu sehen, ob sie schon zu Hause ist. Also, ich hatte ja den ganzen Abend frei, und ich dachte, ich klingle sie mal an, und wenn sie schon zu Hause ist, geh ich mit ihr irgendwo tanzen oder was weiß ich. Seit ich sie kannte, war ich noch nie mit ihr tanzen gewesen oder was. Einmal hatte ich sie aber tanzen gesehen. Sie schien mir eine sehr gute Tänzerin zu sein. Es war der Ball am Vierten Juli im Club. Da kannte ich sie noch nicht besonders gut, und ich fand, ich sollte mich nicht bei ihr reindrängen. Sie war mit einem schrecklichen Typen da, Al Pike, der an die Choate ging. Ich kannte ihn nicht besonders gut, aber er trieb sich ständig am Swimmingpool rum. Er trug eine lastexartige Badehose, und er sprang ständig vom Turm. Er machte den ganzen Tag immer den gleichen miesen Auerbach. Es war der einzige Sprung, den er konnte, aber den fand er spitze. Bloß Muskeln und kein Hirn. Jedenfalls war Jane an dem Abend mit ihm da. Ich konnte das nicht begreifen. Ich schwör's euch. Als wir uns dann öfter sahen, fragte ich sie, wie sie mit einem dermaßen verlogenen Arsch wie Al Pike gehen konnte. Jane sagte, er ist nicht verlogen. Sie sagte, er hat einen Minderwertigkeitskomplex. Sie tat so, als täte er ihr Leid oder was weiß ich, und das sagte sie nicht bloß so. Sie meinte es ernst. Komisch ist das mit Mädchen. Jedes Mal, wenn man einen Typen erwähnt, der nun wirklich ein Arsch ist – sehr gemein oder sehr eingebildet und so –, und wenn man den dem Mädchen gegenüber erwähnt, sagt sie einem, er hat einen Minderwertigkeitskomplex. Vielleicht *hat* er den ja, aber deshalb kann er trotzdem ein Arsch sein, das ist meine Meinung. Mädchen. Man weiß nie, was sie denken. Einmal vermittelte ich der Zimmergenossin von Roberta Walsh eine Verabredung mit einem Freund von mir. Er hieß Bob Robinson, und *der* hatte nun *wirklich* einen Minderwertigkeitskomplex. Man sah gleich, dass er sich sehr für seine Eltern schämte und so, weil die »gib sie was« und »gib ihn was« und solchen Kram sagten und nicht sehr reich waren. Aber der war kein Arsch oder was. Er war ein richtig netter Typ. Aber diese Zimmergenossin von Roberta Walsh mochte ihn überhaupt nicht. Sie erzählte Roberta, er ist zu eingebildet – und sie hielt ihn deshalb für eingebildet, weil er zufällig erwähnt hatte, dass er Kapitän des Debattierteams war. So was Unwichtiges, und sie hielt ihn für eingebildet! Das Blöde mit Mädchen ist, wenn sie einen Jungen mögen, egal, was für ein großer Arsch er ist, sagen sie, er hat einen Minderwertigkeitskomplex, und wenn sie ihn *nicht* mögen, egal, wie nett er ist oder wie groß sein Minderwertigkeitskomplex ist, sagen sie, er ist eingebildet. Sogar schlaue Mädchen machen das.

Jedenfalls klingelte ich wieder bei der guten Jane an, aber bei ihr war keiner, also musste ich wieder auflegen. Dann musste ich in meinem Adressbuch nachsehen, wer denn für den Abend verfügbar sein konnte. Das Blöde war aber, in meinem Adressbuch stehen nur ungefähr drei Leute. Jane, dieser Mann, Mr. Antolini, der mein Lehrer an der Elkton Hills war, und die Büronummer meines Vaters. Ich vergesse ständig, die Namen der Leute einzutragen. Schließlich klingelte ich also bei dem guten Carl Luce an. Er hatte an der Whooton School seinen Abschluss gemacht, nachdem ich da abgegangen war. Er war ungefähr drei Jahre älter als ich, und ich mochte ihn nicht besonders, aber er war einer von diesen sehr intellektuellen Typen – er hatte den höchsten IQ von allen Jungen an der Whooton –, und ich dachte, vielleicht will er ja mit mir irgendwo was essen gehen und eine leicht intellektuelle Unterhaltung führen. Manchmal war er sehr anregend. Also klingelte ich ihn an. Er ging jetzt an die Columbia, aber er wohnte in der 65sten Straße und so, und ich wusste, er würde zu Hause sein. Als ich ihn dran hatte, sagte er, zum Essen würde er es nicht schaffen, aber auf ein Glas würde er kommen, um zehn Uhr in der Wicker Bar in der 54sten Straße. Ich glaube, er war ziemlich überrascht, von mir zu hören. Einmal hatte ich ihn einen verlogenen Fettarsch genannt.

Bis zehn Uhr musste ich noch eine ganze Menge Zeit totschlagen, was machte ich also, ich ging ins Kino in der Radio City. Das war wahrscheinlich das Schlimmste, was ich tun konnte, aber das Kino war nah, und was anderes war mir nicht eingefallen.

Als ich reinkam, lief gerade die verfluchte Bühnenshow. Die Rockettes schlenkerten sich den Kopf weg, wie sie es eben tun, wenn sie alle in einer Reihe stehen und einander die Arme um die Taille gelegt haben. Das Publikum klatschte wie blöd, und ein Typ hinter mir sagte ständig zu seiner Frau: »Weißt du, was das ist? Das ist Präzision.« Das machte mich fertig. Dann, nach den Rockettes, kam ein Typ im Smoking und auf Rollschuhen, der fuhr unter einem Haufen kleiner Tische hindurch und erzählte dabei Witze. Er war ein sehr guter Rollschuhläufer und so, aber es machte mir keinen Spaß, weil ich mir immerzu vorstellte, wie er *übte*, ein Typ zu sein, der auf der Bühne Rollschuh läuft. Das kam mir so dumm vor. Wahrscheinlich war ich bloß nicht in der rechten Stimmung. Danach kam der Weihnachtskrempel, den sie jedes Jahr in der Radio City haben. Da kommen überall Engel aus den Kartons und von überall her, Typen tragen Kruzifixe und solchen Kram rum, und der ganze Laden – *Tausende* sind das – singt wie blöd »Herbei, o ihr Gläubigen!« Na, Wahnsinn. Das soll ungeheuer fromm sein, ich weiß, und sehr hübsch und so, aber Herrgott, ich kann nichts Frommes oder Hübsches darin sehen, wenn ein Haufen Schauspieler Kruzifixe über die Bühne schleppt. Als alle dann fertig waren und wieder in ihre Kartons stiegen, sah man gleich, dass sie es kaum erwarten konnten, eine zu rauchen oder was weiß ich. Im Jahr davor hatte ich das alles mit der guten Sally Hayes gesehen, und sie hatte ständig gesagt, wie schön es ist, die Kostüme und so. Ich sagte, der gute Jesus hätte wahrscheinlich gekotzt, wenn Er das gesehen hätte – die ganzen komischen Kostüme und so. Sally sagte, dass ich ein gotteslästerlicher Atheist bin. Das bin ich wahrscheinlich auch. *Wirklich* gefallen hätte Jesus der Typ, der im Orchester die Kesselpauken spielt. Den Typ hatte ich seit meinem achten Lebensjahr beobachtet. Mein Bruder Allie und ich, wenn wir mit unseren Eltern und so da waren, rutschten wir immer mit unseren Stühlen ganz weit nach vorn, damit wir ihn besser sehen konnten. Er ist der beste Schlagzeuger, den ich je gesehen habe. Während des ganzen Stücks kriegt er nur ein paar Mal Gelegenheit, die Pauken zu schlagen, aber wenn er es nicht tut, wirkt er nie gelangweilt. Und wenn er sie dann schlägt, macht er es so nett und süß, und er hat dabei so einen nervösen Ausdruck im Gesicht. Einmal, als wir mit meinem Vater in Washington waren, schickte Allie ihm eine Postkarte, aber die hat er bestimmt nie gekriegt. Wir wussten nicht so recht, welche Adresse wir draufschreiben sollten.

Nachdem der Weihnachtskrempel zu Ende war, fing der verfluchte Film an. Er war so miserabel, dass ich nicht

die Augen davon loskriegte. Er handelte von einem eng-
lischen Typ, Alec noch was, der im Krieg war und im Lazarett das Gedächtnis verliert und so. Er kommt aus dem
Lazarett mit einem Stock und humpelt durch die Gegend,
durch ganz London, und weiß nicht, wer zum Henker er
nun ist. Er ist eigentlich ein Herzog, aber das weiß er
nicht. Dann begegnet er einem netten, anständigen, ehrlichen Mädchen, das gerade in einen Bus steigt. Ihr verfluchter Hut weht ihr davon, und er fängt ihn auf, dann
gehen sie nach oben und setzen sich hin und unterhalten
sich über Charles Dickens. Das ist der Lieblingsautor von
beiden und so. Er hat *Oliver Twist* dabei und sie auch. Ich
hätte kotzen können. Jedenfalls verlieben sie sich auf der
Stelle, weil sie eben beide so verrückt auf Charles Dickens
sind und so, und er hilft ihr in ihrem Verlag. Das Mädchen
ist nämlich Verlegerin. Bloß läuft der Laden nicht besonders, weil ihr Bruder säuft und ihre ganze Kohle ausgibt.
Er ist ein sehr verbitterter Typ, der Bruder, weil er im
Krieg Arzt war, und jetzt kann er nicht mehr operieren,
weil er mit den Nerven runter ist, also schluckt er die
ganze Zeit, aber er ist ziemlich witzig und so. Jedenfalls
schreibt der gute Alec ein Buch, und das Mädchen veröffentlicht es, und beide machen sie einen hübschen Haufen Kohle damit. Sie sind kurz vor der Hochzeit, als ein
anderes Mädchen auftaucht, die gute Marcia. Marcia war
Alecs Braut, bevor er das Gedächtnis verlor, und sie
erkennt ihn, als er in einem Geschäft Bücher signiert. Sie
sagt dem guten Alec, er ist in Wirklichkeit ein Herzog und
so, aber er glaubt ihr nicht und will auch nicht mit ihr
seine Mutter besuchen gehen und so. Seine Mutter ist
blind wie eine Fledermaus. Aber das andere Mädchen,
die anständige, sagt, er soll gehen. Sie ist sehr edel und
so. Also geht er mit. Aber noch immer kommt sein Gedächtnis nicht wieder, selbst als seine große Dogge an

ihm hochspringt und seine Mutter ihm mit den Fingern im ganzen Gesicht rumstochert und ihm seinen Teddybären bringt, den er als Kind besabbert hat. Aber dann, eines Tages, spielen Kinder auf dem Rasen Kricket, und er kriegt einen Kricketball an den Kopf. Und da hat er auf der Stelle sein verdammtes Gedächtnis wieder, und er geht rein und küsst seine Mutter auf die Stirn und so. Dann ist er wieder ein ganz normaler Herzog und vergisst die anständige Puppe mit ihrem Verlag. Ich würde euch auch noch den Rest der Geschichte erzählen, aber dann würde ich wahrscheinlich kotzen. Nicht, dass ich euch was *verderben* würde oder so. Da gibt's nichts zu *verderben*, Herrgott. Jedenfalls heiraten am Ende der Herzog und die anständige Puppe, und der Bruder, der Säufer, kriegt seine Nerven wieder in den Griff und operiert Alecs Mutter, dass sie wieder sehen kann, und dann verknallen sich der besoffene Bruder und die gute Marcia ineinander. Am Ende sitzen alle an einem langen Esstisch und lachen sich schlapp, weil die dänische Dogge mit einem Haufen Welpen reinkommt. Alle hatten wohl gedacht, sie war irgendwie ein verfluchter Rüde. Ich kann bloß sagen, seht euch den Film nicht an, wenn ihr euch nicht vollkotzen wollt.

Was mich dann aber erledigte, neben mir saß eine Dame, die den ganzen verfluchten Film durch heulte. Je verlogener er wurde, desto mehr heulte sie. Ihr hättet wahrscheinlich geglaubt, sie heult, weil sie ungeheuer gutherzig ist, aber ich saß direkt neben ihr, und das war sie nicht. Sie hatte einen kleinen Jungen dabei, der sich ungeheuer langweilte und auf die Toilette musste, aber sie ging nicht mit ihm raus. Ständig sagte sie zu ihm, er soll stillsitzen und sich benehmen. Sie war ungefähr so gutherzig wie ein verfluchter Wolf. Da heulen sie sich wegen so einem verlogenen Kram in einem Film die verfluchten

180

Augen aus, und in neun von zehn Fällen sind sie im Grunde gemeine Ärsche. Ganz im Ernst.

Als der Film zu Ende war, machte ich mich auf den Weg zur Wicker Bar, wo ich mich mit dem guten Carl Luce treffen sollte, und unterwegs dachte ich irgendwie über den Krieg und so nach. Bei Kriegsfilmen muss ich das immer. Ich glaube, ich könnte es nicht aushalten, wenn ich in den Krieg müsste. Wirklich nicht. Es wäre nicht so schlimm, wenn sie einen einfach rausgreifen und erschießen würden oder was weiß ich, aber man muss ja so verflucht lange in der *Armee* bleiben. Das ist doch das Dumme. Mein Bruder D. B. war vier verfluchte Jahre in der Armee. Er war auch im Krieg – bei der Landung in der Normandie und so –, aber ich glaube, mehr als den Krieg hat er die Armee gehasst. Zu der Zeit war ich praktisch ein Kind, aber ich weiß noch, als er auf Heimaturlaub nach Hause kam und so, lag er praktisch die ganze Zeit auf dem Bett. Er ließ sich kaum mal im Wohnzimmer blicken. Später, als er nach Übersee ging und im Krieg war und so, wurde er nicht verwundet oder so was und musste auch keinen erschießen. Er musste bloß immer den ganzen Tag so einen Cowboygeneral in dessen Jeep rumfahren. Einmal sagte er zu Allie und mir, wenn er einen hätte erschießen müssen, hätte er gar nicht gewusst, in welche Richtung er schießen sollte. Er sagte, bei der Armee gibt es praktisch genauso viele Ärsche wie bei den Nazis. Ich weiß noch, dass Allie ihn mal fragte, ob es denn nicht auch irgendwie gut ist, dass er im Krieg war, weil er doch Schriftsteller ist, und da hätte er doch eine Menge Stoff zum Schreiben und so. Er sagte zu Allie, er soll seinen Baseballhandschuh holen, und dann fragte er ihn, wer der beste Kriegsdichter ist, Rupert Brooke oder Emily Dickinson. Allie sagte, Emily Dickinson. Ich weiß darüber nicht besonders viel, weil ich nicht viel Lyrik lese, aber *eins* weiß ich, ich würde wahnsinnig, wenn ich in der Armee wäre und mit einem Haufen Typen wie Ackley und Stradlater und dem guten Maurice die ganze Zeit marschieren müsste und so. Ich war mal bei den Pfadfindern, ungefähr eine Woche lang, und ich ertrug es nicht mal, auf den Nacken des Typs vor mir zu sehen. Ständig sagen sie einem, man soll auf den Nacken des Typs vor einem sehen. Ich schwör's euch, sollte jemals wieder Krieg sein, dann greifen sie mich am besten gleich raus und stellen mich vor ein Erschießungskommando. Dagegen hätte ich nichts. Aber was ich bei D. B. nicht kapiere, er hat den Krieg dermaßen gehasst, und trotzdem hat er mir letzten Sommer das Buch *In einem anderen Land* zu lesen gegeben. Er fand das irrsinnig. Und genau das verstehe ich nicht. In dem Buch ist ein Typ namens Leutnant Henry, der ein netter Typ und so sein soll. Ich begreife nicht, wie D. B. die Armee und den Krieg dermaßen hassen und trotzdem einen verlogenen Typ wie den mögen konnte. Also, ich verstehe beispielsweise nicht, wie er so ein verlogenes Buch mögen konnte und trotzdem auch noch das von Ring Lardner oder das andere, auf das er so scharf ist, *Der große Gatsby*. D. B. wurde sauer, als ich das sagte, und sagte, dass ich zu jung bin und so, um es würdigen zu können, aber das finde ich nicht. Ich sagte ihm, dass ich Ring Lardner und *Der große Gatsby* und so mag. Das stimmt auch. Ich war scharf auf *Der große Gatsby*. Der gute Gatsby. Altes Haus. Das machte mich fertig. Jedenfalls bin ich irgendwie froh, dass sie die Atombombe erfunden haben. Wenn je wieder Krieg ist, dann setz ich mich ganz oben drauf. Dazu melde ich mich freiwillig, das schwöre ich bei Gott.

## 19

Falls ihr nicht in New York wohnt, die Wicker Bar ist in so
einem schnieken Hotel, dem Seton Hotel. Ich bin da mal
ziemlich oft hingegangen, aber jetzt nicht mehr. Hab mich
da zunehmend weniger blicken lassen. Das ist ein Laden,
der angeblich sehr kultiviert ist und so, aber da wimmelt's
nur so von Angebern. Früher hatten sie zwei französische
Puppen, Tina und Janine, die spielten ungefähr dreimal
am Abend Klavier und sangen. Die eine spielte Klavier –
ausgesprochen mies –, und die andere sang, und die meisten Songs waren entweder ziemlich unanständig oder auf
Französisch. Die Sängerin, die gute Janine, säuselte immer in das verfluchte Mikrofon, bevor sie sang. Sie sagte:
»Und nun möschten wirr Innen gern unsere Impression
von Wulle Wu Frangsee gebben. Es iest die Geschischte
von ein kleine frangsösische Medschen, das kommt in
eine große Stadt, so wie New York, und verlibbt sisch in
eine kleine Junge aus Brookleen. Wirr offen, es gefällt Innen.« Als sie dann fertig war mit dem ganzen Gesäusel
und Ungeheuer-süß-Sein, sang sie ein dämliches Lied,
halb auf Englisch und halb auf Französisch, und trieb das
ganze verlogene Volk in dem Laden vor Freude in den
Wahnsinn. Wenn man da lange genug rumsaß und die
ganzen Angeber applaudieren hörte und so, hasste man
schließlich jeden auf der Welt, das schwöre ich euch. Auch
der Barmann war ein Miesling. Er war ein Riesensnob. Er
redete kaum mit einem, außer man war eine große Nummer oder prominent oder was weiß ich. War man *tatsächlich* eine große Nummer oder prominent oder so was,
war er noch ekelerregender. Dann kam er zu einem und

sagte mit seinem fetten reizenden Lächeln, als wäre er ein ungeheuer klasse Typ, wenn man ihn näher kannte: »Na?! Was macht Connecticut?« oder »Was macht Florida?« Es war ein schrecklicher Laden, im Ernst, ich hab mich da nicht mehr blicken lassen, zunehmend weniger.

Es war noch ziemlich früh, als ich hinkam. Ich setzte mich an die Bar – sie war ziemlich voll – und trank ein paar Scotch mit Soda, noch bevor der gute Luce überhaupt auftauchte. Wenn ich sie bestellte, stand ich immer auf, damit sie sahen, wie groß ich war und so, und nicht dachten, ich wär ein verdammter Minderjähriger. Dann beobachtete ich die Angeber eine Weile. Ein Typ neben mir belatscherte wie ein Blöder die Puppe, mit der er da war. Er sagte ihr unablässig, sie hat aristokratische Hände. Das machte mich fertig. Am anderen Ende der Bar standen lauter Homos. Sie sahen nicht besonders danach aus – also, sie hatten keine langen Haare oder was –, aber trotzdem sah man gleich, dass das Homos waren. Schließlich tauchte der gute Luce auf.

Der gute Luce. War das ein Typ. Als ich an der Whooton war, sollte er eigentlich mein Studienberater sein. Aber eigentlich redete er immer bloß über Sex und so, nachts, wenn ein Haufen Typen beim ihm im Zimmer war. Er wusste einiges über Sex, besonders über Perverse und so. Er erzählte uns immer von einer Menge gruseliger Typen, die was mit einem Schaf haben, und Typen, die sich eine Mädchenunterhose in ihren Hut genäht haben. Und Homos und Lesbierinnen. Der gute Luce wusste genau, wer in den Vereinigten Staaten Homo und wer Lesbierin war. Man brauchte nur jemanden – egal wen – zu erwähnen, und der gute Luce sagte einem, ob der ein Homo war oder nicht. Manchmal war es kaum zu glauben, von welchen Leuten der sagte, die sind Homos oder Lesbierinnen und so, Filmschauspieler und so was. Manche, von denen er sagte, sie sind Homos, waren sogar verheiratet, Herrgott. Ständig sagte man zu ihm: »Du meinst, Joe Blow ist ein Homo? *Joe Blow*? Dieser große, harte Typ, der ständig Gangster und Cowboys spielt?« Dann sagte der gute Luce: »Aber sicher.« Er sagte immer »Aber sicher«. Er sagte, es spielt keine Rolle, ob einer verheiratet ist oder nicht. Er sagte, die Hälfte der verheirateten Typen auf der Welt sind Homos und wissen es nicht mal. Er sagte, man kann praktisch über Nacht einer werden, wenn man alle Anlagen dazu hat und so. Er jagte uns immer eine Heidenangst ein. Ich wartete ständig darauf, dass ich ein Homo wurde oder was weiß ich. Das Komische an dem guten Luce war, ich dachte immer, der ist irgendwie selber eine Art Homo. Ständig sagte er: »Wie wär's damit«, und dann fingerte er einem wie blöd am Hintern rum, wenn man gerade den Gang langging. Und jedes Mal, wenn er aufs Klo ging, ließ er die Tür offen und *unterhielt* sich mit einem, während man sich die Zähne putzte oder was weiß ich. Das ist doch irgendwie schwul. Wirklich. Ich bin einigen Homos begegnet, an Schulen und so, die machten immer solchen Kram, und deshalb hatte ich auch immer meine Zweifel wegen Luce. Aber ein ziemlich intelligenter Typ war er schon. Wirklich.

Wenn er einen traf, sagte er nie Tag oder was. Als Erstes sagte er, als er sich hinsetzte, dass er nur ein paar Minuten bleiben kann. Er sagte, er hat eine Verabredung. Dann bestellte er einen trockenen Martini. Er sagte zu dem Barmann, er soll ihn sehr trocken machen, und keine Olive.

»He, ich hab 'n Homo für dich«, sagte ich zu ihm. »Am Ende der Bar. Sieh jetzt nicht hin. Den hab ich für dich aufgehoben.«

»Sehr komisch«, sagte er. »Der gute alte Caulfield. Wann wirst du endlich erwachsen?«

Ich langweilte ihn ziemlich. Wirklich. Aber ich fand ihn

lustig. Er gehörte zu den Typen, die ich ziemlich lustig finde.

»Was macht dein Sexleben?«, fragte ich ihn. Er konnte es nicht ausstehen, wenn man ihn solchen Kram fragte.

»Entspann dich«, sagte er. »Versuch dich einfach mal zu entspannen, Herrgott.«

»Ich bin entspannt«, sagte ich. »Was macht die Columbia? Gut da?«

»Sicher ist es gut da. Wenn's da nicht gut wär, dann wäre ich gar nicht hin«, sagte er. Er konnte manchmal auch selber ganz schön langweilig sein.

»Was machst'n als Hauptfach?«, fragte ich ihn. »Perverse?«

»Was soll'n das sein – komisch?«

»Nein. Ich mach bloß Spaß«, sagte ich. »Hör mal, he, Luce. Du bist doch einer von diesen Intellektuellen. Ich brauch deinen Rat. Ich bin in 'ner irrsinnigen ...«

Er ließ einen tiefen Stöhner ab. »*Hör* mal, Caulfield. Wenn du hier sitzen willst und in aller Ruhe ein Glas trinken und dich in aller *Ruhe* unterhal...«

»Schon gut, schon gut«, sagte ich. »Entspann dich.« Man sah gleich, dass ihm nicht danach war, was Ernstes mit mir zu diskutieren. Das ist das Blöde mit diesen Intellektuellen. Die wollen nie was Ernstes diskutieren, außer, ihnen *selbst* ist danach. Also diskutierte ich eben nur allgemeine Themen mit ihm. »Ganz im Ernst, wie ist dein Sexleben?«, fragte ich ihn. »Gehst du immer noch mit der Puppe, mit der du an der Whooton zusammen warst? Die mit den irrsinnigen ...«

»Großer Gott, nein«, sagte er.

»Wie das? Was ist mit ihr passiert?«

»Ich habe *keinen* blassen Schimmer. Soweit ich weiß, wenn du schon fragst, ist sie inzwischen wahrscheinlich die größte Hure von New Hampshire.«

»Das ist aber nicht schön. Wenn sie schon so anständig war, dich die ganze Zeit ranzulassen, dann solltest du wenigstens nicht so über sie reden.«

»Oh, Gott!«, sagte der gute Luce. »Wird das jetzt eine von den typischen Caulfield-Unterhaltungen? Das will ich sofort wissen.«

»Nein«, sagte ich, »aber schön ist es trotzdem nicht. Wenn sie so anständig und nett war, dich . . .«

»*Müssen* wir denn diesen grässlichen Gedankengang fortführen?«

Ich sagte nichts. Ich hatte irgendwie Angst, er würde aufstehen und gehen, wenn ich nicht die Klappe hielt. Also bestellte ich mir nur noch was. Ich hatte große Lust, mich volllaufen zu lassen.

»Mit wem gehst'n jetzt so?«, fragte ich ihn. »Meinst du, du könntest mir das sagen?«

»Kennst du nicht.«

»Ja, aber wer? Vielleicht kenne ich sie ja doch.«

»Das Mädchen wohnt im Village. Bildhauerin. Wenn du's schon wissen musst.«

»Ja? Im Ernst? Wie alt ist sie?«

»Das hab ich sie doch nicht *gefragt*, Herrgott.«

»Na ja, wie alt ungefähr?«

»Ich schätze mal, sie ist Ende dreißig«, sagte der gute Luce.

»Ende *dreißig*? Ja? Magst du das?«, fragte ich ihn. »Magst du's, wenn sie alt sind?« Ich fragte das deshalb, weil er wirklich einiges über Sex und so wusste. Er war einer der wenigen Typen, von dem ich wusste, dass er es auch tat. Er hatte schon mit vierzehn seine Jungfräulichkeit verloren, in Nantucket. Wirklich.

»Ich mag reife Menschen, wenn du das meinst. Aber sicher.«

»Wirklich? Warum? Ehrlich, sind die beim Sex und so besser?«

»Hör mal zu. Damit eines klar ist. Ich weigere mich, heute Abend jedwede typischen Caulfield-Fragen zu beantworten. Wann wirst du bloß *endlich* erwachsen, Mensch?«

Ich sagte eine Weile nichts. Ich ließ es eine Weile sacken. Dann bestellte der gute Luce noch einen Martini und sagte dem Barmann, er soll ihn noch viel trockener machen.

»Hör mal. Wie lange gehst du denn schon mit dieser Bildhauerpuppe?«, fragte ich ihn. Das interessierte mich wirklich. »Hast du sie schon gekannt, als du an der Whooton warst?«

»Wohl kaum. Sie ist erst vor ein paar Monaten ins Land gekommen.«

»Tatsächlich? Wo ist sie her?«

»Sie stammt zufällig aus Schanghai.«

»Ehrlich! Sie ist Chi*nesin*, Herrgott?«

»Offensichtlich.«

»Ehrlich! Magst du das? Dass sie Chinesin ist?«

»Offensichtlich.«

»Warum? Das würde mich schon sehr interessieren – wirklich.«

»Zufällig finde ich die östliche Philosophie einfach befriedigender als die westliche. Wo du schon *fragst*.«

»Tatsächlich? Was meinst'n mit ›Philosophie‹? Meinst du Sex und so? Meinst du, der ist in China besser? Meinst du das?«

»Nicht notwendigerweise in *China*, Herrgott. Der *Osten*, hab ich gesagt. Müssen wir denn mit dieser hirnverbrannten Unterhaltung fortfahren?«

»Hör mal, das mein ich ernst«, sagte ich. »Ehrlich. Warum ist der im Osten besser?«

»Das ist zu komplex, um es jetzt näher zu erörtern, Herrgott«, sagte der gute Luce. »Die betrachten Sex zufällig eben als körperliche wie auch als spirituelle Erfahrung. Wenn du glaubst, ich ...«

»Ich auch! Ich betrachte das auch als Wiehastenochgesagt – als körperliche und spirituelle Erfahrung und so. Aber das hängt davon ab, mit wem ich es eben gerade mache. Wenn ich es mit einer mache, die ich nicht mal ...«

»Nicht so *laut*, Herrgott, Caulfield. Wenn du es nicht schaffst, leise zu sprechen, dann lassen wir das Ganze ...«

»Schon gut, aber hör mal«, sagte ich. Ich war nun erregt und redete wohl *tatsächlich* ein bisschen zu laut. Manchmal rede ich ein bisschen laut, wenn ich erregt bin. »Aber genau das meine ich doch«, sagte ich. »Ich weiß, es soll körperlich und spirituell sein und künstlerisch und so. Aber ich meine doch nur, es geht nicht mit *jeder* – jedem Mädchen, mit dem man knutscht und so –, dass es dann so wird. Oder?«

»Lassen wir's«, sagte der gute Luce. »Wenn's dir recht ist.«

»Schon gut, aber hör mal. Du und diese chinesische Puppe. Was ist bei euch beiden so gut?«

»*Lassen* wir's, hab ich gesagt.«

Ich wurde ein wenig zu persönlich. Das ist mir klar. Aber das war auch was Ärgerliches bei Luce. Als wir an der Whooton waren, brachte er einen dazu, den persönlichsten Kram zu beschreiben, der einem *selbst* passiert ist, aber wenn man *ihm* dann Fragen über *ihn* stellte, wurde er sauer. Diese intellektuellen Typen führen eine intellektuelle Unterhaltung bloß dann gern, wenn sie den Ton angeben. Immer wollen sie, dass man die Klappe hält, wenn *sie* die Klappe halten, und aufs Zimmer geht, wenn *sie* aufs Zimmer gehen. Als ich an der Whooton war, fand der gute Luce es immer schrecklich – das merkte man gleich –, wenn er einem Haufen von uns auf seinem

Zimmer seinen Sexvortrag gehalten hatte und wir dann noch blieben und eine Weile untereinander darüber quatschten. Also, die andern Typen und ich. Bei 'nem andern auf dem Zimmer. Das fand der gute Luce schrecklich. Wenn er nicht mehr die große Nummer war, wollte er immer, dass jeder auf sein Zimmer ging. Es war nämlich so, dass er Angst davor hatte, er hatte Angst davor, dass einer was Schlaueres sagte als *er*. Ich fand ihn wirklich lustig.

»Vielleicht gehe ich nach China. Mein Sexleben ist mies«, sagte ich.

»Natürlich. Du bist geistig unreif.«

»Ja. Das stimmt. Das weiß ich«, sagte ich. »Weißt du, was das Blöde mit mir ist? Nie kann ich bei einem Mädchen, das ich nicht sehr mag, richtig heiß werden – also, *richtig* heiß. Also, da muss ich sie schon *sehr* mögen. Wenn nicht, vergeht mir jede Lust auf sie und so. Mann, das versaut mir mein Sexleben richtig schlimm. Mein Sexleben ist Scheiße.«

»Natürlich ist es das, Herrgott. Ich hab dir doch schon beim letzten Mal gesagt, was du brauchst.«

»Du meinst, ich soll zu einem Psychoanalytiker gehen und so?«, sagte ich. Das hatte er mir nämlich gesagt. Sein Vater war Psychoanalytiker und so.

»Es ist deine Sache, Herrgott. Es geht mich doch einen feuchten Dreck an, was du mit deinem Leben anfängst.«

Ich sagte eine Weile gar nichts. Ich dachte nach.

»Angenommen, ich geh zu deinem Vater und lass mich von ihm psychoanalysieren und so«, sagte ich. »Was würde er mit mir machen? Also, was würde er mit mir machen?«

»Der würde überhaupt nichts mit dir machen. Er würde einfach mit dir reden, und du würdest mit ihm reden, Herrgott. Zum einen würde er dir helfen, deine Denkmuster zu erkennen.«

»Meine was?«

»Deine Denkmuster. Dein Denken verläuft in – Hör mal. Ich gebe dir jetzt keinen Grundkurs in Psychoanalyse. Wenn es dich interessiert, ruf ihn an und mach einen Termin. Wenn nicht, dann eben nicht. Ehrlich gesagt, ist mir das ziemlich egal.«

Ich legte ihm die Hand auf die Schulter. Mann, fand ich den lustig. »Du bist ein richtig freundlicher Arsch«, sagte ich zu ihm. »Weißt du das?«

Er sah auf seine Armbanduhr. »Ich muss los«, sagte er und stand auf. »War nett mit dir.« Er gab dem Barmann ein Zeichen und sagte ihm, er wolle die Rechnung.

»He«, sagte ich, kurz bevor er abzischte. »Hat dein Vater dich auch schon mal psychoanalysiert?«

»Mich? Warum fragst du?«

»Einfach so. Aber hat er's gemacht? Hat er das getan?«

»Nicht so richtig. Er hat mir geholfen, mich bis zu einem gewissen Grad *an*zupassen, aber eine umfassende Psychoanalyse war nicht notwendig. Warum fragst du?«

»Einfach so. Ich hab nur so gedacht.«

»Na ja. Mach's gut«, sagte er. Er legte sein Trinkgeld hin und so und wandte sich zum Gehen.

»Bleib doch noch auf ein Glas«, sagte ich zu ihm. »Bitte. Ich bin ungeheuer einsam. Ehrlich.«

Aber er sagte, er kann nicht. Er sagte, er ist schon spät dran, und dann haute er ab.

Der gute Luce. Er ging einem ausgesprochen auf den Sack, aber er hatte auf jeden Fall einen tollen Wortschatz. Er hatte den größten Wortschatz von allen Jungen an der Whooton, als ich da war. Die haben Tests mit uns gemacht.

## 20

Ich blieb weiter da sitzen, wurde immer betrunkener und wartete darauf, dass Tina und Janine, die Guten, auftraten und ihren Kram zum Besten gaben, aber sie waren nicht da. Dafür kam ein Typ mit welligen Haaren, der wie ein Warmer aussah, und spielte Klavier, und dann kam so eine neue Puppe raus, Valencia, und sang. Sie war nicht gut, aber sie war besser als Tina und Janine, die Guten, und wenigstens sang sie gute Songs. Das Klavier stand gleich neben der Bar, wo ich saß und so, und die gute Valencia stand praktisch genau neben mir. Ich zwinkerte ihr irgendwie zu, aber sie tat, als würde sie mich überhaupt nicht wahrnehmen. Wahrscheinlich hätte ich das nicht gemacht, wenn ich nicht so ungeheuer betrunken gewesen wäre. Als sie fertig war, rannte sie so schnell raus, dass ich gar nicht erst die Gelegenheit bekam, sie auf ein Glas einzuladen, also rief ich den Oberkellner her. Ich sagte ihm, er soll die gute Valencia fragen, ob sie Lust hätte, was mit mir zu trinken. Er sagte, er will es ihr ausrichten, aber wahrscheinlich tat er es nicht. Die Leute richten nie was aus.

Mann, ich saß bis ungefähr ein Uhr an dieser verfluchten Theke und betrank mich wie ein Schwein. Ich konnte kaum noch geradeaus sehen. Allerdings achtete ich ungeheuer darauf, dass ich nicht rumgrölte oder so. Ich wollte nicht, dass ich auffiel oder so oder einer mich fragte, wie alt ich war. Aber, Mann, ich konnte kaum noch aufrecht sitzen. Als ich dann *richtig* betrunken war, fing ich wieder mit dieser dummen Geschichte mit der Kugel im Bauch an. Ich war der Einzige an der Theke mit einer Kugel im Bauch. Ich fuhr ständig mit der Hand unters Jackett, drückte sie mir auf den Bauch und so, damit das Blut nicht überallhin tropfte. Niemand sollte sehen, dass ich verwundet war. Ich ver*barg* den Umstand, dass ich ein verwundeter Scheißkerl war. Schließlich war mir danach, die gute Jane anzuklingeln, um zu hören, ob sie schon zu Hause war. Also bezahlte ich und so. Dann verließ ich die Bar und ging zu den Telefonen. Dabei hielt ich mir die Hand unters Jackett, damit das Blut nicht tropfte. Mann, war ich betrunken.

Aber als ich in die Telefonzelle trat, war ich nicht mehr in der Stimmung, die gute Jane anzuklingeln. Wahrscheinlich war ich zu betrunken dazu. Also klingelte ich die gute Sally Hayes an.

Ich musste ungefähr zwanzig Nummern wählen, bis ich die richtige hatte. Mann, war ich blind.

»Hallo«, sagte ich, als jemand das verdammte Telefon abnahm. Ich brüllte es irgendwie, so betrunken war ich.

»Wer ist da?«, sagte so eine sehr kalte Frauenstimme.

»Ich bin's. Holden Caulfield. Ich willma bidde Sally sprechn.«

»Sally *schläft*. Hier ist Sallys Großmutter. Warum rufst du denn um diese Zeit an, Holden? Weißt du überhaupt, wie spät es ist?«

»Ja. Willma Sally sprechen. Sehr wichtig. Gehmsese ma.«

»Sally *schläft*, junger Mann. Ruf sie morgen an. Gute Nacht.«

»Wecknsese! Weckensese, he. Na los.«

Dann kam eine andere Stimme dran. »Holden, ich bin's.« Es war die gute Sally. »Also, was soll das hier?«

»Sally? Bis' du das?«

»Ja – hör auf zu brüllen. Bist du betrunken?«

»Ja. Hör ma. Hör ma ssu. Ich komm Heiligahmd. Okay? Den blöden Weihnachsbaum schmüggn. Ja? Ja, he, Sally?«

»Ja. Du bist betrunken. Geh jetzt ins Bett. Wo bist du denn? Wer ist bei dir?«

»Sally? Ich komm rüber und schmüggn Baum für dich, ja? Ja, he?«

»*Ja.* Geh jetzt ins Bett. Wo bist du denn? Wer ist bei dir?«

»Niemand. Bloß meine Wenigkeit.« Mann, war ich betrunken! Ich hielt mir sogar immer noch den Bauch. »Die haben mich erwischt. Rockys Bande hat mich erwischt. Weissu das? Sally, weissu das?«

»Ich kann dich nicht verstehen. Geh jetzt ins Bett. Ich muss Schluss machen. Ruf mich morgen an.«

»He, Sally! Soll ichn Baum für dich schmüggn? Soll ich? *Hm?*«

Sie legte auf.

»Gu' Nacht. Gu' Nacht, Sally-Baby. Sally-Schatzi-Süße«, sagte ich. Könnt ihr euch vorstellen, wie betrunken ich war? Ich legte auch auf. Ich dachte mir, dass sie wahrscheinlich gerade von einer späten Verabredung nach Hause gekommen war. Ich stellte mir vor, wie sie mit den Lunts und so irgendwo war, und mit diesem Andover-Deppen. Wie alle in einer verfluchten Kanne Tee rumschwammen und einander kultivierten Kram sagten und reizend und verlogen waren. Ich wünschte zu Gott, ich hätte sie gar nicht erst angerufen. Wenn ich betrunken bin, bin ich wie wahnsinnig.

Ich blieb noch eine ganze Weile in der verdammten Telefonzelle. Irgendwie klammerte ich mich an dem Telefon fest, damit ich nicht umkippte. Mir ging's nicht so prächtig, wenn ihr's genau wissen wollt. Schließlich ging ich aber doch raus und auf die Herrentoilette, taumelte durch die Gegend wie ein Idiot und ließ eins der Waschbecken mit kaltem Wasser voll laufen. Dann tauchte ich den Kopf rein, bis zu den Ohren. Ich trocknete ihn gar

nicht erst ab oder was. Ich ließ die Brühe einfach runter-
laufen. Dann ging ich zu dem Heizkörper am Fenster und
setzte mich drauf. Er war schön warm. Das tat gut, weil ich
wie ein Schwein zitterte. Komisch, immer wenn ich
betrunken bin, zittere ich ungeheuer.

Ich hatte sonst nichts zu tun, also blieb ich auf dem
Heizkörper sitzen und zählte die kleinen weißen Quadrate
auf dem Fußboden. Ich wurde durch und durch nass.
Ungefähr zehn Liter Wasser liefen mir den Hals runter,
über den Kragen und die Krawatte, aber das juckte mich
nicht. Ich war zu betrunken, es juckte mich nicht. Ziemlich bald kam dann der Typ rein, der für die gute Valencia
Klavier spielte, der mit den welligen Haaren, der wie ein
Warmer aussah, um seine goldenen Locken zu kämmen.
Während er sie kämmte, fingen wir irgendwie eine Unterhaltung an, bloß, dass er nicht besonders freundlich war.

»He. Sehn Sie diese Valencia-Puppe, wenn Sie wieder
in die Bar gehn?«, fragte ich ihn.

»Das ist sehr wahrscheinlich«, sagte er. Ein geistreicher
Arsch. Ich treffe immer bloß auf geistreiche Ärsche.

»Hörn Sie mal. Grüßen Sie sie vielmals von mir. Fragen
Sie sie, ob der verfluchte Kellner ihr das von mir ausgerichtet hat, ja?«

»Geh doch einfach nach Hause, Meister. Wie alt bist
du überhaupt?«

»Sechsundachtzig. Hörn Sie mal. Grüßen Sie sie vielmals von mir. Ja?«

»Geh doch einfach nach Hause, Meister.«

»O nein. Mann, Sie könn' verflucht gut Klavier spielen«,
sagte ich zu ihm. Ich schmeichelte ihm bloß. Er spielte
miserabel Klavier, wenn ihr's genau wissen wollt. »Sollten mal im Radio spielen«, sagte ich. »Hübscher Bursche
wie Sie. Die verfluchten goldenen Locken. Brauchen Sie
'n Manager?«

»Geh nach Hause, Meister, sei brav. Geh nach Hause und hau dich in die Falle.«

»Hab kein Zuhause. Ganz ehrlich – brauchen Sie 'n Manager?«

Er gab mir keine Antwort. Er ging einfach raus. Er hatte sich die Haare fertig gekämmt und hingetatscht und so, also ging er. Wie Stradlater. Diese hübschen Typen sind doch alle gleich. Wenn sie ihre verfluchten Haare fertig gekämmt haben, ziehen sie Leine.

Als ich dann schließlich von dem Heizkörper runter und zur Hutgarderobe ging, weinte ich und so. Ich weiß nicht, warum, aber ich weinte eben. Wahrscheinlich, weil ich mich verdammt deprimiert und einsam fühlte. Als ich dann zur Garderobe kam, fand ich meine verfluchte Marke nicht. Das Hutfräulein war aber sehr nett. Sie gab mir trotzdem meinen Mantel. Und meine »Little Shirley Beans«-Platte – die hatte ich ja immer noch dabei und so. Ich gab ihr einen Dollar, weil sie richtig nett war, aber sie wollte ihn nicht annehmen. Sie sagte mir immer wieder, ich soll nach Hause gehen und mich ins Bett legen. Irgendwie versuchte ich noch, mich mit ihr für später zu verabreden, wenn sie Schluss hatte, aber sie wollte nicht. Sie sagte, sie ist so alt, dass sie meine Mutter sein könnte und so. Ich zeigte ihr meine verfluchten grauen Haare und sagte, ich bin zweiundvierzig – natürlich alberte ich bloß rum. Trotzdem, sie war nett. Ich zeigte ihr meine verfluchte rote Jägermütze, und sie gefiel ihr. Sie sorgte dafür, dass ich die Mütze aufsetzte, bevor ich rausging, weil meine Haare noch ziemlich nass waren. Die war in Ordnung.

Ich fühlte mich nicht mehr allzu betrunken, als ich nach draußen kam, aber es wurde wieder sehr kalt, und mir klapperten ungeheuer die Zähne. Ich schaffte es nicht, sie ruhig zu halten. Ich ging zur Madison Avenue, um da auf einen Bus zu warten, weil ich kaum noch Geld übrig hatte und bei Taxen und so allmählich sparen musste. Aber mir war überhaupt nicht danach, in einen verdammten Bus zu steigen. Außerdem wusste ich nicht mal, wo ich hinfahren sollte. Also ging ich Richtung Park. Ich dachte, ich lauf mal zu dem kleinen See und seh nach, was denn die Enten da machen, ob sie überhaupt da sind oder nicht. Es war nicht weit zum Park, und ich musste ja auch sonst nirgends hin – ich wusste noch nicht mal, wo ich überhaupt *schlafen* sollte –, also marschierte ich los. Ich war auch gar nicht müde oder so. Ich war bloß ungeheuer traurig.

Dann, gerade als ich in den Park reinkam, passierte was Schreckliches. Ich ließ die Platte der guten Phoebe fallen. Sie zerbrach in ungefähr fünfzig Stücke. Sie war in einer großen Hülle und so, aber sie zerbrach trotzdem. Ich hätte beinahe geheult, so schrecklich fand ich das, aber ich nahm dann bloß die Stücke aus der Hülle und steckte sie in die Manteltasche. Sie waren zu nichts mehr nütze, aber mir war einfach nicht danach, sie wegzuschmeißen. Dann ging ich in den Park. Mann, war das dunkel.

Ich habe mein ganzes Leben in New York gewohnt, und ich kenne den Central Park wie meine Westentasche, weil ich da als Kind ständig Rollschuh gelaufen und Fahrrad gefahren bin, aber in dieser Nacht hatte ich irrsinnige Mühe, die Lagune zu finden. Ich *wusste* genau, wo sie war – sie war gleich bei der Central Park South und so –, aber trotzdem fand ich sie nicht. Offenbar war ich betrunkener, als ich dachte. Ich lief und lief, und es wurde immer dunkler und dunkler und gruseliger und gruseliger. Während der ganzen Zeit, die ich im Park war, sah ich keinen einzigen Menschen. War mir auch ganz recht. Wahrscheinlich wäre mir dann vor Schreck das Herz stehen geblieben. Dann fand ich die Lagune endlich. Und sie war teilweise zugefroren und teilweise nicht. Aber Enten sah ich keine. Ich lief um den ganzen verdammten See rum –

einmal wäre ich sogar fast *rein*gefallen –, aber ich sah keine einzige Ente. Ich dachte, wenn *überhaupt* welche da waren, dann schliefen sie wahrscheinlich am Ufer oder was weiß ich, im Gras und so. Deshalb wäre ich auch beinahe reingefallen. Aber ich konnte keine finden.

Schließlich setzte ich mich auf eine Bank, wo es nicht so verflucht dunkel war. Mann, ich zitterte noch immer wie ein Schwein, und obwohl ich meine Jägermütze aufhatte, waren meine Haare hinten irgendwie voller kleiner Eisbröckchen. Das beunruhigte mich. Ich dachte, wahrscheinlich kriege ich jetzt eine Lungenentzündung und sterbe. Ich stellte mir vor, wie Millionen Deppen zu meiner Beerdigung kamen und so. Mein Großvater aus Detroit, der immer die Straßennummern aufsagt, wenn man mit ihm Bus fährt, und meine Tanten – ich habe ungefähr fünfzig Tanten – und alle meine miesen Cousins und Cousinen. Was da für eine Bande zusammen wäre. Die kamen auch alle, als Allie gestorben war, die ganze verfluchte dumme Blase. Ich habe eine dumme Tante mit grauenhaftem Mundgeruch, die sagte ständig, wie *friedlich* er so daliegt, hat mir D. B. erzählt. Ich war nicht dabei. Ich war da noch im Krankenhaus. Ich hatte ins Krankenhaus und so gemusst, nachdem ich mir die Hand verletzt hatte. Jedenfalls machte ich mir richtig Sorgen, dass ich mir mit diesen ganzen Eisbröckchen in den Haaren eine Lungenentzündung holte und starb. Mir taten meine Mutter und mein Vater ungeheuer Leid. Besonders meine Mutter, weil sie noch immer nicht über meinen Bruder Allie weggekommen ist. Ich stellte mir immerzu vor, wie sie nicht wusste, was sie mit meinen ganzen Anzügen und meinen Sportsachen und so machen sollte. Das einzig Gute war, das wusste ich, dass sie die gute Phoebe nicht zu meiner Beerdigung mitkommen lassen würde, weil die ja noch ein Kind ist. Das war das einzig Gute daran. Dann überlegte ich, wie diese ganze Blase mich in einen verfluchten Friedhof steckte und so, mit meinem Namen auf dem Grabstein und so. Um mich rum lauter tote Typen. Mann, wenn man tot ist, dann geben sie es einem richtig. Ich hoffe bloß, wenn ich *tatsächlich* sterbe, ist jemand so gescheit, mich in den Fluss zu schmeißen oder was weiß ich. Alles, bloß nicht auf einen verfluchten Friedhof. Und dann kommen am Sonntag Leute und legen einem einen Strauß Blumen auf den Bauch und den ganzen Mist. Wer will schon Blumen, wenn er tot ist? Keiner.

Wenn das Wetter schön ist, gehen meine Eltern ganz oft zu Allies Grab und legen einen Strauß Blumen drauf. Ich bin ein paar Mal mitgegangen, aber dann bin ich weggeblieben. Es macht mir allerdings keinen Spaß, ihn da auf diesem verrückten Friedhof zu sehen. Umgeben von toten Typen und Grabsteinen und so. Wenn die Sonne schien, ging's ja noch, aber zweimal – *zweimal* – waren wir da, als es anfing zu regnen. Es war scheußlich. Es regnete auf seinen miesen Grabstein, und es regnete auf das Gras auf seinem Bauch. Es regnete wie blöd. Alle Besucher, die den Friedhof besuchten, liefen auf einmal wie die Wilden zu ihren Autos. Und das machte mich beinahe wahnsinnig. Diese ganzen Besucher konnten in ihr Auto und das Radio anmachen und so und dann irgendwo nett zu Abend essen – alle außer Allie. Das ertrug ich nicht. Ich weiß, auf dem Friedhof ist ja bloß sein Körper und so, und seine Seele ist im Himmel und der ganze Mist, aber trotzdem ertrug ich es nicht. Ich hab einfach bloß gewünscht, er wär nicht dort. Ihr habt ihn ja nicht gekannt. Wenn ihr ihn gekannt hättet, wüsstet ihr, was ich meine. Wenn die Sonne scheint, geht's ja noch, aber die Sonne kommt bloß raus, wenn ihr danach ist.

Nach einer Weile holte ich meine Kohle raus, bloß um mich davon abzulenken, dass ich eine Lungenentzündung bekam und so, und versuchte, in dem miesen Licht der Straßenlampe mein Geld zu zählen. Ich hatte bloß noch drei Dollarscheine und fünf Quarters und einen Nickel übrig – Mann, ich hatte ein Vermögen ausgegeben, seit ich von der Pencey weg war. Und dann, dann ging ich runter zur Lagune und ließ die Quarters und den Nickel irgendwie drüberpitschen, wo sie nicht zugefroren war. Ich weiß nicht, warum, jedenfalls tat ich es. Wahrscheinlich dachte ich, es würde mich davon ablenken, dass ich eine Lungenentzündung kriege und sterbe. Es klappte aber nicht.

Vielmehr dachte ich darüber nach, was es wohl für die gute Phoebe bedeutet, wenn ich eine Lungenentzündung kriege und sterbe. Es war kindisch, so was zu denken, aber ich konnte nicht damit aufhören. Es wäre ziemlich schlimm für sie, wenn so was passieren würde. Sie mag mich ziemlich gern. Also, sie hat mich ziemlich lieb. Wirklich. Jedenfalls ging mir das nicht aus dem Kopf, und ich überlegte mir dann, dass es wohl besser wäre, wenn ich nach Hause schleiche und sie sehe, falls ich sterbe und so. Ich hatte meinen Schlüssel dabei und so, und ich überlegte mir, was ich tun würde, ich würde in die Wohnung schleichen, ganz leise und so, und einfach eine Weile mit ihr quatschen. Sorgen machte mir nur unsere Wohnungstür. Die knarrt wie blöd. Es ist ein ziemlich altes Wohnhaus, und der Hausmeister ist ein fauler Arsch, und alles knarrt und quietscht. Ich hatte Angst, dass meine Eltern hören könnten, wie ich mich reinschleiche. Aber ich beschloss, es trotzdem irgendwie zu versuchen.

Also machte ich mich aus dem Park davon und ging nach Hause. Ich lief den ganzen Weg zu Fuß. Es war nicht besonders weit, und ich war auch nicht mehr müde oder gar betrunken. Es war einfach bloß sehr kalt, und niemand war mehr unterwegs.

## 21

Den größten Dusel seit Jahren hatte ich, als ich nach Hause kam. Pete, der Fahrstuhlführer, der sonst Nachtdienst hatte, war nicht da. Sondern ein neuer Typ, den ich noch nie gesehen hatte, also dachte ich, wenn ich nicht direkt über meine Eltern stolperte und so, könnte ich schnell Phoebe Tag sagen und dann wieder abhauen, und keiner würde erfahren, dass ich überhaupt da gewesen war. Da hatte ich wirklich irrsinnigen Dusel. Noch besser wurde es dadurch, dass der neue Fahrstuhlknabe nicht grade zu den Schlausten gehörte. Ich sagte ihm mit ganz lässiger Stimme, er soll mich zu den Dicksteins bringen. Die Dicksteins, das waren die Leute, die die andere Wohnung auf unserem Stock hatten. Ich hatte schon meine Jägermütze abgenommen, damit ich nicht verdächtig aussah oder was. Ich trat in den Fahrstuhl, als hätte ich es furchtbar eilig.

Er hatte bereits die Fahrstuhltür geschlossen und so und wollte mich schon hochfahren, als er sich plötzlich umdrehte und sagte: »Die sin' nich' da. Die sin' auf 'ner Party im vierzehnten Stock.«

»Das macht nichts«, sagte ich. »Ich soll auf sie warten. Ich bin ihr Neffe.«

Er warf mir so irgendwie einen dummen, argwöhnischen Blick zu. »Warte doch unten im Eingang«, sagte er.

»Das täte ich ja gern – wirklich«, sagte ich. »Aber ich habe ein schlimmes Bein. Ich muss es in einer bestimmten Stellung halten. Ich glaube, es ist besser, wenn ich mich auf den Stuhl vor ihrer Tür setze.«

Er wusste nicht, wovon ich überhaupt redete, also sagte er bloß »Ach« und fuhr mich hoch. Nicht schlecht, Mann. Es ist komisch, man braucht bloß was zu sagen, was keiner versteht, dann machen die Leute praktisch alles, was man will.

Ich stieg auf unserem Stock aus – hinkend wie blöd – und ging zu den Dicksteins rüber. Als ich dann hörte, wie die Fahrstuhltüren zugingen, machte ich kehrt und ging auf unsere Seite. Alles lief gut. Ich fühlte mich nicht mal mehr betrunken. Dann holte ich meinen Schlüssel raus und öffnete unsere Tür, ungeheuer leise. Dann ging ich sehr, sehr vorsichtig und so rein und schloss die Tür. Ich hätte wirklich ein Einbrecher sein sollen.

Im Flur war es natürlich ungeheuer dunkel, und natürlich konnte ich auch kein Licht anknipsen. Ich musste aufpassen, dass ich nicht gegen was stieß und Lärm machte. Allerdings wusste ich genau, dass ich zu Hause war. Unser Flur hat so einen komischen Geruch, da riecht's wie nirgends sonst. Ich weiß auch nicht, was das ist. Es ist nicht Blumenkohl, und Parfüm ist es auch nicht – ich weiß auch nicht, was das nun ist –, aber man weiß immer, dass man zu Hause ist. Ich wollte schon meinen Mantel ausziehen und in den Flurschrank hängen, aber dieser Schrank ist voller Kleiderbügel, die wie blöde klappern, wenn man die Tür aufmacht, also behielt ich den Mantel an. Dann ging ich sehr, sehr langsam zum Zimmer der guten Phoebe. Ich wusste, das Hausmädchen würde mich nicht hören, weil sie bloß noch ein Trommelfell hat. Ihr Bruder, der hatte ihr mal einen Strohhalm ins Ohr gesteckt, als sie noch klein war, hat sie mir mal erzählt. Sie war ziemlich taub und so. Meine *Eltern* aber, besonders meine Mutter, die hat Ohren wie ein verfluchter Bluthund. Also ging ich sehr, sehr sachte an ihrer Tür vorbei. Ich hielt sogar die Luft an, Herrgott. Meinem Vater kann man mit einem

Stuhl über den Schädel schlagen, und er wacht nicht auf, meine Mutter aber, bei meiner Mutter braucht man bloß irgendwo in Sibirien zu husten, und sie hört einen. Sie ist ungeheuer nervös. Die halbe Nacht ist sie auf und raucht Zigaretten.

Endlich, nach ungefähr einer Stunde, hatte ich das Zimmer der guten Phoebe erreicht. Aber sie war nicht drin. Das hatte ich vergessen. Ich hatte vergessen, dass sie immer in D. B.s Zimmer schläft, wenn der in Hollywood oder irgendwo ist. Das mag sie, weil es das größte Zimmer in der Wohnung ist. Auch, weil da ein großer Wahnsinnsschreibtisch drinsteht, den D. B. mal einer Alkoholikerin aus Philadelphia abgekauft hat, und ein großes, gigantisches Bett, das ungefähr zehn Kilometer breit und zehn Kilometer lang ist. Wo er das Bett gekauft hat, weiß ich nicht. Jedenfalls schläft die gute Phoebe gern in D. B.s Zimmer, wenn er weg ist, und er erlaubt es ihr. Ihr solltet mal sehen, wie sie an dem verrückten Schreibtisch ihre Hausaufgaben oder was weiß ich macht. Der ist fast so groß wie das Bett. Man sieht sie kaum, wenn sie ihre Hausaufgaben macht. Aber so was mag sie eben. Ihr eigenes Zimmer mag sie nicht, weil es zu klein ist, sagt sie. Sie sagt, sie möchte sich gern ausbreiten. Das macht mich fertig. Was hat die gute Phoebe denn auszubreiten? Nichts.

Jedenfalls ging ich ungeheuer leise in D. B.s Zimmer und machte die Lampe auf dem Schreibtisch an. Die gute Phoebe wachte nicht mal auf. Als das Licht an war und so, sah ich sie irgendwie eine Weile an. Da lag sie und schlief, das Gesicht irgendwie seitlich auf dem Kissen. Ihr Mund stand weit offen. Komisch ist das. Erwachsene, die sehen scheußlich aus, wenn sie schlafen und ihnen der Mund weit offen steht, Kinder aber nicht. Kinder sehen gut aus. Die können sogar das ganze Kissen voll gesabbert haben und sehen immer noch gut aus.

Ich lief eine Weile im Zimmer rum, ganz leise und so, und sah mir allen möglichen Kram an. Zur Abwechslung ging's mir mal klasse. Mir war gar nicht mehr so, als würde ich eine Lungenentzündung oder was kriegen. Zur Abwechslung ging's mir einfach gut. Die Kleider der guten Phoebe lagen auf dem Stuhl gleich neben dem Bett. Für ein Kind ist sie sehr ordentlich. Also, sie schmeißt ihre Sachen nicht einfach so durch die Gegend wie manche Kinder. Sie ist kein Schlamper. Die Jacke von dem braunen Kostüm, das meine Mutter ihr in Kanada gekauft hat, hing über der Stuhllehne. Und ihre Bluse und so Sachen lagen auf dem Sitz. Ihre Schuhe und Socken waren auf dem Fußboden, direkt unter dem Stuhl, direkt nebeneinander. Diese Schuhe hatte ich noch nie gesehen. Sie waren neu. Es waren dunkelbraune Slipper, ganz ähnlich wie die, die ich habe, und die passten klasse zu dem Kostüm, das meine Mutter ihr in Kanada gekauft hat. Meine Mutter zieht sie hübsch an. Wirklich. In manchen Dingen hat meine Mutter einen irrsinnigen Geschmack. Bei Schlittschuhen oder ähnlichem Zeug ist meine Mutter nicht zu gebrauchen, aber bei Kleidern, da ist sie perfekt. Also, Phoebe hat immer Sachen an, die können einen fertig machen. Die meisten Kinder, selbst wenn ihre Eltern reich sind und so, die haben meistens schreckliche Klamotten an. Ich wünschte, ihr könntet die gute Phoebe in dem Kostüm sehen, das meine Mutter ihr in Kanada gekauft hat. Ganz im Ernst.

Ich setzte mich an den Schreibtisch des guten D. B. und betrachtete die Sachen darauf. Es waren überwiegend Phoebes Sachen, von der Schule und so. Überwiegend Bücher. Das oberste hieß *Arithmetik macht Spaß!* Ich schlug es irgendwie auf der ersten Seite auf und sah es mir an. Die gute Phoebe hatte Folgendes reingeschrieben:

Das machte mich fertig. Ihr zweiter Vorname ist Josephine, Herrgott, und nicht Weatherfield. Aber sie mag ihn nicht. Jedes Mal, wenn ich sie sehe, hat sie sich einen neuen zweiten Vornamen zugelegt.

Das unter der Arithmetik war ein Geographiebuch, und das unter dem Geographiebuch war eine Rechtschreiblehre. Sie ist sehr gut in Rechtschreibung. Sie ist in allen Fächern sehr gut, aber in Rechtschreibung ist sie am besten. Und unter der Rechtschreiblehre lag ein Stapel Schreibhefte. Sie hat ungefähr fünftausend Hefte. Ihr habt noch nie ein Kind mit so vielen Heften gesehen. Ich schlug das oberste auf und betrachtete die erste Seite. Auf der stand:

*Bernice komm in der Pause zu mir ich muss dir etwas sehr sehr Wichtiges sagen.*

Mehr stand nicht auf der Seite. Auf der nächsten stand:

*Warum gibt es in Südostalaska so viele Konservierfabriken?*
*Weil es da so viel Lachs gibt*
*Warum gibt es da wertvollen Wald?*
*weil es dort das richtige Klima gibt.*
*Was hat unsere Regierung getan, um den alaskischen Eskimos das Leben zu erleichtern?*
*bis morgen nachschlagen!!!*
  *Phoebe Westerfield Caulfield*
  *Phoebe Westerfield Caulfield*
  *Phoebe Westerfield Caulfield*
  *Phoebe W. Caulfield*

*Phoebe Weatherfield Caulfield, Esq.*
*Bitte an Shirley weitergeben!!!!*
*Shirley du hast gesagt du bist Schüze*
*aber du bist blos Stier bring deine Rollschuhe mit*
*wenn du zu mir kommst*

Ich saß an D. B.s Schreibtisch und las das ganze Heft durch. Ich brauchte dazu nicht lange, und solchen Kram, das Heft von einem Kind, ob von Phoebe oder einem andern, kann ich den ganzen Tag und die ganze Nacht lang lesen. Hefte von Kindern machen mich fertig. Dann zündete ich mir noch eine Zigarette an – es war meine letzte. Ich hatte an dem Tag wohl drei Schachteln geraucht. Dann weckte ich sie schließlich. Also, ich konnte ja nicht den Rest meines Lebens da an dem Schreibtisch sitzen, und außerdem hatte ich Angst, meine Eltern könnten auf einmal reinschneien, und davor wollte ich ihr doch wenigstens Tag sagen. Deshalb weckte ich sie auf.

Sie wacht sehr leicht auf. Also, man muss sie nicht anbrüllen oder was. Man braucht sich praktisch nur aufs Bett zu setzen und zu sagen: »Wach auf, Phoeb«, und schwups, ist sie wach.

»Holden!«, sagte sie gleich. Sie schlang mir die Arme um den Hals und so. Sie ist sehr liebevoll. Also, für ein Kind ist sie ziemlich liebevoll. Manchmal ist sie sogar *zu* liebevoll. Ich gab ihr irgendwie einen Kuss, und sie sagte: »Wann bist'n nach *Haus* gekommen?« Sie freute sich ungeheuer, mich zu sehen. Das sah man gleich.

»Nicht so laut. Gerade eben. Wie gehts'n dir?«

»Gut. Hast du meinen Brief gekriegt? Ich hab dir einen fünfseitigen ...«

»Ja – nicht so laut. Danke.«

Sie hatte mir einen Brief geschrieben. Aber ich hatte keine Gelegenheit mehr gehabt, ihr zu antworten. Er drehte sich um das Stück in der Schule, in dem sie mitspielte. Sie sagte, ich soll mir für Freitag nichts vornehmen oder was, damit ich es mir ansehen kann.

»Wie ist das Stück?«, fragte ich sie. »Wie hieß es noch mal, hast du gesagt?«

»›Ein Weihnachtsspiel für Amerikaner‹. Es ist blöd, aber ich bin dieser General aus dem Bürgerkrieg, Benedict Arnold. Ich habe praktisch die größte Rolle«, sagte sie. Mann, war sie hellwach. Wenn sie einem so Kram erzählt, wird sie ganz aufgeregt. »Es fängt an, wenn ich sterbe. Da kommt ein Gespenst am Heiligen Abend und fragt mich, ob ich mich nicht schäme und so weiter. Du weißt schon. Weil ich mein Land verraten habe und so weiter. Kommst du?« Sie saß ungeheuer aufrecht im Bett und so. »Darüber habe ich dir geschrieben. Kommst du?«

»Klar komme ich. Aber sicher komme ich.«

»Daddy kann nicht kommen. Er muss nach Kalifornien fliegen«, sagte sie. Mann, war sie hellwach. Es dauert nur ungefähr zwei Sekunden, bis sie hellwach ist. Sie saß – kniete irgendwie – aufrecht im Bett, und sie hielt meine verfluchte Hand. »Hör mal. Mutter hat gesagt, du kommst am *Mitt*woch«, sagte sie. »Sie hat *Mitt*woch gesagt.«

»Ich bin früher losgekommen. Nicht so laut. Du weckst noch die andern.«

»Wie spät ist es denn? Sie kommen erst ganz spät, hat Mutter gesagt. Die sind zu einer Party in Norwalk, Connecticut«, sagte die gute Phoebe. »Rate mal, was ich heut Nachmittag gemacht hab! Welchen Film ich gesehen hab. Rate mal!«

»Keine Ahnung – Hör mal. Haben sie gesagt, um welche Zeit sie …«

»*Der Arzt*«, sagte die gute Phoebe. »Das ist ein besonderer Film, den sie in der Lister-Stiftung gezeigt haben. Der lief bloß an einem Tag – und der eine Tag war heute.

Er handelt von einem Arzt in Kentucky und so weiter, der einem Kind, das ein Krüppel ist und nicht laufen kann, eine Decke aufs Gesicht drückt. Dann haben sie ihn ins Gefängnis gesteckt und so weiter. Der Film war hervorragend.«

»Hör mal eben zu. Haben sie nicht gesagt, wann sie ...«

»Der Arzt, dem tut das Kind Leid. Deshalb drückt er ihm die Decke aufs Gesicht und so weiter und macht, dass es erstickt. Dann schicken sie ihn lebenslänglich ins Gefängnis, aber das Kind, dem er die Decke auf den Kopf gedrückt hat, besucht ihn die ganze Zeit und dankt ihm dafür, dass er das gemacht hat. Er war ein Sterbehelfer. Bloß, er weiß, dass er verdient hat, ins Gefängnis zu kommen, weil ein Arzt Gott keine Sachen wegnehmen darf. Die Mutter von einem Mädchen aus meiner Klasse hat uns mitgenommen. Alice Homborg. Sie ist meine beste Freundin. Sie ist das einzige Mädchen an der ganzen ...«

»Warte doch mal, *ja*?«, sagte ich. »Ich frage dich etwas. Haben sie gesagt, wann sie zurück sein wollten, oder nicht?«

»Nein, aber erst ganz spät. Daddy hat den Wagen genommen und so weiter, damit sie sich nicht wegen den Zügen Gedanken machen müssen. Wir haben jetzt ein Radio drin! Bloß dass Mutter gesagt hat, keiner darf es anmachen, wenn das Auto fährt.«

Allmählich entspannte ich mich irgendwie. Also, ich hörte endlich auf, mir *Sorgen* zu machen, ob sie mich zu Hause erwischten oder nicht. Ich dachte, scheiß drauf. Wenn sie mich erwischten, dann war's eben so.

Ihr hättet die gute Phoebe sehen sollen. Sie trug einen blauen Schlafanzug mit roten Elefanten auf dem Kragen. Elefanten hauen sie um.

»Dann war der Film also gut, hm?«, sagte ich.

»Klasse, bloß dass Alice erkältet war und ihre Mutter sie ständig fragte, ob sie sich grippig fühlt. Und das mitten im *Film.* Immer mitten in was Wichtigem beugte sich ihre Mutter so über mich und so weiter und fragte Alice, ob sie sich grippig fühlt. Das ist mir auf die Nerven gegangen.«

Dann erzählte ich ihr von der Schallplatte. »Hör mal, ich hab dir 'ne Schallplatte gekauft«, sagte ich zu ihr. »Bloß ist sie mir auf dem Weg hierher kaputtgegangen.« Ich holte die Stücke aus der Manteltasche und zeigte sie ihr. »Ich war blau.«

»Gib mir die Stücke«, sagte sie. »Ich heb sie auf.« Sie nahm sie mir aus der Hand und legte sie dann in die Schublade des Nachttischchens. Sie macht mich fertig.

»Kommt D. B. über Weihnachten?«, fragte ich sie.

»Vielleicht, vielleicht aber auch nicht, hat Mutter gesagt. Kommt drauf an. Vielleicht muss er in Hollywood bleiben und einen Film über Annapolis schreiben.«

»Annapolis, Herrgott!«

»Ist eine Liebesgeschichte und so weiter. Rat mal, wer da mitspielt! Welcher Filmstar. Rat mal!«

»Das interessiert mich nicht. An*nap*olis, Herrgott. Was weiß denn D. B. über An*nap*olis, Herrgott? Was hat das denn mit den Geschichten zu tun, die er sonst schreibt?«, sagte ich. Mann, dieser Kram macht mich wahnsinnig. Dieses verfluchte Hollywood. »Was hast'n mit deinem Arm gemacht?«, fragte ich sie. Mir war aufgefallen, dass sie so einen großen Placken Pflaster am Ellbogen hatte. Das war mir aufgefallen, weil ihr Schlafanzug keine Ärmel hatte.

»Ein Junge, Curtis Weintraub, der in meine Klasse geht, hat mich geschubst, als ich im Park gerade die Treppe runterging«, sagte sie. »Willste's sehen?« Sie fing an, das verrückte Pflaster vom Arm zu pulen.

»Lass es dran. Warum hat er dich die Treppe runterge-
schubst?«

»Weiß ich nicht. Ich glaube, er hasst mich«, sagte die
gute Phoebe. »So ein anderes Mädchen, Selma Atterbury,
und ich, wir haben ihm Tinte und so Kram über die Wind-
jacke gekippt.«

»Das ist aber nicht nett. Was bist du denn – ein Kind,
Herrgott?«

»Nein, aber jedes Mal, wenn ich im Park bin, verfolgt er
mich überallhin. Immer verfolgt er mich. Er geht mir auf
die Nerven.«

»Wahrscheinlich mag er dich. Das ist aber kein Grund,
ihm Tinte über die ganze . . .«

»Ich will aber nicht, dass er mich mag«, sagte sie. Dann
sah sie mich so komisch an. »Holden«, sagte sie, »wie
kommt's, dass du nicht erst *Mitt*woch zu Hause bist?«

»Was?«

Mann, bei ihr musste man jede Sekunde auf der Hut
sein. Wenn ihr nicht glaubt, dass sie schlau ist, seid ihr
verrückt.

»Wie kommt's, dass du nicht erst *Mitt*woch zu Hause
bist?«, fragte sie mich. »Du bist doch nicht geflogen oder
was, oder?«

»Ich hab's dir doch gesagt. Die haben uns früher gehen
lassen. Die haben die ganze . . .«

»Du bist doch geflogen! Jawohl!«, sagte die gute
Phoebe. Dann haute sie mir mit der Faust aufs Bein. Sie
haut gern mit der Faust, wenn ihr danach ist. »*Jawohl*!
Ach, *Hol*den!« Sie hatte die Hand auf dem Mund und so.
Sie kann ziemlich in Rage geraten, ich schwör's bei Gott.

»Wer sagt denn, dass ich geflogen bin? Keiner hat
gesagt, ich . . .«

»*Ja*wohl. Ja*wohl*«, sagte sie. Dann haute sie mich wieder mit der Faust. Wenn ihr glaubt, das tut nicht weh, seid

210

ihr verrückt. »Daddy bringt dich *um*!«, sagte sie. Dann ließ sie sich aufs Bett auf den Bauch plumpsen und zog sich das verfluchte Kissen über den Kopf. Das macht sie recht häufig. Manchmal ist sie richtig wahnsinnig.

»Jetzt aber Schluss damit«, sagte ich. »Niemand bringt mich um. Nicht mal – *Komm* schon, Phoeb, nimm das verfluchte Ding da vom Kopf. Niemand bringt mich um.«

Aber sie nahm es nicht weg. Wenn sie nicht will, kann man bei ihr nichts ausrichten. Sie sagte nur immerzu: »Daddy bringt dich um.« Man konnte sie kaum verstehen mit dem verfluchten Kissen überm Kopf.

»Niemand bringt mich um. Überleg doch mal. Außerdem gehe ich auch von hier weg. Und dann, dann krieg ich vielleicht 'ne Weile 'nen Job auf 'ner Ranch oder was weiß ich. Ich kenn einen Typen, dessen Großvater hat 'ne Ranch in Colorado. Vielleicht krieg ich da 'nen Job«, sagte ich. »Ich bleib in Kontakt mit dir und allen, wenn ich weg bin, falls ich gehe. Komm schon. Nimm das Kissen vom Kopf. He, Phoeb, komm schon. Bitte. Bitte, ja?«

Aber sie nahm es nicht weg. Ich versuchte, es wegzuziehen, aber sie ist ungeheuer stark. Es ist anstrengend, mit ihr zu kämpfen. Mann, wenn sie ein Kissen überm Kopf behalten will, dann be*hält* sie es da auch. »Phoebe, *bitte*. Komm da drunter raus«, sagte ich immerzu. »Komm doch, he ... He, Weatherfield. Komm da raus.«

Aber sie kam nicht raus. Schließlich stand ich auf, ging ins Wohnzimmer, nahm mir ein paar Zigaretten aus der Dose auf dem Tisch und steckte sie in die Tasche. Da langte ich zu.

## 22

Als ich zurückkam, hatte sie zwar das Kissen vom Kopf – das wusste ich –, aber sie sah mich immer noch nicht an, obwohl sie auf dem Rücken lag und so. Als ich um das Bett rumging und mich wieder draufsetzte, drehte sie ihr verrücktes Gesicht von mir weg. Sie schnitt mich ungeheuer. Wie die Fechtmannschaft, als ich die ganzen verfluchten Florette in der U-Bahn liegen gelassen hatte.

»Was macht denn die gute Hazel Weatherfield?«, sagte ich. »Schreibst du neue Geschichten über sie? Ich habe die, die du mir geschickt hast, im Koffer dabei. Der ist am Bahnhof. Sie ist sehr gut.«

»Daddy bringt dich *um*.«

Mann, wenn sich bei der was im Kopf festsetzt, dann aber gleich richtig.

»Nein. Schlimmstenfalls macht er mir die Hölle heiß und schickt mich dann auf diese verfluchte Militärschule. Weiter macht er nichts mit mir. Und über*haupt* bin ich auch gar nicht da. Ich bin dann weg. Ich bin – ich bin wahrscheinlich in Colorado auf dieser Ranch.«

»Dass ich nicht lache. Du kannst ja nicht mal reiten.«

»Wer kann nicht reiten? Klar kann ich das. Aber sicher. Das bringen die einem in ungefähr zwei Minuten bei«, sagte ich. »Hör auf, da dran rumzuzupfen.« Sie zupfte an dem Pflaster an ihrem Arm. »Wer hat dir denn die Haare geschnitten?«, fragte ich sie. Mir war gerade aufgefallen, was für einen dummen Haarschnitt ihr jemand verpasst hatte. Die Haare waren viel zu kurz.

»Das geht dich gar nichts an«, sagte sie. Manchmal kann sie sehr zickig sein. Sie kann ziemlich zickig sein.

»Wahrscheinlich bist du wieder in jedem Fach durchgefallen«, sagte sie – sehr zickig. Irgendwie war es aber auch komisch. Manchmal klingt sie wie eine verfluchte Lehrerin, wo sie doch bloß ein Kind ist.

»Nein, stimmt nicht«, sagte ich. »Englisch hab ich geschafft.« Dann kniff ich sie in den Po, bloß so aus Jux. Sie lag ja auf der Seite, und da ragte der weit in die frische Luft raus. Sie hat kaum einen Po. Ich kniff sie nicht sehr, aber trotzdem wollte sie meine Hand wegschlagen. Aber sie traf nicht.

Dann sagte sie auf einmal: »Ach, warum hast du das bloß *gemacht*?« Sie meinte, warum ich wieder geflogen bin. Wie sie das sagte, machte es mich irgendwie traurig.

»Ach Gott, Phoebe, frag mich nicht. Ich hab's satt, dass jeder mich das fragt«, sagte ich. »Da gibt's tausend Gründe. Es war eine der schlimmsten Schulen, an der ich je war. Und sie war voll mit verlogenen und gemeinen Typen. So viele gemeine Typen hast du in deinem ganzen Leben noch nicht gesehen. Wenn man zum Beispiel bei einem auf dem Zimmer zum Quatschen war und einer wollte rein, dann ließen sie ihn nicht rein, wenn's so ein blöder, pickliger Typ war. Alle schlossen sie immer ihre Tür ab, wenn einer rein wollte. Und dann hatten sie auch noch eine verfluchte Geheimbruderschaft, und ich war zu feige, da nicht reinzugehen. Ein pickliger, langweiliger Typ, Robert Ackley, der wollte da rein. Er hat's immer wieder versucht, aber sie haben ihn nicht aufgenommen. Bloß weil er langweilig und picklig war. Mir ist gar nicht danach, drüber zu reden. Es war eine Scheißschule. Glaub's mir.«

Die gute Phoebe sagte nichts, aber sie hörte zu. Ich sah's ihrem Nacken an, dass sie zuhörte. Sie hört immer zu, wenn man ihr was erzählt. Und das Komische ist, die Hälfte der Zeit weiß sie, wovon man redet. Wirklich.

Ich erzählte weiter von der guten Pencey. Mir war irgendwie danach.

»Sogar die beiden *netten* Lehrer im Kollegium, auch die waren verlogen«, sagte ich. »Da war so ein alter Typ, Mr. Spencer. Seine Frau machte einem immer heiße Schokolade und so Kram, und die waren wirklich ziemlich nett. Aber du hättest ihn mal sehen sollen, wenn der Rektor, der gute Thurmer, in den Geschichtsunterricht kam und sich hinten hinsetzte. Ständig kam der rein und setzte sich für eine halbe Stunde hinten rein. Das sollte inkognito sein oder was weiß ich. Wenn er dann eine Weile da hinten gesessen hatte, fing er an, den guten Spencer zu unterbrechen, und riss jede Menge piefige Witze. Der gute Spencer brach sich dabei fast einen ab, wie er da kicherte und lächelte und so, als wär der gute Thurmer ein verfluchter Prinz oder was weiß ich.«

»Fluch nicht so viel.«

»Du hättest gekotzt, ich schwör's dir«, sagte ich. »Dann, der Veteranentag. Die haben einen Tag, den Veteranentag, da kommen die ganzen Deppen, die ihre Abschlussprüfung an der Pencey etwa 1776 gemacht haben, und rennen wie blöd in der Gegend rum, mit ihren Frauen und Kindern und so weiter. Da war ein alter Typ um die fünfzig, den hättest du mal sehen sollen. Der kam dann in unser Zimmer und klopfte an die Tür und fragte uns, ob es uns was ausmacht, wenn er auf die Toilette geht. Die Toilette war am Ende des Gangs – ich weiß nicht, warum der ausgerechnet *uns* gefragt hat. Weißt du, was der gesagt hat? Er hat gesagt, er wollte nachsehen, ob seine Initialen noch an einer der Klotüren waren. Hatte der doch vor ungefähr neunzig Jahren seine verfluchten dummen traurigen Initialen in eine Klotür geritzt, und er wollte nachsehen, ob sie noch da waren. Also gingen mein Zimmergenosse und ich mit ihm zur Toilette und so, und wir mussten dabei zugucken, wie er alle Klotüren nach seinen Initialen absuchte. Dabei quasselte er unentwegt, hat uns erzählt, dass es damals, als er an der Pencey war, die glücklichsten Tage seines Lebens gewesen sind, und hat uns jede Menge Ratschläge für die Zukunft gegeben und so. Mann, hat der mich deprimiert! Ich will nicht sagen, dass er ein übler Typ war – das war er nicht. Aber man muss kein übler Typ sein, um einen zu deprimieren – man kann auch ein *guter* Typ sein. Um einen zu deprimieren, brauchst du jemand bloß jede Menge verlogene Ratschläge zu geben, während du auf irgendeiner Scheißhaustür nach deinen Initialen suchst – mehr nicht. Ich weiß auch nicht. Vielleicht wär's ja nicht so schlimm gewesen, wenn er nicht ganz außer Atem gewesen wäre. Er war ganz außer Atem, bloß weil er die Treppe raufgestiegen ist, und die ganze Zeit, wie er nach seinen Initialen gesucht hat, hat er so schwer geatmet, und seine Nasenlöcher waren ganz komisch und traurig, während er Stradlater und mir erzählt hat, wir sollten von der Pencey so viel wie möglich mitnehmen. Gott, Phoebe! Ich kann das nicht erklären. Mir hat einfach nichts gefallen, was an der Pencey lief. Ich kann's nicht erklären.«

Dann sagte die gute Phoebe etwas, aber ich konnte sie nicht verstehen. Sie lag so seitlich mit dem Mund direkt auf dem Kissen, deshalb konnte ich sie nicht verstehen.

»Was?«, sagte ich. »Nimm den Mund hoch. Ich kann dich nicht verstehen, wenn du den Mund auf dem Kissen hast.«

»Dir gefällt *gar* nichts, was passiert.«

Als sie das sagte, wurde ich noch deprimierter.

»Doch. Doch. *Klar* gefällt mir manches. Sag das nicht. Warum sagst'n das, Mensch?«

»Weil's so ist. Keine Schule gefällt dir. Tausend Sachen gefallen dir nicht. Das *ist* so.«

»Nein! Da liegst du falsch – genau da liegst du falsch! Warum musst du das sagen, Mensch?«, sagte ich. Mann, wie sie mich deprimierte.

»Weil's so ist«, sagte sie. »Nenn mir eine Sache.«

»Eine Sache? Eine, die mir gefällt?«, sagte ich. »Gut.« Das Blöde war, ich konnte mich nicht besonders gut konzentrieren. Manchmal ist es schwer, sich zu konzentrieren.

»Eine, die mir richtig gefällt, meinst du?«, fragte ich sie.

Aber sie gab mir keine Antwort. Sie hing irgendwie schräg ganz am andern Ende des Bettes. Sie war ungefähr tausend Meilen weg. »Los, antworte mir«, sagte ich. »Eine, die mir richtig gefällt, oder eine, die mir etwas gefällt?«

»Eine, die dir richtig gefällt.«

»Also gut«, sagte ich. Aber das Dumme war, ich konnte mich nicht konzentrieren. Ungefähr als Einziges fielen mir die beiden Nonnen ein, die mit ihren ramponierten alten Strohkörben rumliefen und Kohle sammelten. Besonders die mit der Brille mit dem Eisengestell. Und der Junge, mit dem ich zusammen an der Elkton Hills war. An der Elkton Hills war ein Junge, der hieß James Castle, der wollte etwas, was er über einen schwer eingebildeten Jungen, Phil Stabile, gesagt hatte, nicht zurücknehmen. James Castle hatte ihn einen schwer eingebildeten Typ genannt, und einer von Stabiles miesen Freunden hat es Stabile weitergesagt. Also ging Stabile mit ungefähr sechs anderen Dreckärschen zu James Castles Zimmer und ging rein und sperrte die verfluchte Tür ab und versuchte, ihn dazu zu bringen, das, was er gesagt hatte, zurückzunehmen, aber der tat das nicht. Also haben sie ihn sich vorgeknöpft. Ich sag euch gar nicht erst, was sie mit ihm gemacht haben – es ist zu ekelhaft –, aber *trotzdem* nahm er es nicht zurück, der gute James Castle.

Und ihr hättet ihn sehen sollen. Er war ein dünner kleiner Typ, der ziemlich schwach aussah und Handgelenke nicht dicker als Bleistifte hatte. Und schließlich, statt zurückzunehmen, was er gesagt hatte, sprang er aus dem Fenster. Ich war unter der *Dusche* und so, und sogar *ich* hörte, wie er draußen aufschlug. Aber ich dachte bloß, da ist was aus einem Fenster gefallen, ein Radio oder ein Schreibtisch oder was weiß ich, aber doch nicht ein *Junge* oder was. Dann hörte ich, wie alle durch den Gang rannten und die Treppe runter, also zog ich mir den Bademantel über und rannte auch runter, und da lag der gute James Castle direkt auf den Steinstufen und so. Er war tot, und überall lagen seine Zähne und war sein Blut, und keiner traute sich zu ihm hin. Er hatte den Rollkragenpulli an, den ich ihm geliehen hatte. Und die Typen, die bei ihm im Zimmer gewesen waren, die haben sie bloß von der Schule gewiesen. Die mussten nicht mal ins Gefängnis.

Aber mehr fiel mir nicht ein. Die beiden Nonnen, die ich beim Frühstück kennen gelernt hatte, und dieser James Castle, mit dem ich an der Elkton Hills war. Komisch, obwohl ich James Castle doch kaum kannte, wenn ihr's genau wissen wollt. Er war einer von den ganz Stillen. Er war in meinem Mathekurs, aber er saß ganz am anderen Ende des Raums, und er stand kaum mal auf, um was zu sagen oder um an die Tafel zu gehen oder was. Manche Typen stehen in der Schule kaum mal auf, um was zu sagen oder an die Tafel zu gehen. Ich glaube, ich habe mich überhaupt nur ein einziges Mal mit ihm unterhalten, und das war, als er mich fragte, ob er meinen Rollkragenpulli ausleihen dürfte. Ich wäre beinahe tot umgefallen, als er mich das fragte, überrascht wie ich war und so. Ich weiß noch, ich putzte mir gerade die Zähne im Waschraum, als er es mich fragte. Er sagte, dass sein

Vetter kommt und mit ihm rausfahren will und so. Als Einziges wusste ich von ihm, dass sein Name beim Namensaufruf immer direkt vor meinem kam. Cabel, R., Cabel, W., Castle, Caulfield – daran erinnere ich mich noch. Wenn ihr's genau wissen wollt, beinahe hätte ich ihm meinen Rollkragenpulli gar nicht *geliehen*. Bloß weil ich ihn nicht besonders gut kannte.

»Was?«, sagte ich zu der guten Phoebe. Sie hatte etwas zu mir gesagt, aber ich hatte es nicht verstanden.

»Dir fällt nicht mal eine Sache ein.«

»Doch. Doch.«

»Na, dann sag's.«

»Ich mag Allie«, sagte ich. »Und ich mag das, was ich gerade tue. Hier bei dir sitzen und reden und über Kram nachdenken und . . .«

»Allie ist *tot*. – Immer sagst du das! Wenn jemand tot ist und so weiter und im *Himmel*, dann ist das nicht richtig . . .«

»Ich weiß, dass er tot ist! Glaubst du, ich weiß das nicht? Aber deshalb kann ich ihn doch trotzdem mögen, oder? Bloß weil jemand tot ist, hört man doch nicht auf, ihn zu mögen, Herrgott – erst recht nicht, wenn der ungefähr tausendmal netter war als die Leute, die man kennt und die noch *leben* und so.«

Die gute Phoebe sagte gar nichts. Wenn ihr nichts einfällt, was sie sagen kann, sagt sie kein verfluchtes Wort.

»Jedenfalls mag ich das jetzt«, sagte ich. »Also, jetzt im Moment. Hier mit dir zu sitzen und zu quatschen und rumzual. . .«

»Das ist doch nichts *Rich*tiges!«

»Doch, das *ist* was Richtiges! Und ob das was Richtiges ist! Warum denn nicht, Mensch? Nie wird einem geglaubt, dass was was *Richtiges* ist. Das hab ich verflucht satt.«

»Hör auf zu fluchen. Na schön, dann sag was anderes. Sag was, was du gern *sein* würdest. Wie Wissenschaftler oder *Anwalt* oder was weiß ich.«

»Wissenschaftler könnte ich nicht sein. Ich bin nicht gut in Naturwissenschaften.«

»Na, dann Anwalt – wie Daddy und so.«

»Anwälte sind wohl schon in Ordnung – aber das reizt mich nicht«, sagte ich. »Also, die sind in Ordnung, wenn sie die ganze Zeit rumrennen und Unschuldigen das Leben retten und so Sachen, aber so Kram *macht* man eben nicht, wenn man Anwalt ist. Da macht man bloß einen Haufen Kohle und spielt Golf und spielt Bridge und kauft Autos und trinkt Martinis und sieht aus wie ein Spitzentyp. Und außerdem. Selbst wenn man *tatsächlich* rumrennen und Leuten das Leben retten würde und so, woher wüsste man, ob man es täte, weil man Leuten *wirklich* das Leben retten will, oder ob man es täte, weil man *eigentlich* ein irrsinniger Anwalt sein will, dem jeder im Gerichtssaal auf die Schultern klopft und gratuliert, wenn der verfluchte Prozess vorbei ist, die Reporter und alle, wie in diesen schmutzigen Filmen? Woher wüsste man denn, ob man nicht verlogen ist? Das Dumme ist, man wüsste es eben *nicht*.«

Ich bin mir nicht sicher, ob die gute Phoebe wusste, wovon ich überhaupt redete. Schließlich ist sie ja bloß ein kleines Kind und so. Aber wenigstens hörte sie mir zu. Wenn jemand wenigstens zuhört, ist es schon mal nicht schlecht.

»Daddy bringt dich um. Er bringt dich *um*«, sagte sie.

Aber ich hörte nicht zu. Ich dachte an etwas anderes – etwas Verrücktes. »Weißt du, was ich gern sein würde?«, sagte ich. »Weißt du, was ich gern sein würde? Also, wenn ich die verfluchte Wahl hätte?«

»Was? Hör auf zu *fluchen*.«

»Du kennst doch das Lied ›Wenn einer einen fängt, der durch den Roggen kommt‹. Ich würde gern …«

»Das heißt ›Wenn einer einen *trifft*, der durch den Roggen kommt‹«, sagte die gute Phoebe. »Das ist ein Gedicht. Von Robert *Burns*.«

»Ich *weiß*, dass es ein Gedicht von Robert Burns ist.« Aber sie hatte Recht. Es heißt *tatsächlich* »Wenn einer einen trifft, der durch den Roggen kommt«. Aber das wusste ich da nicht.

»Ich hab gedacht, es heißt ›Wenn einer einen fängt‹«, sagte ich. »Jedenfalls stelle ich mir dabei immer lauter kleine Kinder vor, die in einem großen Roggenfeld spielen und so. Tausende von kleinen Kindern, und niemand ist da – also, kein Großer –, nur ich. Und ich stehe am Rand eines verrückten Abgrunds. Und da muss ich alle fangen, bevor sie in den Abgrund fallen – also, wenn sie rennen und nicht aufpassen, wo sie hinlaufen, dann muss ich irgendwo rauskommen und sie *fangen*. Und das würde ich den ganzen Tag lang machen. Ich wär einfach der Fänger im Roggen und so. Ich weiß, es ist verrückt, aber das ist das Einzige, das ich richtig gern wäre. Ich weiß, es ist verrückt.«

Die gute Phoebe sagte lange nichts. Dann, als sie etwas sagte, sagte sie bloß: »Daddy bringt dich um.«

»Das ist mir scheißegal«, sagte ich. Dann stand ich vom Bett auf, denn ich wollte nun den Typen anrufen, der an der Elkton Hills mein Englischlehrer gewesen war, Mr. Antolini. Er lebte inzwischen in New York. Er hatte an der Elkton Hills aufgehört. Er hatte eine Stelle für Englisch an der NYU angenommen. »Ich muss mal telefonieren«, sagte ich zu Phoebe. »Bin gleich wieder da. Schlaf nicht ein.« Ich wollte nicht, dass sie einschlief, während ich im Wohnzimmer war. Ich wusste, sie würde nicht einschlafen, aber ich sagte es trotzdem, nur um sicherzugehen.

Während ich zur Tür ging, sagte die gute Phoebe: »Holden!«, und ich drehte mich um.

Sie saß aufrecht im Bett. Sie sah so hübsch aus. »Ich mach einen Rülpskurs bei so einem Mädchen, bei Phyllis Margulies«, sagte sie. »Hör mal.«

Ich hörte ihr zu, und ich hörte schon *et*was, aber viel war's nicht. »Gut«, sagte ich. Dann ging ich ins Wohnzimmer und rief diesen ehemaligen Lehrer von mir an, Mr. Antolini.

# 23

Ich machte es sehr fix am Telefon, weil ich Angst hatte, meine Eltern könnten mittendrin reinschneien. Aber sie kamen nicht. Mr. Antolini war sehr nett. Er sagte, ich kann gleich bei ihm vorbeikommen, wenn ich will. Ich glaube, ich habe ihn und seine Frau wahrscheinlich aufgeweckt, weil es ungeheuer lange dauerte, bis sie drangingen. Als Erstes fragte er mich, ob etwas nicht in Ordnung ist, und ich sagte Nein. Aber ich sagte, ich bin von der Pencey geflogen. Als ich das sagte, sagte er: »Mein Gott.« Er hatte einen guten Humor und so. Er sagte, ich soll gleich vorbeikommen, wenn mir danach ist.

Er war ungefähr der beste Lehrer, den ich je hatte, Mr. Antolini. Er war ein ziemlich junger Typ, nicht viel älter als mein Bruder D. B., und man konnte mit ihm Blödsinn machen, ohne den Respekt vor ihm zu verlieren. Er war derjenige, der den Jungen, von dem ich euch erzählt habe, der aus dem Fenster gesprungen war, James Castle, schließlich aufhob. Der gute Mr. Antolini fühlte ihm den Puls und so, dann zog er seinen Mantel aus, breitete ihn über James Castle und trug ihn den ganzen Weg bis zum Krankenzimmer. Es war ihm scheißegal, dass sein Mantel dabei ganz blutig wurde.

Als ich wieder in D. B.s Zimmer kam, hatte die gute Phoebe das Radio angemacht. Es lief Tanzmusik. Sie hatte es aber leise gestellt, damit das Mädchen nichts hörte. Ihr hättet Phoebe sehen sollen. Sie saß mitten auf dem Bett, ohne Decke, die Beine verschränkt wie ein Jogi-Typ. Sie hörte Musik. Sie macht mich fertig.

»Na los«, sagte ich. »Willst du tanzen?« Als sie noch ein ganz kleines Mädchen war, hatte ich ihr tanzen und so beigebracht. Sie tanzt sehr gut. Also, ich hatte ihr bloß ein paar Sachen gezeigt. Das meiste hat sie selber gelernt. Wie man *richtig* tanzt, kann man keinem beibringen.

»Du hast Schuhe an«, sagte sie.

»Ich zieh sie aus. Los.«

Sie sprang praktisch vom Bett, und dann wartete sie, bis ich mir die Schuhe ausgezogen hatte, und dann tanzte ich eine Weile mit ihr. Sie ist wirklich verdammt gut. Ich mag Leute nicht, die mit kleinen Mädchen tanzen, weil das meistens schrecklich aussieht. Also, wenn man irgendwo in einem Restaurant ist und man sieht, wie ein alter Typ mit seiner kleinen Tochter auf die Tanzfläche geht. Meistens ziehen sie dem Mädchen dabei aus Versehen das Kleid hinten hoch, und das Mädchen hat eh keinen blassen Schimmer vom Tanzen, und es sieht schrecklich aus, aber ich mache das in der Öffentlichkeit nie mit Phoebe oder was. Wir albern bloß im Haus rum. Bei ihr ist das eh was anderes, weil sie ja tanzen *kann*. Sie kann bei allem folgen. Also, wenn man sie ungeheuer eng hält, so dass es egal ist, dass die eigenen Beine so viel länger als ihre sind. Sie macht alles mit. Man kann sie über Kreuz führen oder so piefig in die Knie gehen oder sogar ein bisschen jitterbuggen, und immer macht sie mit. Sogar *Tango* geht mit ihr, Herrgott.

Wir tanzten ungefähr vier Stücke. Zwischen den Stücken ist sie ungeheuer komisch. Sie bleibt genau in der Grundstellung stehen. Sie spricht nicht mal oder was. Beide müssen genau in der Grundstellung stehen bleiben und darauf warten, dass das Orchester weiterspielt. Das macht mich fertig. Man darf dabei auch nicht lachen oder was.

Jedenfalls tanzten wir ungefähr vier Stücke, dann schaltete ich das Radio aus. Die gute Phoebe sprang wieder aufs Bett und kroch unter die Decke. »Ich bin besser geworden, was?«, fragte sie mich.

»Und wie«, sagte ich. Ich setzte mich wieder neben sie aufs Bett. Ich war irgendwie außer Atem. Ich rauchte so verdammt viel, ich hatte kaum noch Puste. Sie war überhaupt nicht außer Atem.

»Fühl mal meine Stirn«, sagte sie auf einmal.

»Warum?«

»*Fühl* mal. Nur ein Mal.«

Ich fühlte ihre Stirn. Aber ich fühlte gar nichts.

»Fühlt sie sich sehr fiebrig an?«, sagte sie.

»Nein. Soll sie das?«

»Ja – das mache ich mit Absicht. Fühl noch mal.«

Ich fühlte noch mal und fühlte noch immer nichts, aber ich sagte: »Ich glaube, jetzt fängt es an.« Ich wollte nicht, dass sie einen verfluchten Minderwertigkeitskomplex bekam.

Sie nickte. »Ich schaffe es, dass es über das Thermoneter rausgeht.«

»Thermo*meter*. Wer hat das gesagt?«

»Das hat mir Alice Holmborg gezeigt. Man legt die Beine über Kreuz und hält den Atem an und denkt an etwas sehr, sehr Heißes. Einen Heizkörper oder was weiß ich. Dann wird die ganze Stirn so heiß, dass sich jemand die Hand dran verbrennen kann.«

Das machte mich fertig. Ich zog die Hand von ihrer Stirn, als wäre ich in irrsinniger Gefahr. »Danke, dass du mir das ge*sagt* hast.«

»Ach, *deine* Hand hätte ich nicht verbrannt. Ich hätte aufgehört, bevor es zu – *Pssst!*« Dann setzte sie sich ungeheuer schnell so ungeheuer kerzengerade im Bett auf.

Damit jagte sie mir einen ungeheuren Schrecken ein. »Was ist denn los?«, sagte ich.

»Die Wohnungstür!«, sagte sie laut flüsternd. »Das sind sie!«

Ich sprang schnell auf, rannte zum Schreibtisch und knipste die Lampe aus. Dann drückte ich die Zigarette auf meinem Schuh aus und steckte sie in die Tasche. Dann wedelte ich ungeheuer durch die Luft, um den Rauch rauszukriegen – ich hätte gar nicht rauchen sollen, Herrgott noch mal. Dann schnappte ich meine Schuhe, stellte mich in den Schrank und zog die Tür zu. Mann, pochte mein Herz vielleicht laut.

Ich hörte, wie meine Mutter ins Zimmer kam.

»Phoebe?«, sagte sie. »Jetzt aber Schluss. Ich habe das Licht gesehen, kleines Fräulein.«

»Hallo!«, hörte ich die gute Phoebe sagen. »Ich konnte nicht schlafen. Habt ihr euch gut amüsiert?«

»Wunderbar«, sagte meine Mutter, und man hörte gleich, dass sie es nicht so meinte. Ausgehen macht ihr keinen großen Spaß. »Warum bist du wach, wenn ich fragen darf? War dir auch warm genug?«

»Mir war warm genug, ich hab nur nicht schlafen können.«

»Phoebe, hast du hier eine Zigarette geraucht? Sag mir bitte die Wahrheit, kleines Fräulein.«

»Was?«, sagte die gute Phoebe.

»Du hast mich genau verstanden.«

»Ich hab bloß ganz kurz eine angemacht. Ich hab bloß *einen Zug* gemacht. Dann hab ich sie aus dem Fenster geschmissen.«

»Und *warum*, wenn ich fragen darf?«

»Ich konnte nicht schlafen.«

»Ich mag das nicht, Phoebe. Ich mag das überhaupt nicht«, sagte meine Mutter. »Möchtest du eine andere Decke?«

»Nein, danke. Nacht!«, sagte die gute Phoebe. Sie versuchte sie loszuwerden, das hörte man gleich.

»Wie war der Film?«, sagte meine Mutter.

»Hervorragend. Bis auf Alices Mutter. Den ganzen Film durch hat sie sich ständig über mich rübergebeugt und sie gefragt, ob sie sich grippig fühlt. Wir sind mit dem Taxi heimgefahren.«

»Ich fühl dir mal die Stirn.«

»Ich hab mir nichts geholt. Sie hatte nichts. Es war bloß ihre Mutter.«

»Na, dann schlaf jetzt mal. Wie war das Essen?«

»Mies«, sagte Phoebe.

»Du hast gehört, was dein Vater gesagt hat. Du sollst das Wort nicht sagen. Was war denn so mies daran? Es war doch ein schönes Lammkotelett. Ich bin bis zur Lexington Avenue gelaufen, bloß damit ...«

»Das Lammkotelett war ganz gut, aber Charlene *atmet* mich immer *an*, wenn sie was hinstellt. Sie atmet über das ganze Essen und so. Sie *atmet* auf alles.«

»Na, dann schlaf jetzt mal. Gib deiner Mutter einen Kuss. Hast du gebetet?«

»Ja, im Badezimmer. Nacht!«

»Gute Nacht. Schlaf aber gleich. Ich habe stechende Kopfschmerzen«, sagte meine Mutter. Sie hat häufig Kopfschmerzen. Wirklich.

»Nimm ein paar Aspirin«, sagte die gute Phoebe. »Holden kommt doch am Mittwoch, oder?«

»Soviel ich weiß. Jetzt aber unter die Decke. Ganz tief.«

Ich hörte, wie meine Mutter rausging und die Tür zumachte. Ich wartete noch ein paar Minuten. Dann stieg ich aus dem Schrank. Dabei rannte ich voll gegen die gute Phoebe, weil es so dunkel war und sie aufgestanden war und zu mir herkam, um mir alles zu erzählen. »Hab ich dir wehgetan?«, sagte ich. Man musste jetzt flüstern, weil sie beide zu Hause waren. »Ich muss hier weg«, sagte ich. Ich fand im Dunkeln die Bettkante, setzte mich darauf und zog mir die Schuhe an. Ich war ziemlich nervös. Zugegeben.

»Geh nicht *jetzt*«, flüsterte Phoebe. »Warte, bis sie schlafen!«

»Nein. Jetzt. Jetzt ist's am besten«, sagte ich. »Sie ist im Bad, und Daddy stellt die Nachrichten an oder was weiß ich. Jetzt ist's am besten.« Ich konnte mir kaum die Schuhe zubinden, so verdammt nervös war ich. Nicht, dass sie mich *um*gebracht hätten oder was, wenn sie mich zu Hause erwischt hätten, aber es wäre sehr unangenehm gewesen und so. »Wo bist du denn, Mensch?«, sagte ich zu der guten Phoebe. Es war dermaßen dunkel, dass ich sie gar nicht sehen konnte.

»Ich hab meine verdammten Taschen am Bahnhof«, sagte ich. »Hör mal. Hast du Kohle, Phoeb? Ich bin praktisch pleite.«

»Bloß meine Weihnachtskohle. Für Geschenke und so. Und ich hab noch *gar* nichts eingekauft.«

»Ach.« Ihre Weihnachtskohle wollte ich nicht.

»Willst du was davon?«, sagte sie.

»Ich will deine Weihnachtskohle nicht.«

»Ein *bisschen* was kann ich dir leihen«, sagte sie. Dann hörte ich sie an D. B.s Schreibtisch, wie sie hunderttausend Schubladen aufzog und mit der Hand rumtastete. Es war pechschwarz, so dunkel war es in dem Zimmer. »Wenn du weggehst, siehst du mich aber nicht in dem Stück«, sagte sie. Ihre Stimme klang komisch, als sie das sagte.

»Doch. Ich geh erst danach. Glaubst du etwa, ich will das Stück verpassen?«, sagte ich. »Weißt du was, wahrscheinlich wohne ich bis Dienstagabend bei Mr. Antolini. Dann komm ich nach Hause. Wenn ich Gelegenheit hab, ruf ich dich an.«

»Da«, sagte die gute Phoebe. Sie versuchte, mir die Kohle zu geben, aber sie konnte meine Hand nicht finden.

»Wo?«

Sie legte die Kohle in meine Hand.

»He, so viel brauch ich gar nicht«, sagte ich. »Gib mir bloß zwei Mäuse, das reicht. Ehrlich – Hier.« Ich versuchte, ihr das Geld zurückzugeben, aber sie wollte es nicht nehmen.

»Du kannst alles haben. Kannst es mir ja zurückzahlen. Bring's zum Stück mit.«

»Wie viel ist es denn, Herrgott?«

»Acht Dollar und fünfundachtzig Cent. Fünfund*sechzig* Cent. Etwas hab ich ausgegeben.«

Dann fing ich auf einmal an zu weinen. Ich konnte nicht anders. Ich weinte so, dass mich keiner hören konnte, aber ich weinte trotzdem. Es jagte der guten Phoebe einen Heidenschrecken ein, als ich anfing, und sie kam zu mir und versuchte, mich zu beruhigen, aber wenn man einmal angefangen hat, kann man einfach nicht auf Kommando wieder *auf*hören. Ich saß noch immer auf der Bettkante, und sie legte mir den guten Arm um den Hals, und auch ich legte den Arm um sie, aber trotzdem konnte ich lange nicht aufhören. Ich dachte, ich ersticke gleich oder was weiß ich, Mann, jagte ich der armen guten Phoebe vielleicht einen Heidenschrecken ein. Das verdammte Fenster stand offen und so weiter, und ich spürte, wie sie zitterte und so, weil sie bloß im Schlafanzug war. Ich sagte, sie soll wieder ins Bett gehen, aber sie wollte nicht. Schließlich hörte ich auf. Aber es hatte wirklich ganz, ganz lange gedauert. Dann knöpfte ich meinen Mantel fertig zu und so. Ich sagte ihr, ich würde mit ihr in Kontakt bleiben. Sie sagte, ich könnte bei ihr schlafen, wenn ich wollte, aber ich sagte, nein, es ist besser, wenn ich abhaue, Mr. Antolini würde auf mich warten und so. Dann zog ich meine Jägermütze aus der Manteltasche und gab sie ihr. Sie mag so verrückte Mützen. Sie wollte sie nicht annehmen, aber ich bestand darauf. Ich wette, sie hatte sie beim Schlafen auf dem Kopf. Sie mag solche Mützen wirklich. Dann sagte ich ihr noch einmal, ich würde sie anklingeln, wenn ich die Gelegenheit hätte, dann ging ich.

Aus irgendeinem Grund war es viel einfacher, aus dem Haus zu kommen als hinein. Überhaupt war es mir jetzt scheißegal, ob sie mich erwischten. Wirklich. Ich dachte, wenn sie mich erwischen, dann erwischen sie mich eben. Irgendwie wünschte ich es mir fast.

Ich ging den ganzen Weg zu Fuß runter, statt den Fahrstuhl zu nehmen. Ich ging die Hintertreppe runter. Fast hätte ich mir den Hals gebrochen, als ich über ungefähr zehn Millionen Mülleimer fiel, aber ich kam dann doch gut raus. Der Fahrstuhlknabe sah mich gar nicht. Wahrscheinlich glaubt er *immer* noch, ich bin bei den Dicksteins.

## 24

Mr. und Mrs. Antolini hatten so eine todschicke Wohnung am Sutton Place, mit zwei Stufen, über die man runter ins Wohnzimmer kam, und einer Bar und so. Ich war schon einige Male da gewesen, weil Mr. Antolini nach meinem Abgang von der Elkton Hills ziemlich häufig zu uns zum Essen kam, um zu sehen, wie es mir ging. Da war er noch nicht verheiratet gewesen. Und als er dann heiratete, spielte ich ziemlich häufig Tennis mit ihm und Mrs. Antolini im West Side Tennis Club in Forest Hills, Long Island. Mrs. Antolini gehörte da hin. Sie hatte haufenweise Kohle. Sie war ungefähr sechzig Jahre älter als Mr. Antolini, aber sie schienen sich ganz gut zu verstehen. Überhaupt waren sie beide sehr intellektuell, besonders Mr. Antolini, bloß war er eher witzig als intellektuell, wenn man mit ihm zusammen war, so ein bisschen wie D. B. Mrs. Antolini war meistens ernst. Sie hatte ziemlich schlimm Asthma. Beide lasen sie alle Geschichten von D. B. – auch Mrs. Antolini –, und als D. B. nach Hollywood ging, rief Mr. Antolini ihn an und sagte ihm, er soll nicht gehen. Aber er ging trotzdem. Mr. Antolini sagte, jeder, der so schreiben kann wie D. B., hat in Hollywood nichts verloren. Praktisch genau das Gleiche habe auch ich gesagt.

Ich wäre ja zu ihnen zu Fuß gegangen, weil ich von Phoebes Weihnachtskohle nur etwas ausgeben wollte, wenn es unbedingt nötig war, aber als ich rauskam, war mir ganz komisch. Schwindelig irgendwie. Also nahm ich ein Taxi. Das wollte ich zwar nicht, aber ich tat es doch. Es dauerte ewig, bis ich überhaupt erst eins *fand*.

Der gute Mr. Antolini öffnete die Tür, als ich klingelte – nachdem der Fahrstuhlführer mich *endlich* hochgelassen hatte, der Arsch. Er hatte seinen Bademantel an und Pantoffeln, und in der Hand hielt er einen Highball. Er war ein ziemlich kultivierter Typ, und er trank ziemlich heftig.

»Holden, Junge!«, sagte er. »Mein Gott, er ist schon wieder einen halben Meter gewachsen. Schön, dich zu sehen.«

»Wie geht es Ihnen, Mr. Antolini? Wie geht's Mrs. Antolini?«

»Uns geht's bestens. Gib mir mal deinen Mantel.« Er nahm mir meinen Mantel ab und hängte ihn auf. »Ich habe dich schon mit einem Neugeborenen auf dem Arm erwartet. Ausweglos. Schneeflocken auf den Wimpern.« Manchmal ist er ein sehr witziger Typ. Er drehte sich um und brüllte Richtung Küche: »Lillian! Was macht der Kaffee?« Lillian war Mrs. Antolinis Vorname.

»Ist schon fertig«, brüllte sie zurück. »Ist Holden da? Hallo, Holden!«

»Hallo, Mrs. Antolini!«

Wenn man bei denen war, wurde immer gebrüllt. Das lag daran, dass die beiden nie gleichzeitig im selben Zimmer waren. Das war irgendwie komisch.

»Setz dich, Holden«, sagte Mr. Antolini. Man sah gleich, dass er einen im Tee hatte. Das Zimmer sah aus, als hätte dort gerade eine Party stattgefunden. Überall standen Gläser rum und Teller mit Erdnüssen. »Entschuldige den Zustand dieses Hauses«, sagte er. »Wir hatten gerade Gäste, Freunde von Mrs. Antolini aus Buffalo ... Büffel eben.«

Ich lachte, und Mrs. Antolini brüllte mir etwas aus der Küche zu, was ich aber nicht verstand. »Was hat sie gesagt?«, fragte ich Mr. Antolini.

»Sie sagte, du sollst sie nicht ansehen, wenn sie gleich reinkommt. Sie ist gerade der Falle entstiegen. Zigarette? Rauchst du jetzt?«

»Danke«, sagte ich. Ich nahm eine Zigarette aus der Dose, die er mir hinhielt. »Nur hin und wieder. Ich rauche nur mäßig.«

»Das hätte ich gewettet«, sagte er. Er nahm das große Feuerzeug vom Tisch und gab mir Feuer. »Also. Du und die Pencey, ihr seid nicht mehr zusammen«, sagte er. Er sagte immer solche Sachen. Manchmal fand ich das sehr lustig, manchmal aber auch nicht. Irgendwie machte er das ein bisschen *zu* viel. Also, nicht dass er nicht witzig oder was gewesen wäre – das war er –, aber manchmal geht es einem auf die Nerven, wenn einer *immer* Sachen sagt wie »Du und die Pencey, ihr seid nicht mehr zusammen«. Auch D. B. macht das manchmal zu oft.

»Woran hat's gelegen?«, fragte mich Mr. Antolini. »Wie warst du in Englisch? Wenn du in Englisch durchgefallen bist, sitzt du ganz schnell wieder vor der Tür, du kleines Aufsatzgenie.«

»Ach, Englisch lief ganz gut. Es war aber vor allem Literatur. Ich habe das ganze Schuljahr überhaupt bloß zwei Aufsätze geschrieben«, sagte ich. »Aber in Mündlicher Ausdruck bin ich durchgefallen. Da gab's so einen Kurs, den man machen musste, Mündlicher Ausdruck. *Da* bin ich durchgefallen.«

»Warum?«

»Ach, weiß auch nicht.« Mir war nicht besonders danach, das zu vertiefen. Mir war noch immer ein bisschen schwindelig oder was weiß ich, und auf einmal hatte ich ungeheure Kopfschmerzen. Wirklich. Aber man sah gleich, dass es ihn interessierte, also erzählte ich ihm ein bisschen davon. »Das ist ein Kurs, da muss jeder Junge in der Klasse aufstehen und einen Vortrag halten. Sie wissen ja. Spontan und so. Und wenn der Junge auch nur ein bisschen abschweift, muss man ganz schnell ›Abschweifung!‹

brüllen. Das hat mich fast wahnsinnig gemacht. Da hab ich 'ne Sechs gekriegt.«

»Warum?«

»Ach, weiß auch nicht. Das mit der Abschweifung ist mir auf die Nerven gegangen. Ich weiß auch nicht. Das Dumme bei mir ist, ich *mag* es, wenn jemand abschweift. Es ist viel interess*anter* und so.«

»Es ist dir egal, ob jemand beim Thema bleibt, wenn er dir was erzählt?«

»O nein! Ich mag es schon, wenn jemand beim Thema bleibt und so. Aber ich mag es nicht, wenn er zu sehr beim Thema bleibt. Ich weiß auch nicht. Ich glaube, ich mag's nicht, wenn jemand die *ganze Zeit* beim Thema bleibt. Die Jungen, die die besten Noten in Mündlicher Ausdruck bekamen, die blieben ständig beim Thema – zugegeben. Aber ein Junge, Richard Kinsella, der blieb nicht sehr beim Thema, und bei dem brüllten sie immer gleich ›Abschweifung!‹ Es war schrecklich, weil der überhaupt schon ein sehr nervöser Junge war – also, er war ein sehr nervöser Junge –, und seine Lippen zitterten immer schon, wenn er mit einem Vortrag an der Reihe war, und saß man ganz hinten im Raum, konnte man ihn kaum verstehen. Aber wenn seine Lippen irgendwie ein bisschen aufhörten zu zittern, mochte ich seine Vorträge lieber als alle andern. Aber trotzdem ist er praktisch auch durch den Kurs gefallen. Er bekam eine *Vier* plus, weil sie bei ihm die ganze Zeit ›Abschweifung!‹ brüllten. Zum Beispiel hielt er einen Vortrag über die Farm in Vermont, die sein Vater gekauft hatte. Während des Vortrags brüllten sie die ganze Zeit ›Abschweifung!‹, und dann gab ihm der Lehrer, Mr. Vinson, eine *Sechs* dafür, weil er nicht erzählt hatte, was für Tiere und Gemüse und so Kram auf der Farm wuchsen und so. Und Richard Kinsella, der schon angefangen hatte, von dem ganzen Kram zu erzählen –

auf einmal fing er dann an, von einem Brief zu erzählen, den seine Mutter von seinem Onkel gekriegt hatte, und dass sein Onkel Kinderlähmung und so bekam, als er zweiundvierzig Jahre alt war, und dass keiner ihn im Krankenhaus besuchen durfte, weil er nicht wollte, dass man ihn mit einer Schiene sah. Das hatte nicht sehr viel mit der Farm zu tun – zugegeben –, aber es war *schön*. Es ist schön, wenn jemand von seinem Onkel erzählt. Besonders, wenn er anfängt, von der Farm seines Vaters zu erzählen, und sich dann auf einmal mehr für seinen Onkel interessiert. Also, es ist doch gemein, ›Abschweifung!‹ zu brüllen, wenn er schon ganz aufgeregt ist … Ich weiß auch nicht. Schwer zu erklären.« Mir war auch nicht besonders danach, es zu versuchen. Überhaupt hatte ich auf einmal irrsinnige Kopfschmerzen. Ich wünschte zu Gott, die gute Mrs. Antolini würde endlich mit dem Kaffee kommen. So was ärgert mich ungeheuer – also, wenn jemand *sagt*, der Kaffee ist fertig, und er ist es gar nicht.

»Holden … Eine kurze, leicht spießige, pädagogische Frage. Findest du nicht, dass es für alles eine Zeit und einen Ort gibt? Findest du nicht, dass jemand, der anfängt, von der Farm seines Vaters zu erzählen, dann auch dabeibleiben und *danach* von der Schiene seines Onkels erzählen sollte? *Oder*, wenn die Schiene seines Onkels so ein reizvolles Thema ist, hätte er es dann nicht schon von vornherein als Thema wählen sollen – und nicht die Farm?«

Mir war nicht besonders danach, zu überlegen und zu antworten und so. Ich hatte Kopfschmerzen, und mir war einfach mies. Ich hatte sogar irgendwie Bauchschmerzen, wenn ihr's genau wissen wollt.

»Ja – ich weiß auch nicht. Wahrscheinlich schon. Also, ich denke mal, er hätte seinen Onkel zum Thema machen sollen und nicht die Farm, wenn der ihn am meisten interessiert hat. Aber was ich sagen will, ganz oft *weiß* man doch gar nicht, was einen am meisten interessiert, sondern erst, wenn man anfängt, über etwas zu reden, das einen *gar* nicht am meisten interessiert. Also, manchmal kann man doch gar nicht anders. Ich finde eben, man soll einen in Ruhe lassen, wenn es wenigstens interessant ist und er sich ganz in eine Sache reinsteigert. Ich mag es, wenn sich einer in was reinsteigert. Das ist schön. Sie haben diesen Lehrer, Mr. Vinson, einfach nicht gekannt. Der konnte einen manchmal wahnsinnig machen, der und die verfluchte Klasse. Also, der sagte einem ständig, man soll ver*ein*heitlichen und ver*ein*fachen. Aber bei manchen Sachen *geht* das einfach nicht. Also, man kann doch nicht einfach vereinheitlichen und vereinfachen, bloß weil einer das *will*. Sie haben diesen Typen, diesen Mr. Vinson, eben nicht gekannt. Also, der war schon sehr intelligent und so, aber man sah gleich, dass er nicht besonders viel im Kopf hatte.«

»Der Kaffee, die Herren, *end*lich«, sagte Mrs. Antolini. Sie kam herein mit einem Tablett mit Kaffee und Kuchen und Kram darauf. »Holden, dass du mich ja nicht anschaust, auch nicht kurz. Ich sehe scheußlich aus.«

»Tag, Mrs. Antolini«, sagte ich. Ich wollte aufstehen und so, aber Mr. Antolini packte mich am Jackett und zog mich wieder runter. Die gute Mrs. Antolini hatte die Haare mit diesen eisernen Wicklerdingern gespickt, und sie hatte die Lippen nicht angemalt oder was. Sie sah nicht besonders umwerfend aus. Sie sah ziemlich alt aus und so.

»Ich stell's einfach da hin. Langt nur zu, ihr zwei«, sagte sie. Sie stellte das Tablett auf dem Zigarettentisch ab, wobei sie die ganzen Gläser beiseite schob. »Wie geht's deiner Mutter, Holden?«

»Gut, danke. Ich habe sie ja länger nicht gesehen, aber als ich sie das letzte Mal ...«

»Liebster, falls Holden etwas braucht, alles ist im Wäscheschrank. Im obersten Fach. Ich gehe ins Bett. Ich bin erschöpft«, sagte Mrs. Antolini. So sah sie auch aus. »Könnt ihr beiden das Sofa allein herrichten?«

»Wir machen hier alles. Geh du nur ins Bett«, sagte Mr. Antolini. Er gab Mrs. Antolini einen Kuss, dann verabschiedete sie sich von mir und ging ins Schlafzimmer. Sie küssten einander immer viel in der Öffentlichkeit.

Ich trank ein paar Schluck Kaffee und aß ungefähr die Hälfte von einem Stück Kuchen, das ungefähr so hart wie Stein war. Der gute Mr. Antolini trank nur noch einen weiteren Highball. Und er macht sie auch sehr stark, das sah man gleich. Wenn er nicht aufpasst, wird er noch mal Alkoholiker.

»Vor ein paar Wochen habe ich mit deinem Dad zu Mittag gegessen«, sagte er auf einmal. »Wusstest du das?«

»Nein.«

»Dir ist natürlich bewusst, dass er sich schreckliche Sorgen um dich macht.«

»Das weiß ich. Ich weiß«, sagte ich.

»Anscheinend hatte er, bevor er mich anrief, gerade einen langen, ziemlich erschütternden Brief von deinem letzten Rektor bekommen, der schrieb, dass du dich überhaupt nicht anstrengst. Stunden schwänzt. Immer unvorbereitet in den Unterricht kommst. Kurz und gut, du seist von A bis Z ...«

»Ich habe keine Stunden geschwänzt. Das durfte man gar nicht. Ab und zu bin ich mal in der einen oder anderen nicht erschienen, wie zum Beispiel Mündlicher Ausdruck, von der ich Ihnen erzählt habe, aber so richtig geschwänzt habe ich keine.«

Mir war überhaupt nicht danach, darüber zu sprechen.

Von dem Kaffee ging es meinem Magen ein bisschen besser, aber ich hatte noch immer diese furchtbaren Kopfschmerzen.

Mr. Antolini zündete sich wieder eine Zigarette an. Er rauchte wie ein Besessener. Dann sagte er: »Offen gesagt habe ich keinen blassen Schimmer, was ich dir sagen soll, Holden.«

»Ich weiß. Es ist sehr schwer, mit mir zu sprechen. Das ist mir klar.«

»Ich habe das Gefühl, dass du schnurstracks auf einen Abgrund zuläufst. Aber ehrlich gesagt weiß ich nicht, was für einer das . . . Hörst du mir überhaupt zu?«

»Ja.«

Man sah gleich, dass er versuchte, sich zu konzentrieren und so.

»Es könnte sein, dass du mit dreißig in einer Bar sitzt und jeden hasst, der reinkommt und aussieht, als hätte er vielleicht am College Football gespielt. Du könntest dir auch gerade so viel Bildung aneignen, dass du Leute hasst, die sagen: ›Das ist ein Geheimnis zwischen ihm und mich.‹ Oder du landest in einem Büro, wo du dann die nächstbeste Stenotypistin mit Heftklammern bewirfst. Ich weiß es einfach nicht. Aber weißt du denn überhaupt, worauf ich hinauswill?«

»Ja. Klar«, sagte ich. Und das stimmte auch. »Aber mit diesen Hassgeschichten liegen Sie falsch. Also, dass ich Footballspieler hasse und so. Wirklich. So viele hasse ich ja gar nicht. Allerdings könnte ich sie eine *kurze* Zeit lang hassen, wie diesen Stradlater, den ich an der Pencey kannte, und einen anderen Jungen, Robert Ackley. *Die* habe ich immer mal wieder gehasst – das gebe ich zu –, aber es hat nie lange gedauert, so mein ich das. Wenn ich sie eine Zeit lang nicht sah, wenn sie nicht ins Zimmer kamen oder wenn ich sie bei ein paar Mahlzeiten nicht im

Speisesaal sah, vermisste ich sie irgendwie. Also, ich hab sie irgendwie vermisst.«

Mr. Antolini sagte eine Weile nichts. Er stand auf, holte sich noch einen Eisbrocken und ließ ihn in sein Glas fallen, dann setzte er sich wieder hin. Man sah gleich, dass er nachdachte. Aber ich wünschte immerzu, er würde die Unterhaltung am Morgen fortsetzen und nicht jetzt, aber er war scharf darauf. Die Leute sind meistens scharf auf eine Unterhaltung, wenn man's selber nicht ist.

»Na schön. Hör mir jetzt mal einen Augenblick zu ... Vielleicht formuliere ich das nicht so denkwürdig, wie ich's gern täte, aber in ein, zwei Tagen schreibe ich dir einen Brief darüber. Aber hör jetzt trotzdem mal zu.« Wieder konzentrierte er sich. Dann sagte er: »Dieser Abgrund, auf den du da zurennst – das ist ein besonderer, ein ganz schrecklicher Abgrund. Dem Menschen, der fällt, ist es nicht vergönnt, zu spüren oder zu hören, wie er unten aufschlägt. Er fällt und fällt einfach immer weiter. Dieses Konstrukt ist für Menschen gedacht, die an irgendeinem Zeitpunkt in ihrem Leben nach etwas suchten, was ihre Umgebung ihnen nicht bieten konnte. Oder wovon sie glaubten, ihre Umgebung könne es ihnen nicht bieten. Also gaben sie die Suche auf. Sie gaben sie auf, bevor sie überhaupt richtig damit angefangen hatten. Kannst du mir folgen?«

»Ja, Sir.«

»Bestimmt?«

»Ja.«

Er stand auf und goss sich noch was von seinem Gesöff nach. Dann setzte er sich wieder hin. Eine ganze Weile sagte er nichts.

»Ich möchte dir keine Angst einjagen«, sagte er, »aber ich kann sehr deutlich sehen, wie du auf die eine oder andere Weise edel stirbst, und zwar für eine äußerst unwürdige Sache.« Er warf mir einen komischen Blick zu. »Wenn ich dir etwas aufschreibe, wirst du es dann auch sorgfältig lesen? Und es aufbewahren?«

»Ja. Sicher«, sagte ich. Und das habe ich auch getan. Ich habe den Zettel, den er mir gab, noch immer.

Er ging zu seinem Schreibtisch am andern Ende des Zimmers und schrieb etwas, ohne sich zu setzen, auf ein Blatt Papier. Dann kam er zurück und setzte sich, den Zettel in der Hand. »Kurioserweise hat das kein praktizierender Dichter geschrieben. Sondern ein Psychoanalytiker namens Wilhelm Stekel. Und der hat Folgendes – Hörst du mir noch zu?«

»Ja, natürlich.«

»Er hat Folgendes geschrieben: ›Der unreife Mensch kennzeichnet sich dadurch aus, dass er edel für eine Sache sterben will, der reife dadurch, dass er bescheiden für eine leben will.‹«

Er beugte sich herüber und reichte mir den Zettel. Ich las ihn gleich, nachdem er ihn mir gegeben hatte, dann dankte ich ihm und so und steckte ihn ein. Es war nett von ihm, sich diese ganze Mühe zu machen. Wirklich. Die Sache war bloß, mir war nicht besonders danach, mich zu konzentrieren. Mann, ich war auf einmal so verdammt *müde*.

Man sah aber gleich, dass er überhaupt nicht müde war. Überhaupt hatte er ziemlich einen im Tee. »Ich glaube«, sagte er, »irgendwann wirst du herausfinden müssen, wo du hin willst. Und dann musst du auch da hingehen. Aber sofort. Du kannst es dir nicht leisten, auch nur einen Augenblick zu verlieren. Du nicht.«

Ich nickte, weil er mich direkt ansah und so, aber ich wusste nicht allzu genau, wovon er redete. Ich war mir *ziemlich* sicher, dass ich es wusste, aber absolut sicher war ich mir nicht. Ich war zu verdammt müde.

»Und ich sage es dir nicht gern«, fuhr er fort, »aber ich glaube, wenn du einigermaßen eine Vorstellung davon hast, wo du hin willst, musst du dich als Erstes in der Schule anstrengen. Das musst du. Du bist Schüler – ob dir diese Vorstellung nun zusagt oder nicht. Du bist in das Wissen verliebt. Und ich glaube, wenn du erst mal all die Mr. Vineses mit ihrem Mündlichen Ausd...«

»Mr. Vinsons«, sagte ich. Er meinte all die Mr. Vinsons, nicht all die Mr. Vineses. Aber ich hätte ihn nicht unterbrechen sollen.

»Na gut – die Mr. Vinsons. Wenn du erst mal all die Mr. Vinsons hinter dir hast, wirst du der Art von Information, die dir sehr, sehr am Herzen liegen wird, allmählich immer näher kommen – das heißt, wenn du es *willst* und wenn du danach suchst und darauf wartest. Unter anderem wirst du erkennen, dass du nicht der Erste bist, der vom menschlichen Verhalten verwirrt und verängstigt und sogar angewidert ist. Damit stehst du keineswegs allein, wie du zu deiner Begeisterung und *Anregung* erfahren wirst. Viele, viele Menschen waren moralisch und geistig ebenso umgetrieben, wie du es jetzt bist. Glücklicherweise haben einige davon ihre Nöte aufgezeichnet. Von ihnen wirst du lernen – wenn du es willst. Genauso wie jemand eines Tages, wenn du etwas anzubieten hast, etwas von dir lernen wird. Das ist ein schönes wechselseitiges Arrangement. Und es ist nicht Bildung. Es ist Geschichte. Es ist Poesie.« Er hielt inne und trank einen großen Schluck von seinem Highball. Dann fing er wieder an. Mann, er war richtig scharf darauf. Ich war froh, dass ich nicht versuchte, ihn zu bremsen oder was. »Ich will dir damit gar nicht sagen«, meinte er, »dass nur gebildete und gelehrte Menschen etwas Wertvolles zur Welt beitragen können. Keineswegs. Allerdings sage ich, dass gebildete und gelehrte Menschen, die auch noch brillant und kreativ sind – was bedauerlicherweise selten der Fall ist –, dazu neigen, unendlich viel wertvollere Aufzeichnungen zu hinterlassen als Menschen, die *bloß* brillant und kreativ sind. Sie neigen dazu, sich klarer auszudrücken, und sie wollen in der Regel nichts leidenschaftlicher, als ihre Gedanken ganz zu Ende zu denken. Und das Wichtigste – in neun von zehn Malen besitzen sie mehr Demut als der unwissenschaftliche Denker. Kannst du mir überhaupt folgen?«

»Ja, Sir.«

Wieder sagte er ewig nichts. Ich weiß nicht, ob ihr das schon mal gemacht habt, aber es ist schwer, nur dazusitzen und darauf zu warten, dass einer was sagt, wenn er denkt und so. Wirklich. Ich versuchte unablässig, nicht zu gähnen. Nicht, dass ich mich gelangweilt hätte oder was – das nicht –, aber ich war auf einmal so verdammt müde.

»Eine akademische Bildung leistet auch noch etwas anderes für dich. Wenn du auch nur eine ansehnliche Strecke weit dabeibleibst, gibt sie dir allmählich eine Vorstellung davon, welche Größe dein Geist hat. Was dazu passt und was vielleicht nicht. Nach einer Weile bekommst du eine Vorstellung davon, welche Gedanken genau der Größe deines Geistes entsprechen. Das erspart dir möglicherweise auch eine außerordentliche Menge Zeit, Vorstellungen auszuprobieren, die dir nicht entsprechen, zu dir nicht passen. Du wirst allmählich deine wahren Maße kennen lernen und deinen Geist entsprechend einkleiden.«

Dann gähnte ich auf einmal. Was war ich doch für ein *ungehobelter Arsch*, aber ich konnte nicht anders!

Mr. Antolini lachte jedoch nur. »Komm«, sagte er und stand auf. »Wir machen dir die Couch zurecht.«

Ich folgte ihm, und er ging zum Schrank und versuchte, aus dem obersten Fach Laken und Decken und Zeug zu ziehen, aber mit seinem Highball-Glas in der Hand schaffte er es nicht. Also trank er es aus und stellte es auf den Fußboden, und *dann* holte er den Kram runter. Ich half ihm, es zur Couch zu schaffen. Wir machten beide zusammen das Bett. Er stellte sich dabei nicht sonderlich geschickt an. Er stopfte nichts richtig fest. Aber das machte mir nichts. Ich hätte auch im Stehen schlafen können, so müde war ich.

»Was machen denn deine ganzen Frauen?«

»Alles in Ordnung.« Ich war ein mieser Gesprächspartner, aber mir war nicht danach.

»Was macht Sally?« Er kannte die gute Sally Hayes. Ich hatte sie einmal einander vorgestellt.

»Alles in Ordnung. Ich hab mich heute Nachmittag mit ihr getroffen.« Mann, das schien zwanzig Jahre her zu sein! »Wir haben nicht mehr allzu viel gemein.«

»Ungeheuer hübsches Mädchen. Und das andere Mädchen? Die, von der du mir erzählt hast, die in Maine?«

»Ach – Jane Gallagher. Alles in Ordnung. Wahrscheinlich klingel ich sie morgen mal an.«

Dann waren wir mit der Couch fertig. »Bitte sehr«, sagte Mr. Antolini. »Ich weiß nur nicht, wo du deine Beine lassen willst.«

»Das geht schon. Ich bin kurze Betten gewöhnt«, sagte ich. »Vielen Dank, Sir. Sie und Mrs. Antolini haben mir heute Nacht wirklich das Leben gerettet.«

»Du weißt ja, wo das Badezimmer ist. Falls du noch was brauchst, schrei einfach. Ich bin noch eine Weile in der Küche – Meinst du, das Licht stört dich?«

»Nein – Gott, nein. Vielen Dank.«

»Schon gut. Gute Nacht, mein Hübscher.«

»Nacht, Sir. Vielen Dank.«

Er ging in die Küche und ich ins Badezimmer, wo ich mich auszog und so. Die Zähne konnte ich mir nicht putzen, weil ich keine Zahnbürste dabeihatte. Einen Schlafanzug hatte ich auch nicht, und Mr. Antolini hatte vergessen, mir einen zu leihen. Also ging ich ins Wohnzimmer zurück und drehte die kleine Lampe neben der Couch aus, dann legte ich mich nur in der Unterhose ins Bett. Es war viel zu kurz für mich, also die Couch, aber ich hätte auch wirklich im Stehen schlafen können, ohne mit der Wimper zu zucken. Ich lag bloß noch ein paar Sekunden wach, in denen ich über diesen Kram nachdachte, den Mr. Antolini mir gesagt hatte. Darüber, die Größe meines Geistes rauszufinden und so. Er war wirklich ein ziemlich schlauer Typ. Aber ich konnte meine verfluchten Augen nicht offen halten, und ich schlief ein.

Dann passierte was. Ich *spreche* nicht mal gern darüber.

Auf einmal wachte ich auf. Ich weiß nicht, wie spät es war oder was, aber ich wachte auf. Ich spürte etwas am Kopf, die Hand von einem Typen. Mann, das machte mir vielleicht Angst. Es war nämlich Mr. Antolinis Hand. Und er saß auf dem Fußboden direkt neben der Couch, im Dunkeln und so, und er tatschte oder strich mir über meinen verfluchten Kopf. Mann, was hab ich mich erschrocken.

»Verdammt, was machen Sie denn da?«, sagte ich.

»Nichts! Ich sitze hier einfach nur und bewundere . . .«

»Was *machen* Sie denn da«, sagte ich wieder. Ich wusste nicht, *was* ich sagen sollte – also, mir war das ungeheuer peinlich.

»Sprich doch bitte etwas leiser, ja? Ich sitze hier einfach . . .«

»Ich muss jetzt sowieso gehen«, sagte ich – Mann, war ich nervös! Ich zog mir gleich im Dunkeln die verdammte Hose an. Ich kriegte sie vor Nervosität kaum an. Ich kenne mehr verdammte Perverse, in der Schule und so, als jeder, dem ihr begegnet seid, und die sind immer bloß perversig, wenn *ich* auftauche.

»Wo musst du denn *hin*?«, sagte Mr. Antolini. Er versuchte, ganz verdammt lässig und locker zu sein, aber er war überhaupt nicht verdammt locker. Darauf könnt ihr euch verlassen.

»Ich habe noch meine Taschen und so am Bahnhof. Ich glaube, ich geh sie mal lieber holen. Da ist mein ganzer Kram drin.«

»Die sind auch noch am Morgen da. Und jetzt leg dich wieder hin. Ich geh auch ins Bett. Was ist denn los mit dir?«

»Nichts ist los, bloß mein ganzes Geld und aller Kram ist in einer meiner Taschen. Ich bin gleich wieder da. Ich nehm ein Taxi und bin gleich wieder da«, sagte ich. Mann, hampelte ich vielleicht rum da im Dunkeln. »Die Sache ist nämlich die, das Geld gehört mir nicht. Es gehört meiner Mutter, und ich ...«

»Mach dich nicht lächerlich, Holden. Geh wieder ins Bett. Ich geh auch ins Bett. Das Geld liegt da sicher und wohlbehalten bis mor...«

»Nein, ganz ehrlich. Ich muss jetzt los. Wirklich.« Ich war schon verdammt beinahe fertig angezogen, bloß konnte ich meine Krawatte nicht finden. Ich konnte mich nicht mehr erinnern, wo ich meine Krawatte hingetan hatte. Ich zog mein Jackett und so ohne sie an. Der gute Mr. Antolini saß nun in dem großen Sessel ein Stück entfernt von mir und sah mir zu. Es war dunkel und so, und ich konnte ihn nicht super sehen, aber ich wusste schon, dass er mich beobachtete. Und er trank noch. Ich konnte das treue Highball-Glas in seiner Hand sehen.

»Du bist ein sehr, sehr seltsamer Junge.«

»Das weiß ich«, sagte ich. Ich suchte gar nicht mehr

groß nach meiner Krawatte. Ich ging einfach ohne sie. »Auf Wiedersehen, Sir«, sagte ich. »Vielen Dank. Ehrlich.«

Als ich zur Wohnungstür ging, blieb er immer dicht hinter mir, und als ich die Fahrstuhlklingel drückte, stand er in der verdammten Tür. Er fing nur noch mal damit an, dass ich ein »sehr, sehr seltsamer Junge« bin. Von wegen seltsam. Er wartete in der Tür und so, bis der verfluchte Fahrstuhl kam. In meinem ganzen verfluchten Leben habe ich noch nicht dermaßen lange auf einen Fahrstuhl gewartet. Das schwöre ich.

Ich wusste nicht, worüber ich reden sollte, während ich auf den Fahrstuhl wartete und er da stand, also sagte ich: »Ich werd mal ein paar gute Bücher lesen. Wirklich.« Also, *irgend*was musste man ja sagen. Es war sehr peinlich.

»Du schnappst dir deine Taschen und kommst gleich wieder hierher zurückgesaust. Ich lass die Tür unverschlossen.«

»Vielen Dank«, sagte ich. »Wiedersehn!« Endlich war der Fahrstuhl da. Ich stieg ein und fuhr nach unten. Mann, zitterte ich vielleicht wie ein Blöder. Schwitzen tat ich auch. Wenn so was Perverses passiert, fange ich an zu schwitzen wie blöd. So Kram ist mir seit meiner Kindheit schon ungefähr zwanzigmal passiert. Ich kann das nicht ertragen.

## 25

Als ich nach draußen kam, wurde es gerade hell. Es war auch ziemlich kalt, aber das tat gut, weil ich mächtig schwitzte.

Ich wusste nicht, wo ich jetzt überhaupt hin sollte. Ich wollte nicht noch mal in ein anderes Hotel und Phoebes Kohle ausgeben. Also ging ich schließlich einfach zur Lexington und nahm die U-Bahn zum Grand Central. Da waren meine Taschen und so, und ich dachte, ich schlafe in dem verrückten Wartesaal, wo es die ganzen Bänke gibt. Das tat ich dann auch. Eine Weile war's nicht schlecht, weil nicht viele Leute da waren und ich die Beine hochlegen konnte. Aber mir ist nicht besonders danach, das zu erörtern. Besonders schön war's nicht. Versucht's gar nicht erst. Wirklich. Ihr werdet bloß deprimiert.

Ich schlief nur bis ungefähr neun Uhr, weil dann Millionen Leute reinkamen und ich die Füße runternehmen musste. Ich kann nicht super schlafen, wenn ich die Füße auf dem Boden haben muss. Also setzte ich mich auf. Ich hatte noch immer Kopfschmerzen. Sie waren noch schlimmer geworden. Und ich glaube, ich war deprimierter als je in meinem ganzen Leben.

Ich wollte es nicht, aber ich dachte nun über den guten Mr. Antolini nach und überlegte, was er wohl Mrs. Antolini sagte, wenn sie sah, dass ich gar nicht dort geschlafen hatte oder was. Aber der Teil machte mir wenig Kopfzerbrechen, weil ich wusste, dass Mr. Antolini sehr schlau war und er sich für sie etwas einfallen lassen konnte. Er konnte ihr erzählen, dass ich nach Hause gegangen bin oder was weiß ich. Der Teil machte wenig Kopfzerbrechen. Kopfzerbrechen machte mir allerdings der Teil, als ich aufwachte und merkte, dass er mir über den Kopf strich und so. Also, ich überlegte, ob ich vielleicht zu Unrecht dachte, dass er einen warmen Annäherungsversuch gemacht hatte. Ich überlegte, ob er vielleicht einfach gern Typen über den Kopf strich, wenn sie schliefen. Also, wie soll man das bei solchem Kram so genau wissen? Das kann man nicht. Ich überlegte mir sogar schon, ob ich vielleicht meine Taschen hätte holen und zu ihnen zurückgehen sollen, so wie ich's gesagt hatte. Also, ich dachte sogar schon, dass er, selbst wenn er ein Warmer war, doch auf jeden Fall sehr nett zu mir gewesen war. Ich dachte, dass es ihm nichts ausgemacht hatte, als ich so spät anrief, und dass er gesagt hatte, ich soll doch kommen, wenn mir danach ist. Und wie er sich die ganze Mühe gemacht hatte, mir diesen Rat zu geben, wie man die Größe des eigenen Geistes rausfindet und so, und dass er der Einzige war, der sich richtig nah an diesen Jungen James Castle, von dem ich euch erzählt habe, *ran*getraut hat, als der tot war. Über diesen Kram dachte ich nach. Und je mehr ich darüber nachdachte, desto deprimierter wurde ich. Also, ich dachte sogar, ob ich vielleicht *doch* zu ihnen hätte zurückgehen sollen. Vielleicht hatte er mir ja einfach bloß so aus Jux über den Kopf gestrichen. Je mehr ich darüber nachdachte, desto deprimierter und fertiger wurde ich. Noch schlimmer wurde alles dadurch, dass mir die Augen ungeheuer wehtaten. Die brannten und kratzten heftig, weil sie nicht genug Schlaf gekriegt hatten. Außerdem kriegte ich noch irgendwie eine Erkältung, und ich hatte nicht mal ein verfluchtes Taschentuch dabei. Ich hatte ein paar in meinen Taschen, aber mir war nicht danach, sie aus dem Fach zu holen und in aller Öffentlichkeit und so aufzumachen.

Neben mir auf der Bank lag eine Zeitschrift, die jemand liegen gelassen hatte, also fing ich an, sie zu lesen, weil ich dachte, dann würde ich wenigstens ein Weilchen nicht mehr an Mr. Antolini und Millionen andere Dinge denken. Aber der verdammte Artikel, den ich da zu lesen anfing, machte alles fast noch schlimmer. Er handelte nur von Hormonen. Er beschrieb, wie man aussehen sollte, Gesicht und Augen und so, wenn die Hormone in einer guten Verfassung sind, und ich sah völlig anders aus. Ich sah aus wie der Typ mit den miesen Hormonen in dem Artikel. Also fing ich an, mir wegen meiner Hormone den Kopf zu zerbrechen. Dann las ich einen anderen Artikel darüber, wie man feststellen kann, ob man Krebs hat oder nicht. Da stand, wenn man im Mund irgendwelche wunden Stellen hatte, die nicht ziemlich schnell verheilten, war das ein Zeichen, dass man wahrscheinlich Krebs hatte. Und ich hatte ungefähr *zwei Wochen* eine wunde Stelle innen an der Lippe gehabt. Also glaubte ich, ich bekomme Krebs. Diese Zeitschrift heiterte einen ja so richtig auf. Schließlich legte ich sie weg und machte einen Spaziergang. Ich glaubte, nach zwei Monaten bin ich tot, weil ich Krebs habe. Wirklich. Ich war mir sogar ganz sicher. Jedenfalls hob das nicht gerade meine Stimmung.

Es sah irgendwie aus, als würde es regnen, aber ich machte meinen Spaziergang trotzdem. Überhaupt dachte ich, ich müsste mal frühstücken. Ich war gar nicht hungrig, aber ich dachte, ich müsste wenigstens was essen. Also, wenigstens was mit Vitaminen drin. Also lief ich Richtung Osten los, wo die billigen Restaurants sind, weil ich nicht so viel ausgeben wollte.

Auf dem Weg dahin kam ich an zwei Typen vorbei, die einen großen Weihnachtsbaum von einem Laster luden. Der eine sagte ständig zu dem andern: »Halt den Scheißbaum *hoch*! Halt ihn *hoch*, Herrgott!« Schon eine nette Art, über einen Weihnachtsbaum zu reden. Aber es war auch irgendwie auf grauenhafte Weise komisch, und ich fing an, irgendwie zu lachen. Das war ungefähr das *Schlimmste*, was ich hätte tun können, denn in dem Moment, als ich anfing zu lachen, dachte ich, ich muss gleich kotzen. Wirklich. Ich fing auch schon fast an, aber dann ging's wieder weg. Warum, weiß ich auch nicht. Also, ich hatte ja nichts Unhygienisches oder Ähnliches gegessen, und eigentlich habe ich auch einen ganz robusten Magen. Jedenfalls kam ich drüber weg, und ich glaubte, es würde mir gut tun, wenn ich etwas aß. Also ging ich in ein ganz billig wirkendes Restaurant und bestellte Doughnuts und Kaffee. Bloß, ich aß die Doughnuts nicht. Ich konnte sie nicht besonders gut schlucken. Weil nämlich, wenn man wegen was sehr deprimiert ist, fällt das Schlucken ungeheuer schwer. Der Kellner war sehr nett. Er nahm sie wieder zurück, ohne sie zu berechnen. Ich trank bloß Kaffee. Dann ging ich und lief in Richtung Fifth Avenue.

Es war Montag und so und kurz vor Weihnachten, und alle Geschäfte hatten geöffnet. Es war also ganz schön auf der Fifth Avenue. Ziemlich weihnachtlich. Die ganzen ausgemergelten Weihnachtsmänner standen an den Ecken und läuteten ihre Glocken, und die Mädchen von der Heilsarmee, die, die sich die Lippen nicht anmalen und so, läuteten auch ihre Glocken. Irgendwie hielt ich immerzu Ausschau nach den beiden Nonnen, die ich am Tag davor beim Frühstück kennen gelernt hatte, aber ich sah sie nicht. Ich wusste auch, warum nicht, denn sie hatten mir ja gesagt, sie sind nach New York gekommen, um zu unterrichten, aber trotzdem hielt ich nach ihnen Ausschau. Jedenfalls war es auf einmal ziemlich weihnachtlich. Millionen kleine Kinder waren mit ihren Müttern in der Stadt, rein in den Bus und wieder raus, rein in die

Geschäfte und wieder raus. Ich wünschte, die gute Phoebe wäre da gewesen. Sie ist nicht mehr so klein, um mit weit aufgerissenen Augen in die Spielzeugabteilung zu rennen, aber sie albert gern rum und schaut sich gern die Leute an. Vorletztes Weihnachten nahm ich sie mit zum Einkaufen in die Stadt. Es war ungeheuer schön. Ich glaube, es war im Bloomingdale's. Wir gingen in die Schuhabteilung und taten so, als wollte sie – die gute Phoebe – ein Paar von diesen sehr hohen Schaftstiefeln kaufen, die mit den Millionen Löchern zum Zuschnüren. Wir trieben den armen Verkäufer in den Wahnsinn. Die gute Phoebe probierte ungefähr zwanzig Paar an, und jedes Mal musste der arme Typ den Schuh ganz bis oben-hin zuschnüren. Das war ein schmutziger Trick, aber es machte die gute Phoebe fertig. Schließlich kauften wir ein Paar Mokassins und ließen sie anschreiben. Der Verkäu-fer war sehr nett dabei. Ich glaube, er wusste, dass wir nur rumalberten, weil die gute Phoebe dabei immer kichern musste.

Jedenfalls lief und lief ich die Fifth Avenue entlang, ohne Krawatte um oder was. Dann passierte auf einmal was ganz Unheimliches. Jedes Mal, wenn ich an das Ende eines Blocks kam und den verfluchten Bordstein runter-trat, hatte ich das Gefühl, ich würde nie die andere Stra-ßenseite erreichen. Ich dachte, ich würde einfach immer weiter runter, runter, runter gehen, und niemand würde mich jemals wieder sehen. Mann, machte mir das Angst. Das könnt ihr euch nicht vorstellen. Ich schwitzte plötzlich wie blöd – mein ganzes Hemd, die Unterwäsche, alles. Dann machte ich was anderes. Jedes Mal, wenn ich an das Ende eines Blocks kam, redete ich mir ein, ich würde mit meinem Bruder Allie sprechen. Dann sagte ich zu ihm: »Allie, lass nicht zu, dass ich verschwinde. Allie, lass nicht zu, dass ich verschwinde. Allie, lass nicht zu, dass ich verschwinde. Bitte, Allie.« Und wenn ich dann die andere Straßenseite erreicht hatte, ohne zu verschwinden, *dankte* ich ihm. Sobald ich dann an die nächste Ecke kam, fing alles wieder von vorn an. Aber ich ging immer weiter. Ich hatte irgendwie Angst davor stehen zu bleiben, glaube ich – ich weiß es nicht mehr, wenn ihr's genau wissen wollt. Ich weiß, dass ich erst wieder stehen blieb, als ich schon weit in den Sechzigern war, nach dem Zoo und so. Dann setzte ich mich auf eine Bank. Ich kriegte kaum noch Luft, und ich schwitzte immer noch wie blöd. Da saß ich ungefähr eine Stunde, schätze ich. Schließlich fasste ich einen Entschluss, den Entschluss wegzugehen. Ich fasste den Entschluss, nie wieder nach Hause zu gehen und nie wieder auf eine andere Schule zu gehen. Ich beschloss, nur noch mal die gute Phoebe zu sehen und mich irgendwie von ihr zu verabschieden und so und ihr ihre Weihnachtskohle zurückzugeben, und dann wollte ich per Anhalter nach Westen fahren. Ich würde einfach, überlegte ich, zum Holland Tunnel gehen und mich von einem Auto mitnehmen lassen und dann noch von einem und noch einem und noch einem, und nach ein paar Tagen wäre ich dann irgendwo im Westen, wo es sehr schön und sonnig ist und wo mich keiner kennt und ich einen Job kriege. Ich dachte, ich könnte irgendwo einen Job an einer Tankstelle kriegen und Benzin und Öl in Autos schütten. Mir war's egal, was für ein Job das sein würde. Bloß dass die Leute mich nicht kannten und ich keinen kannte. Ich dachte, dann könnte ich so tun, als wäre ich einer von diesen Taubstummen. Auf diese Weise brauchte ich mit keinem irgendwelche verfluchten dummen sinnlosen Gespräche zu führen. Wenn jemand mir was sagen wollte, müsste er es auf einen Zettel schreiben und mir hinschieben. Nach einer Weile fänden sie das sicher ungeheuer langweilig, und dann wäre ich mit

Unterhaltungen für den Rest meines Lebens durch. Alle würden glauben, ich wäre einfach ein armer taubstummer Arsch, und mich in Ruhe lassen. Sie würden mich Benzin und Öl in ihre dummen Autos schütten lassen und mir dafür einen Lohn und so bezahlen, und mit der Kohle, die ich da machte, würde ich mir irgendwo eine kleine Hütte bauen und für den Rest meines Lebens dort wohnen. Ich würde sie dicht am Wald bauen, aber nicht richtig *drin*, weil ich es die ganze Zeit ungeheuer sonnig haben wollte. Ich würde bloß immer selber kochen, und später würde ich dann gern heiraten oder was weiß ich, ich würde ein schönes Mädchen kennen lernen, das auch taubstumm wäre, und wir würden heiraten. Sie würde zu mir in meine Hütte ziehen, und wenn sie was zu mir sagen wollte, müsste sie es auf einen verfluchten Zettel schreiben wie jeder andere auch. Wenn wir dann Kinder hätten, würden wir sie irgendwo verstecken. Wir könnten ihnen einen Haufen Bücher kaufen und ihnen Lesen und Schreiben selber beibringen.

Wie ich so darüber nachdachte, wurde ich ungeheuer aufgeregt. Wirklich. Ich wusste, der Teil, in dem ich mich als Taubstummer ausgab, war verrückt, aber trotzdem dachte ich gern darüber nach. Aber ich fasste wirklich den Entschluss, nach Westen zu gehen und so. Aber vorher wollte ich mich noch von der guten Phoebe verabschieden. Also rannte ich auf einmal wie ein Wahnsinniger über die Straße – um ein Haar wäre ich dabei draufgegangen, wenn ihr's genau wissen wollt – und ging in einen Schreibwarenladen und kaufte einen Block und einen Bleistift. Ich dachte, ich schreibe ihr eine Nachricht, wo wir uns treffen, damit ich mich von ihr verabschieden und ihr ihre Weihnachtskohle zurückgeben kann, und dann würde ich die Nachricht zu ihrer Schule bringen und jemanden aus dem Büro des Rektors bitten, sie der guten

Phoebe zu geben. Aber ich steckte den Block und den Bleistift bloß in die Tasche und lief dann ungeheuer schnell zu ihrer Schule – ich war zu aufgeregt, um die Nachricht gleich im Schreibwarenladen zu schreiben. Ich lief schnell, weil ich wollte, dass sie die Nachricht bekam, noch bevor sie zum Mittagessen nach Hause ging, und da blieb mir nicht mehr besonders viel Zeit.

Natürlich wusste ich, wo ihre Schule war, weil ich als Kind selber da gewesen war. Als ich hinkam, wurde mir ganz komisch. Ich war mir nicht sicher gewesen, ob ich noch wusste, wie es innen aussah, aber ich wusste es noch. Die Schule war noch genau wie damals, als ich da war. Innen war derselbe große Hof, der immer irgendwie dunkel war, mit so Käfigen um die Glühbirnen, damit sie nicht kaputtgingen, wenn sie von einem Ball getroffen wurden. Und es gab auch noch dieselben alten Basketballringe ohne Netz – bloß die Korbbretter und die Ringe.

Kein Mensch war da, wahrscheinlich, weil gerade keine Pause war und noch nicht Mittagszeit. Ich sah nur einen kleinen Jungen, einen Farbigen, auf dem Weg zur Toilette. Aus seiner Hüfttasche ragte eine dieser Holzmarken, wie wir sie damals auch hatten, daran sah man, dass er die Erlaubnis hatte und so, auf die Toilette zu gehen.

Ich schwitzte noch immer, aber weniger schlimm als vorher. Ich ging zur Treppe, setzte mich auf die erste Stufe und nahm den Block und den Bleistift raus, die ich gekauft hatte. Die Treppe roch noch genauso wie damals, als ich dort war. Als hätte grade jemand draufgepinkelt. Schultreppen riechen immer so. Jedenfalls saß ich da und schrieb folgende Nachricht:

Liebe Phoebe,
Ich kann nicht mehr bis Mittwoch warten, deshalb fahre ich wahrscheinlich noch heute Nachmittag per

Anhalter nach Westen. Komm um Viertel nach 12 zur Tür vom Museum of art, wenn du kannst, dann gebe ich dir deine Weihnachtskohle wieder. Ich hab nicht viel gebraucht.

Alles Liebe,
Holden

Ihre Schule war praktisch direkt neben dem Museum, und wenn sie zum Mittagessen nach Hause ging, kam sie sowieso dran vorbei; ich wusste also, dass sie mich da gut treffen konnte.

Dann machte ich mich auf den Weg die Treppe hoch zum Büro des Rektors, damit ich jemandem die Nachricht geben konnte, der sie ihr dann ins Klassenzimmer brachte. Ich faltete den Zettel ungefähr zehnmal, damit niemand ihn aufmachen konnte. In einer verfluchten Schule kann man keinem trauen. Aber ich wusste, dass sie ihn ihr geben würden, wo ich doch ihr Bruder war und so.

Aber während ich die Treppe hochging, dachte ich auf einmal, ich müsste wieder kotzen. Bloß tat ich es nicht. Ich setzte mich einen Augenblick hin, dann ging's mir wieder besser. Aber während ich da saß, sah ich etwas, was mich wahnsinnig machte. Jemand hatte »Fuck you« an die Wand geschrieben. Das machte mich fast wahnsinnig. Ich dachte, dass Phoebe und all die andern kleinen Kinder das sehen würden und dass sie überlegen würden, was das wohl bedeutet, und schließlich würde es ihnen ein versautes Kind sagen – natürlich ganz verquer –, was es bedeutet, und wie sie dann alle ein paar Tage darüber *nachdenken* würden und es ihnen vielleicht sogar *Kopfzerbrechen* machen würde. Die ganze Zeit wollte ich den umbringen, der das geschrieben hatte. Ich dachte, es ist so ein perverser Penner gewesen, der sich spät nachts zum Pinkeln in die Schule geschlichen hatte oder was weiß ich, und es dann an die Wand geschrieben hatte. Die ganze Zeit stellte ich mir vor, wie ich ihn dabei erwischte und wie ich ihm den Kopf auf die Steinstufen knallte, bis er richtig verflucht tot und blutig war. Aber ich wusste auch, dass mir dafür der Mumm gefehlt hätte. Das wusste ich. Und das deprimierte mich noch mehr. Ich hatte nicht mal den Mumm, es mit der *Hand* von der Wand zu wischen, wenn ihr's genau wissen wollt. Ich hatte Angst, ein Lehrer würde mich dabei erwischen, wie ich es wegwischte, und glauben, *ich* hätte es drangeschrieben. Aber schließlich habe ich es doch weggewischt. Dann ging ich rauf zum Büro des Rektors.

Der Rektor war anscheinend nicht da, aber eine ungefähr hundert Jahre alte Frau saß vor einer Schreibmaschine. Ich sagte ihr, ich bin der Bruder von Phoebe Caulfield aus der 4B-1, und ich bat sie, Phoebe doch bitte diese Nachricht zu geben. Ich sagte, es ist sehr wichtig, weil meine Mutter krank ist und kein Mittagessen für Phoebe fertig hat, und sie soll sich mit mir treffen und in einem Drugstore was essen. Sie war sehr nett zu mir, diese alte Frau. Sie nahm die Nachricht und rief eine andere Frau aus dem nächsten Büro, dann ging die andere Frau los, um Phoebe den Zettel zu geben. Dann quatschten die alte Frau, die ungefähr hundert Jahre alt war, und ich eine Weile. Sie war ziemlich nett, ich erzählte ihr, dass auch ich dort in die Schule gegangen bin und meine Brüder. Sie fragte mich, auf welche Schule ich jetzt gehe, und ich erzählte ihr von der Pencey, und sie sagte, die Pencey ist eine sehr gute Schule. Selbst wenn ich gewollt hätte, hätte ich nicht die Kraft gehabt, ihr den Kopf zurechtzurücken. Außerdem, wenn sie glaubte, dass die Pencey eine sehr gute Schule ist, sollte sie es eben glauben. Leuten, die ungefähr hundert Jahre alt sind, erzählt man den *neuen* Kram nicht so gern. Die hören das auch nicht gern.

Nach einer Weile ging ich dann. Komisch war das. Sie brüllte mir »Viel Glück!« hinterher, genauso wie der gute Spencer, als ich von der Pencey wegging. Gott, wie ich das hasse, wenn mir jemand »Viel Glück!« hinterherbrüllt, wenn ich wo weggehe. Das ist ziemlich deprimierend.

Ich ging eine andere Treppe runter und sah dort noch ein »Fuck you« an der Wand. Wieder versuchte ich, es mit der Hand wegzuwischen, aber das da war reinge*kratzt*, mit einem Messer oder was weiß ich. Es ging nicht ab. Irgendwie ist das aussichtslos. Selbst wenn man Millionen Jahre dafür hätte, könnte man nicht mal die Hälfte aller »Fuck you's« auf der Welt wegwischen. Es ist unmöglich.

Ich schaute auf die Uhr im Pausenhof, und es war erst zwanzig vor zwölf, ich hatte also eine ganze Menge Zeit totzuschlagen, bevor ich mich mit der guten Phoebe traf. Aber ich ging schon mal rüber zum Museum. Sonst konnte ich nirgendwo hin. Ich dachte, vielleicht könnte ich ja kurz in eine Telefonzelle und die gute Jane Gallagher anklingeln, bevor ich nach Westen trampe, aber mir war nicht danach. Überhaupt war ich mir nicht mal sicher, ob sie schon zu Hause in Ferien war. Also ging ich einfach zum Museum und hing da rum.

Während ich im Museum auf Phoebe wartete, gleich hinter den Türen und so, kamen zwei kleine Jungen zu mir und fragten mich, ob ich weiß, wo die Mumien sind. Der eine kleine Junge, der, der mich fragte, hatte die Hose offen stehen. Ich sagte es ihm. Er knöpfte sie sich gleich zu, da, wo er stand, während er mit mir redete – er ging gar nicht erst hinter einen Pfeiler oder was. Das machte mich fertig. Ich hätte gelacht, aber ich hatte Angst, mir wäre dann wieder nach Kotzen zumute, also ließ ich es. »Wo sin'n die Mumien, he?«, sagte der kleine Junge noch einmal. »Weißte das?«

Ich alberte mit den beiden eine Weile rum. »Die Mumien? Was ist das denn?«, fragte ich den einen kleinen Jungen.

»Weißte doch. Die *Mumien* – die toten Typen. Wo in die Gräben kommen und so.«

Gräben. Das machte mich fertig. Er meinte Gräber.

»Warum seid ihr beiden denn nicht in der Schule?«, sagte ich.

»Heut kein Schul«, sagte der Junge, der das Reden übernommen hatte. Er log, so sicher wie ich lebe, der kleine Arsch. Aber ich hatte ja nichts zu tun, bis die gute Phoebe auftauchte, also half ich ihnen, den Raum zu finden, wo die Mumien sind. Mann, ich hatte mal genau gewusst, wo sie sind, aber seit Jahren war ich nicht mehr in dem Museum gewesen.

»Und ihr interessiert euch für Mumien?«, sagte ich.

»Ja.«

»Kann dein Freund auch sprechen?«, sagte ich.

»Der is' nich' mein Freund. Der's mein Bruda.«

»Kann er sprechen?« Ich sah den an, der nicht redete. »Kannst du denn nicht sprechen?«, fragte ich ihn.

»Doch«, sagte er. »Aber mir is' nich' danach.«

Schließlich fanden wir den Raum, wo die Mumien sind, und gingen hinein.

»Weißt du, wie die Ägypter ihre Toten begraben haben?«, fragte ich den einen Jungen.

»Nö.«

»Na, das solltest du aber. Das ist sehr interessant. Die haben ihnen das Gesicht mit Tüchern eingewickelt, die mit einer geheimen Chemikalie behandelt waren. Auf diese Weise konnten sie Tausende von Jahren in ihren Gräbern liegen, und ihre Gesichter verwesten nicht oder was. Keiner weiß, wie das geht, außer den Ägyptern. Nicht mal die moderne Wissenschaft.«

Um dahin zu kommen, wo die Mumien sind, musste man durch eine Art sehr schmalen Flur. An der Seite waren Steine, die sie direkt aus dem Grab dieses Pharaos geholt hatten und so. Das war alles ziemlich gruselig, und man sah gleich, dass die zwei Spitzentypen, mit denen ich zusammen war, das nicht besonders lustig fanden. Sie drückten sich ungeheuer eng an mich, und der, der gar nicht redete, hielt sich praktisch an meinem Ärmel fest. »Komm, wir gehn«, sagte er zu seinem Bruder. »Ich hab die schon gesehn. Komm, los.«

»Der hat ja schon die Hosen voll«, sagte der andere. »Mach's gut!« Auch er haute ab.

Und so war ich nun der Einzige in dem Grab. Irgendwie gefiel es mir ganz gut. Es war schön friedlich. Und dann, auf einmal, darauf kommt ihr nie, was ich an der Wand sah. Wieder ein »Fuck you«. Es war mit einem Rotstift oder was weiß ich geschrieben, direkt unter dem Glasteil der Wand, unter den Steinen.

Das ist überhaupt das Dumme. Man kann einfach keinen Ort finden, der schön friedlich ist, weil es nämlich keinen gibt. Man *meint* zwar, es gibt einen, aber wenn man dann hinkommt und grade nicht hinsieht, schleicht sich einer ran und schreibt dir »Fuck you« direkt unter die Nase. Versucht das mal. Ich glaube sogar, wenn ich mal sterbe und sie mich in einen Friedhof stecken und ich hab einen Grabstein und so, auf dem »Holden Caulfield« steht und außerdem, in welchem Jahr ich geboren bin und in welchem gestorben, und direkt darunter steht dann »Fuck you«. Da bin ich mir auch ganz sicher.

Nachdem ich aus dem Raum, wo die Mumien waren, wieder raus war, musste ich auf die Toilette. Ich hatte irgendwie Durchfall, wenn ihr's genau wissen wollt. Das mit dem Durchfall störte mich weniger, aber was anderes passierte. Als ich aus dem Klo kam, wurde ich kurz vor der Tür irgendwie ohnmächtig. Aber ich hatte noch Glück. Also, ich hätte mich ja umbringen können, als ich auf dem Fußboden aufschlug, aber ich landete irgendwie auf der Seite. Komisch war es aber schon irgendwie. Nach dieser Ohnmacht ging's mir besser. Wirklich. Mir tat irgendwie der Arm weh von dem Sturz, aber mir war nicht mehr so verdammt schwindelig.

Es war nun ungefähr zehn nach zwölf oder so, also ging ich wieder raus und wartete auf die gute Phoebe. Ich dachte, dass es ja möglicherweise das letzte Mal war, dass ich sie sah. Überhaupt alle meine Verwandten. Ich überlegte, dass ich sie wahrscheinlich wieder sehen würde, aber erst nach Jahren. Ich könnte nach Hause kommen, wenn ich ungefähr fünfunddreißig wäre, dachte ich, falls jemand krank wird und mich noch mal sehen will, bevor er stirbt, aber das wäre der einzige Grund, weswegen ich meine Hütte verlassen und zurückkommen würde. Ich stellte mir sogar schon vor, wie es wäre, wenn ich zurückkäme. Ich wusste, meine Mutter würde ungeheuer nervös werden und losheulen und mich anflehen, zu Hause zu bleiben und nicht in meine Hütte zurückzukehren, aber ich würde trotzdem wieder gehen. Ich wäre ungeheuer lässig. Ich würde meine Mutter beruhigen, und dann würde ich quer durchs Wohnzimmer gehen und die Zigarettendose nehmen und mir ungeheuer locker eine anzünden. Ich würde sie alle einladen, mich mal zu besuchen, wenn sie wollten, aber ich würde nicht darauf bestehen oder was. Aber eins würde ich tun, ich würde der guten Phoebe sagen, sie soll mich besuchen, im Sommer und in den Weihnachtsferien und in den Osterferien. Ich würde D. B. sagen, er soll mich eine Zeit lang besuchen, wenn er ein schönes ruhiges Plätzchen zum Schreiben braucht, aber Filme könnte er in meiner Hütte nicht schreiben, bloß Geschichten und Bücher. Bei mir würde nämlich die Regel gelten, dass niemand, der mich besucht, was Verlogenes tun dürfte. Wenn einer versuchen würde, was Verlogenes zu tun, könnte er nicht bleiben.

Auf einmal sah ich auf die Uhr in der Garderobe, und es war fünf nach halb eins. Jetzt kriegte ich Angst, dass die alte Frau in der Schule der anderen Frau vielleicht gesagt hatte, sie soll Phoebe die Nachricht nicht geben. Ich hatte wirklich eine Scheißangst. Ich wollte die gute Phoebe wirklich sehen, bevor ich loszog. Schließlich hatte ich ja ihre Weihnachtskohle und so.

Endlich sah ich sie. Ich sah sie durch den Glasteil der Tür. Ich sah sie deshalb, weil sie meine verrückte Jägermütze aufhatte – diese Mütze sah man aus ungefähr zehn Kilometer Entfernung.

Ich ging ihr durch die Tür und die Steinstufen runter entgegen. Ich verstand bloß nicht, dass sie einen großen Koffer dabeihatte. Sie kam gerade quer über die Fifth Avenue, und sie schleppte so einen verflucht großen Koffer. Ich sah, dass es mein alter Koffer war, der Koffer, den ich hatte, als ich an der Whooton war. Ich konnte mir nicht erklären, was sie damit vorhatte. »He«, sagte sie, als sie mich fast erreicht hatte. Sie war von dem verrückten Koffer ganz außer Puste.

»Ich dachte schon, du kommst vielleicht nicht«, sagte ich. »Was hast du denn in dem Koffer? Ich brauche nichts. Ich gehe einfach so, wie ich bin. Ich nehm nicht mal die Taschen mit, die ich am Bahnhof hab. Was hast du denn bloß da *drin*?«

Sie stellte den Koffer ab. »Meine Sachen«, sagte sie. »Ich komme mit. Kann ich? Ja?«

»Was?«, sagte ich. Ich wäre fast umgefallen, als sie das sagte. Das schwöre ich bei Gott. Mir wurde irgendwie schwindelig, und ich dachte, ich falle gleich in Ohnmacht oder was weiß ich.

»Ich bin damit im hinteren Fahrstuhl runter, damit Charlene mich nicht sieht. Er ist nicht schwer. Ich hab bloß zwei Kleider und meine Mokassins und meine Unterwäsche und Socken und noch ein paar andere Sachen drin. Heb mal. Der ist nicht schwer. Heb ihn mal hoch … Kann ich mitkommen? Holden? Kann ich? *Bitte.*«

»Nein. Halt die Klappe.«

Ich dachte, ich falle gleich in Ohnmacht. Also, ich wollte ja gar nicht sagen sie die Klappe halten soll und so, aber ich dachte, gleich falle ich wieder in Ohnmacht.

»Warum denn nicht? *Bitte*, Holden! Ich mach auch gar nichts – ich will bloß mit dir mit, sonst nichts! Ich nehm auch nicht meine Sachen mit, wenn du das nicht willst – ich nehm bloß meine …«

»Du kannst gar nichts mitnehmen. Weil du nämlich nicht mitkommst. Ich geh allein. Also halt die Klappe.«

»*Bitte*, Holden. *Bitte* lass mich mit. Ich bin auch ganz, ganz, ganz – Du merkst gar nicht, dass …«

»Du kommst *nicht* mit. Also halt die Klappe! Gib mir den Koffer«, sagte ich. Ich nahm ihr den Koffer weg. Ich war drauf und dran, sie zu schlagen. Ich dachte kurz, gleich knalle ich ihr eine. Wirklich.

Sie fing an zu weinen.

»Ich hab gedacht, du sollst in einem Stück in der Schule mitspielen und so. Ich hab gedacht, du spielst Benedict Arnold in dem Stück und so«, sagte ich. Ich sagte es ganz gemein. »Was willst'n machen? Nicht in dem Stück mitspielen, Herrgott noch mal?« Da weinte sie noch mehr. Ich war froh. Auf einmal wollte ich, dass sie weinte, bis ihr praktisch die Augen rausfielen. Ich hasste sie fast. Ich glaube, am meisten hasste ich sie, weil sie dann nicht mehr in dem Stück mitspielen würde, wenn sie mit mir wegging.

»Komm schon«, sagte ich. Ich ging langsam wieder die Treppe zum Museum hoch. Ich dachte, ich mache Folgendes, ich lasse den verrückten Koffer, den sie mitgebracht hatte, in der Garderobe, dann konnte sie ihn um drei Uhr nach der Schule wieder abholen. Ich wusste, dass sie ihn nicht in die Schule mitnehmen konnte. »Komm jetzt«, sagte ich.

Aber sie ging die Treppe nicht mit mir hoch. Sie wollte nicht mitkommen. Aber ich ging trotzdem hoch, brachte den Koffer zur Garderobe und gab ihn ab, dann lief ich wieder runter. Sie stand noch immer auf dem Bürgersteig, aber als ich zu ihr kam, drehte sie mir den Rücken zu. Das kann sie. Sie kann einem den Rücken zudrehen, wenn ihr danach ist. »Ich geh gar nicht weg. Ich hab's mir anders überlegt. Also hör auf zu weinen und halt die Klappe«, sagte ich. Das Komische war, sie weinte gar nicht, als ich das sagte. Aber ich sagte es trotzdem. »Komm jetzt. Ich bring dich zur Schule zurück. Komm jetzt. Du kommst sonst noch zu spät.«

Sie gab mir keine Antwort oder was. Ich versuchte irgendwie, sie an der Hand zu nehmen, aber sie wollte nicht. Immer drehte sie sich von mir weg.

»Hast du schon zu Mittag gegessen? Hast du schon was gegessen?«, fragte ich sie.

Sie gab mir keine Antwort. Sie nahm nur meine rote Jägermütze ab – die, die ich ihr geschenkt hatte – und schmiss sie mir mitten ins Gesicht. Dann drehte sie mir wieder den Rücken zu. Das machte mich fast fertig, aber ich sagte nichts. Ich hob die Mütze einfach auf und steckte sie in die Tasche.

»Komm schon, he. Ich bring dich zur Schule zurück«, sagte ich.

»Ich geh nicht wieder in die Schule.«

Ich wusste nicht, was ich darauf sagen sollte. Ich stand einfach ein paar Minuten da.

»Du *musst* aber wieder in die Schule. Du willst doch in

dem Stück mitspielen, oder? Du willst doch Benedict Arnold sein, oder?«

»Nein.«

»Klar willst du das. Aber sicher willst du das. Komm, wir gehen«, sagte ich. »Und ich geh überhaupt nicht weg, das hab ich dir doch gesagt. Ich geh nach Hause. Ich geh nach Hause, sobald du wieder in der Schule bist. Erst geh ich zum Bahnhof und hol meine Sachen, und dann geh ich direkt ...«

»Ich hab gesagt, ich *geh* nicht wieder in die Schule. Mach du, was *du* willst, aber ich geh nicht mehr in die Schule«, sagte sie. »Also halt die Klappe.« Es war das erste Mal, dass sie mir sagte, ich soll die Klappe halten. Es klang schrecklich. Gott, klang das schrecklich. Es klang schlimmer als fluchen. Aber noch immer sah sie mich nicht an, und jedes Mal, wenn ich ihr so irgendwie die Hand auf die Schulter legte oder was weiß ich, ließ sie es nicht zu.

»Hör mal, sollen wir spazieren gehen?«, fragte ich sie. »Sollen wir zum Zoo laufen? Wenn ich dich heute Nachmittag nicht zur Schule zurückbringe und wir spazieren gehen, hörst du dann mit diesem verrückten Zeug auf?«

Sie gab mir keine Antwort, also sagte ich es noch mal. »Wenn ich dich heute Nachmittag die Schule schwänzen lasse und wir einen kleinen Spaziergang machen, hörst du dann mit diesem verrückten Zeug auf? Bist du dann morgen wieder ein braves Mädchen und gehst zur Schule?«

»Vielleicht, vielleicht auch nicht«, sagte sie. Dann rannte sie quer über die Straße, ohne erst zu gucken, ob da Autos kamen. Manchmal ist sie schon eine Wahnsinnige. Ich folgte ihr aber nicht. Ich wusste, sie würde *mir* folgen, also ging ich los Richtung Zoo, auf der Parkseite der Straße, und sie ging in dieselbe Richtung auf der verfluchten *anderen* Straßenseite. Sie guckte überhaupt nicht zu mir rüber, aber ich sah gleich, dass sie mich wahrscheinlich aus den Augenwinkeln beobachtete, um zu sehen, wohin ich ging und so. Jedenfalls liefen wir auf diese Weise den ganzen Weg bis zum Zoo. Mich störte nur, wenn ein Doppeldeckerbus vorbeifuhr, weil ich dann nicht über die Straße blicken und nicht sehen konnte, wo Phoebe denn nun war. Aber als wir am Zoo ankamen, brüllte ich ihr zu: »Phoebe! Ich geh in den Zoo! Komm jetzt!« Sie sah nicht zu mir rüber, aber ich wusste, dass sie mich hörte, und als ich die Treppe zum Zoo runterging und mich umdrehte, sah ich, dass sie über die Straße kam und mir folgte und so.

Im Zoo waren nicht besonders viele Leute, weil es irgendwie ein scheußlicher Tag war, aber ein paar standen doch um das Seelöwenbecken rum und so. Ich wollte schon dran vorbeigehen, aber da blieb die gute Phoebe stehen und tat, als sähe sie zu, wie die Seelöwen gefüttert werden – ein Typ warf ihnen Fische zu –, also machte ich kehrt. Ich dachte mir, dass es eine gute Gelegenheit war, zu ihr zu gehen und so. Ich stellte mich irgendwie hinter sie und legte ihr irgendwie die Hände auf die Schultern, aber sie beugte die Knie und glitt von mir weg – wenn sie will, kann sie schon ziemlich zickig sein. Sie blieb dort die ganze Zeit stehen, bis die Seelöwen gefüttert waren, und ich stand dicht hinter ihr. Ich legte ihr die Hände nicht wieder auf die Schultern oder was, weil sie mir sonst *wirklich* noch davongelaufen wäre. Kinder sind schon komisch. Da muss man genau aufpassen, was man tut.

Als wir von den Seelöwen weggingen, lief sie nicht direkt neben mir, aber sehr weit weg auch nicht. Sie lief irgendwie auf einer Seite des Bürgersteigs und ich auf der anderen. Es war nicht gerade großartig, aber besser als vorher, als sie kilometerweit entfernt von mir lief. Wir gingen auf den kleinen Hügel mit den Bären, wo wir eine Weile standen, aber da gab's nicht viel zu sehen. Bloß ein Bär war draußen, der Eisbär. Der andere, der braune, war in seiner verfluchten Höhle und kam nicht raus. Bloß sein Hinterteil war zu sehen. Neben mir stand ein kleiner Junge mit einem Cowboyhut, der ihm fast über die Ohren rutschte, und er sagte ständig zu seinem Vater: »Mach, dass er rauskommt, Daddy. Mach, dass er *raus*kommt.« Ich sah die gute Phoebe an, aber sie lachte nicht. Ihr wisst ja, wie Kinder sind, wenn sie sauer auf einen sind. Dann lachen sie nicht oder was.

Nach den Bären verließen wir den Zoo und gingen über die kleine Straße in den Park, dann liefen wir durch einen der kleinen Tunnel, in denen es immer so riecht, als hätte da einer gepinkelt. Es war der Weg zum Karussell. Die gute Phoebe redete noch immer nicht mit mir oder was, aber nun ging sie irgendwie neben mir. Ich griff nach dem Gürtel hinten an ihrem Mantel, einfach so aus Jux, aber sie wollte es nicht. Sie sagte: »Lass deine Hände bei dir, wenn's recht ist.« Sie war noch immer sauer auf mich. Aber nicht mehr so sauer wie vorher. Jedenfalls kamen wir dem Karussell immer näher, und man hörte auch schon die bekloppte Musik, die da ständig gespielt wird. Es war »Oh, Marie!« Es war das gleiche Lied, das sie auch schon ungefähr fünfzig Jahre davor gespielt hatten, als *ich* ein kleiner Junge war. Das ist das Nette an Karussells, sie spielen immer die gleichen Lieder.

»Ich dachte, das Karussell ist im Winter *geschlossen*«, sagte die gute Phoebe. Es war praktisch das erste Mal, dass sie was sagte. Wahrscheinlich hatte sie vergessen, dass sie ja eigentlich sauer auf mich war.

»Vielleicht, weil bald Weihnachten ist«, sagte ich.

Darauf antwortete sie wieder nichts. Wahrscheinlich

war ihr eingefallen, dass sie ja eigentlich sauer auf mich war.

»Willst du damit fahren?«, sagte ich. Ich wusste, dass sie das wahrscheinlich gern wollte. Als sie ein ganz kleines Kind war und Allie und D. B. und ich immer mit ihr in den Park gingen, war sie verrückt nach dem Karussell. Da konnte man sie von dem verfluchten Ding nicht wegkriegen.

»Dafür bin ich zu groß«, sagte sie. Ich dachte, sie würde mir darauf nicht antworten, aber sie tat es doch.

»Nein, überhaupt nicht. Los, geh. Ich wart auf dich. Los«, sagte ich. Dann standen wir davor. Ein paar Kinder fuhren, meistens sehr kleine, und ein paar Eltern standen wartend rum, saßen auf Bänken und so. Ich ging dann zu dem Fenster, wo sie die Karten verkauften, und kaufte der guten Phoebe eine. Dann gab ich sie ihr. Sie stand direkt neben mir. »Da«, sagte ich. »Moment – nimm auch noch den Rest von deiner Kohle.« Ich wollte ihr den Rest der Kohle geben, die sie mir geliehen hatte.

»Behalt das. Heb's für mich auf«, sagte sie. Dann sagte sie direkt hinterher – »Bitte.«

Es ist deprimierend, wenn jemand »bitte« zu einem sagt. Also, wenn es Phoebe oder so jemand ist. Das deprimierte mich ungeheuer. Aber ich steckte die Kohle wieder ein.

»Fährst du denn nicht auch?«, fragte sie mich. Sie sah mich irgendwie komisch an. Man sah gleich, dass sie nicht mehr *sehr* sauer auf mich war.

»Vielleicht beim nächsten Mal. Ich seh dir zu«, sagte ich. »Hast du deine Karte?«

»Ja.«

»Dann mal los – Ich setz mich da auf die Bank. Ich seh dir zu.« Ich ging zu der Bank und setzte mich, und sie ging rauf zum Karussell. Sie lief ganz herum. Also, sie ging einmal um das ganze Karussell herum. Dann setzte sie sich auf ein großes, braunes, ziemlich ramponiertes altes Pferd. Dann ging das Karussell los, und ich sah ihr zu, wie sie im Kreis fuhr. Es fuhren nur noch ungefähr fünf, sechs andere Kinder mit, und das Karussell spielte das Lied »Smoke Gets in Your Eyes«. Es spielte es sehr jazzig und komisch. Alle Kinder versuchten, nach dem goldenen Ring zu greifen, auch die gute Phoebe, und ich hatte irgendwie Angst, dass sie von dem verfluchten Pferd fiel, aber ich sagte nichts und tat auch nichts. Wenn Kinder nach dem goldenen Ring greifen wollen, muss man sie auch lassen und darf nichts sagen. Wenn sie runterfallen, fallen sie eben runter, aber es ist schlecht, wenn man ihnen was sagt.

Als das Karussell anhielt, stieg sie von ihrem Pferd und kam zu mir. »Jetzt fährst du aber auch mal«, sagte sie.

»Nein, ich seh dir einfach zu. Ich glaub, ich seh dir bloß zu«, sagte ich. Ich gab ihr noch was von ihrer Kohle. »Da. Hol noch ein paar Karten.«

Sie nahm die Kohle. »Ich bin nicht mehr wütend auf dich«, sagte sie.

»Ich weiß. Beeil dich – gleich geht's wieder los.«

Dann gab sie mir auf einmal einen Kuss. Dann hielt sie die Hand auf und sagte: »Es regnet. Es fängt an zu regnen.«

»Ja.«

Und dann – es machte mich fast fertig –, und dann langte sie in meine Manteltasche, zog meine rote Jägermütze raus und setzte sie mir auf den Kopf.

»Willst *du* sie denn nicht?«, sagte ich.

»Du kannst sie eine Weile aufhaben.«

»Gut. Aber beeil dich jetzt. Sonst verpasst du die Fahrt. Dann kriegst du dein Pferd nicht.«

Aber sie blieb stehen.

»Hast du das ernst gemeint, was du gesagt hast? Gehst du wirklich nicht weg? Gehst du hinterher wirklich nach Hause?«, fragte sie.

»Ja«, sagte ich. Und das war auch mein Ernst. Ich belog sie nicht. Ich ging *wirklich* hinterher nach Hause. »Be*eil* dich«, sagte ich. »Das Ding fährt gleich los.«

Sie rannte los, kaufte ihre Karte und kam gerade noch rechtzeitig auf das Karussell. Dann lief sie ganz rum, bis sie ihr Pferd wiederhatte. Sie winkte mir zu, und ich winkte zurück.

Mann, es regnete nun wie blöd. Wie aus *Kübeln*, das schwöre ich bei Gott. Alle Eltern und Mütter und alle liefen zum Karussell und stellten sich unters Dach, damit sie nicht bis auf die Haut nass wurden oder was, aber ich blieb noch eine ganze Weile auf der Bank sitzen. Ich wurde richtig quietschnass, besonders der Kragen und die Hose. Meine Jägermütze gab mir irgendwie eine ganze Menge Schutz, aber trotzdem wurde ich patschnass. Aber das war mir egal. Ich war auf einmal so verdammt glücklich, als die gute Phoebe da immer im Kreis fuhr. Fast hätte ich noch geheult, so verdammt glücklich war ich, wenn ihr's genau wissen wollt. Warum, weiß ich nicht. Sie sah einfach nur so verdammt *nett* aus, wie sie da in ihrem blauen Mantel und so immer im Kreis fuhr. Gott, ich wünschte, ihr hättet auch da sein können.

# 26

So. Mehr erzähle ich euch nicht. Ich könnte euch wahrscheinlich noch erzählen, was ich machte, als ich nach Hause kam, und wie ich krank wurde und so, und auf welche Schule ich im nächsten Herbst gehen soll, wenn ich hier raus bin, aber danach ist mir nicht. Wirklich nicht. Der ganze Kram interessiert mich momentan nicht besonders.

Viele fragen mich ständig, vor allem dieser eine Psychoanalytiker, den sie hier haben, ob ich mich auch anstrenge, wenn ich im September wieder in die Schule gehe. Meiner Meinung nach ist das eine ziemlich dumme Frage. Also, wie soll man denn wissen, was man mal macht, *bevor* man es macht? Die Antwort ist, man weiß es nicht. Ich *glaube* zwar, dass ich mich anstrengen werde, aber woher soll ich es wissen? Ich schwör's euch, das ist eine dumme Frage.

D. B. ist nicht so schlimm wie alle anderen, aber auch er stellt mir eine Menge Fragen. Letzten Samstag kam er mit der Puppe hergefahren, die in dem neuen Film mitspielt, den er gerade schreibt. Sie war ziemlich affektiert, sah aber sehr gut aus. Als sie jedenfalls mal auf die Toilette ging, ganz drüben im andern Flügel, fragte mich D. B., was ich von dem ganzen Kram halte, den ich euch gerade erzählt habe. Ich hatte keine Ahnung, was ich sagen sollte. Wenn ihr's genau wissen wollt, ich *weiß* einfach nicht, was ich davon halte. Es tut mir Leid, dass ich so vielen davon erzählt habe. Ich weiß eigentlich nur eins, dass ich irgendwie alle *vermisse*, von denen ich euch erzählt habe. Sogar zum Beispiel den guten

Stradlater und Ackley. Ich glaube, ich vermisse sogar diesen verfluchten Maurice. Komisch ist das. Erzählt nie einem was. Denn sonst vermisst ihr alle mit der Zeit.